Joe Benda
Valeries letzter Tag

Joe Benda

Valeries letzter Tag

Satire

Verlag: BoD · Books on Demand GmbH, Überseering 33, 22297 Hamburg, bod@bod.de

Druck: Libri Plureos GmbH, Friedensallee 273, 22763 Hamburg

ISBN: 978-3-8423-5330-5

Inhaltsverzeichnis

KAPITEL 1
ENDE EINER PARTY

Dortmund, Sommer 2019

Die Studenten Niklas und Jonas (Band 1, Kap. 41) befinden sich mit dem weiteren Bekannten Sören F., dieser wie die anderen Studenten als letzte Gäste in der Küche einer gelungenen Party.

Es sind um 2:30 Uhr noch Niklas, Jonas, Sören F. und die Gastgeberin anwesend. Es ist dies Jenna D., genannt „Jeanny", 28 Jahre alt, blond und äußerst attraktiv.

Die letzten Gäste und Jeanny genießen den Ausgang der Party. Jonas löffelt genüsslich noch einen Teller Nudelsalat. Soeben hat er sich den Teller noch einmal voll gemacht. Diese Geduld und Entspanntheit ist allerdings nicht auf Seiten von Partygast Sören. Dieser ist allein auf der Party gewesen. Er hat seit 1,5 Jahren eine On-off-Beziehung mit Jessica. Er lässt sie kommen, wenn ihm danach ist und schickt sie wieder weg, wenn es ihm zu eng wird. Dies im ein bzw. zwei-Wochenrhythmus.

Jessica hat mehrfach ihre Unzufriedenheit mit der Gesamtsituation bekundet, nimmt aber den Zustand hin.

Sören hat den Ruf in der Clique, sich für unwiderstehlich zu halten. Er lässt keinen Zweifel daran, wie er sich das Ende der Party vorstellt, nämlich zusammen mit der Gastgeberin in Benutzung eines bestimmten Einrichtungsgegenstandes dieser Wohnung, der 1,40 Meter breit ist. Und noch etwas braucht er dringend dazu. Die Abwesenheit von Niklas und Jonas.

So rudert er herum, immer auf dem schmalen Grad zwischen baggern bei Jeanny und plumpen Überzeugungsversuchen Richtung Niklas und Jonas, doch nun endlich zu gehen. Aber Jonas denkt überhaupt nicht daran. Im Gegenteil. Er löffelt genüsslich den Nudelsalat zu Ende und setzt sich Richtung Salattheke erneut in Bewegung.

Währenddessen baggert Sören weiter bei Jeanny. Diese ist von den Zudringlichkeiten wenig begeistert. Sie rückt von dem ihr immer mehr auf der Küchenbank auf die Pelle rückenden Sören wieder weiter weg und vergrößert so den Abstand stetig wieder neu.

Der macht weiter. Er kichert und gibbelt albern.

Er beherrscht das Baggern auf „hohem Niveau" ersichtlich nicht. Seine Annäherungsversuche wirken tumb und aufdringlich wie auch durchschaubar. Ein typischer Fall für „fremdschämen". Zwischendurch meckert er in Richtung der beiden anderen, warum die denn immer noch da sind. Er versucht sie zu überzeugen, dass es besser für beide ist, jetzt zu gehen. Er garniert dies mit dusseligen Argumenten, unter anderem, es sei doch schon gleich drei Uhr. Jonas steckt, wie zu hören ist, doch mitten in Klausuren. Er müsste doch bestimmt lernen. Wenn es am schönsten ist, sollte man doch gehen. Ob er – Niklas – was zutrifft, den Rest des Abends denn auch noch auf dem Trockenen sitzen möchte, denn dieser ist mit dem Pkw gekommen und vieles andere mehr.

Jeanny sagt wenig bis gar nichts, macht allerdings einen hilflosen und zugleich peinlich berührten Eindruck.

Schließlich wird es Niklas zu dumm. Er fordert Jonas, der sich gerade mit dem vollen Teller Nudelsalat wieder an den Tisch gesetzt hat, auf, mit ihm zusammen die Örtlichkeit zu verlassen. Draußen bemerkt er: „Was meinst du, wird die jetzt allein mit dem fertig? Hätten wir nicht klar sagen sollen, pass mal auf, diese Frau will nichts von dir. Zieh Leine und verpiss dich?"

„Glaube nicht", widerspricht Jonas, und er fügt hinzu, Jeanny kann auf sich selbst aufpassen. Da müssen wir nicht den „Savior" spielen.

§ § §

45 Minuten später. Sören ist bei Jeanny in Gänze abgeblitzt. Wie ein geprügelter Hund steht er vor dem Haus. Sie hat ihn schlicht und einfach aus der Wohnung geworfen.

Draußen stehend beschließt er – voller Wut über den misslungenen One-Night-Stand – trotz Alkoholgenusses seinen nahe der Örtlichkeit abgestellten Pkw zu benutzen.

Fünf Flaschen Bier, zwei kleine Minifläschchen Fernet Branca können ihm doch nicht gefährlich sein. Er fährt – immer noch vor Wut kochend und zu schnell – die Hohe Straße herunter. Es geht über die Ampelkreuzungen, Landgrafen- und Saarlandstraße, die Ampeln rosa bis rot. Was für eine Zicke, denkt er immer noch wutschnaubend. Wer hätte bloß gedacht, dass die so verklemmt ist? Den Eindruck hat sie doch nie gemacht. Weder auf der Party noch bei früheren flüchtigen Begegnungen.

An der Ampel Beurhausstraße-Kreuzstraße hält Sören ausnahmsweise bei rot einmal an. Da registriert er hinter sich einen Streifenwagen mit Blaulicht. Dieser steht hinter ihm. Zwei Beamte steigen aus, bewegen sich auf ihn zu. Einer auf die Fahrertür, einer auf die Beifahrertür. Letzterer hat auffällig eng die Hand am Halfter seiner Dienstwaffe. „Bullen!, denkt Sören. Das gibt's doch wohl jetzt nicht. Zu all dem Ärger jetzt auch noch das. Na, das haben die sich so gedacht. Denen präsentiere ich jetzt etwas, das haben die beiden Dorfsheriffs bestimmt noch nie erlebt."

Er gibt Gas und fährt mit quietschenden Reifen an. Er heizt auf die Kreuzung Grafenhof zu, lenkt den leistungsstarken VW Golf nach rechts – Ampel rot, versteht sich. Er nimmt die Kurve zu eng und gerät mit den Hinterrädern auf den Bordstein. Er rammt mit der C-Säule seines Golfs den Ampelmast, der bedenklich hin und her wippt, allerdings stehen bleibt, nur danach etwas schief. Er donnert den Ostwall herunter. Der Streifenwagen hat schon aufgeschlossen und ist dicht hinter ihm.

Sören geht in die Eisen, biegt entgegen der vorgeschriebenen Fahrtrichtung rechts ab. Der Ps-starke Golf droht auszubrechen, er kann ihn mit Mühe zurück in die Spur bringen.

Sören brettert über den heiligen Weg, Ampel rot, wie sollte es anders sein. Ein junges Pärchen kommt gerade aus einem Pub am Ostwall. Der Mann zieht seine Freundin mit voller Kraft nach rechts, damit diese vom vorbei heizenden Sören nicht erfasst wird.

Sören jagt in die Kaiserstraße, zieht so durch, bis zum Körner Hellweg. Dort beschleunigt er auf circa 120 km/h. Inzwischen sind vier Streifenwagen hinter ihm. Alles nur nicht Bremsen, denkt Sören. Außerdem … „bremsen macht die Felgen dreckig."

An der Kreuzung Funkenburg kommt Sören Klaus C. entgegen mit seinem Ford Sierra. Dem mittig auf der Straße heizenden Sören muss er ausweichen nach rechts, kann trotz einer Vollbremsung aber nicht verhindern, dass er mit einem Stromkasten auf dem Gehweg kollidiert. Stark lädiert bleibt der Sierra liegen. Weißer Kühlwasserdampf steigt vorne herauf. Sören jagt weiter Richtung Dortmund-Brackel/ Wambel.

'Wenn ich es irgendwie zur B 236 schaffe', überlegt er 'und von dort auf die dreispurige A2 Richtung Kamener Kreuz, dann kann ich voll aufdrehen. Dann bin ich weg. Dann sollen die mich mit ihren schwerfälligen Kombis erst mal kriegen. Da wird sich zeigen, wer der bessere Fahrer ist.'

Heizt weiter und weiter. Womit Sören nicht rechnet: Zwischenzeitlich hat die Polizei die Kreuzung Brackeler Hellweg/ Flughafenstraße komplett gesperrt. Sören donnert auf die Kreuzung zu. Plötzlich ein blaues Lichtermeer. Acht Streifenwagen blockieren die Kreuzung. Ein letzter Versuch, in die vorherige Seitenstraße auszuweichen, scheitert. Auch dort stehen zwei Streifenwagen quer.

Das war's.
Ende einer Fahrt. Die Flucht war locker 14 km lang.

§§§

Acht Monate später. Jonas trifft Tim D. Auch dieser ist Mitglied der Clique, aber besser mit Sören befreundet.

„Hast du schon von Sören gehört?", fragt Tim.
„Nein", antwortet Jonas.
„Sören hatte Verhandlung. So wie man hört, hat er wohl die Mitleidsnummer raushängen lassen. Er hätte so viel Pech gehabt und sei nicht gut drauf gewesen. Nie wieder werde er so etwas tun. Es hat nur nicht viel genützt. Erst hat er vom Staatsanwalt einen Einlauf bekommen und dann hat der Richter ihm richtig einen gepinnt. Er hat erzählt, er hätte noch für 1.000 Euro einen Rechtsanwalt Fridolin M. aus der Weststadt hinzugezogen, musste sogar Vorkasse leisten, aber der Anwalt hätte überhaupt nichts genützt.

„Näheres", so Tim, „erfahre ich erst am Wochenende. Da werde ich ihn besuchen und mir alles ausführlich erzählen lassen."

KAPITEL ZWEI
NICHT MEHR LANGE

Herbst 2020

Sören sitzt auf einer Vorgartenmauer in der Dortmunder Knappenstraße in der Nähe seiner Wohnung. Soeben hat er sich eine Nase gezogen und wartet auf die Wirkung.

Ja, denkt er, gleich wird sie sich einstellen, die Wirkung und das ersehnte Gefühl, Bäume ausreißen zu können. Gleich wird er in Form sein, gleich kann ihm keiner mehr. Gleich wird ihm <u>alles</u>, aber auch wirklich <u>alles</u> gelingen.

Das hat er sich verdient.

KAPITEL DREI
SÖREN MÖCHTE WIEDER AM STRASSENVERKEHR TEILNEHMEN

November 2021

Sören hat die Neuerteilung der Fahrerlaubnis beantragt. Das Straßenverkehrsamt hat die Strafakte kommen lassen und nach Akteneinsicht ihn aufgefordert, seine Fahreignung unter Beweis zu stellen. Schon ist er mit dem Sachbearbeiter des Straßenverkehrsamtes aneinandergeraten.

Er erregt sich, er sei niemals fahrungeeignet gewesen. Ein einmaliger Vorfall könnte ja nicht dazu führen, dass ein Mensch in Bausch und Bogen auf Lebenszeit verurteilt wird. Der Sachbearbeiter blieb unnachgiebig. Mit schriftlicher Verfügung ist ihm die Aufforderung zugestellt worden, eine medizinisch psychologische Untersuchung zu absolvieren, inklusive in vorgeschriebenen Zeitintervallen Urin-, Blut- Screenings inklusive Haaranalysen abzugeben. Dies wird auch der Grund sein, warum er zunächst nicht zur MPU zugelassen wird, denn die Screenings sind nicht einwandfrei.

KAPITEL VIER
EINMAL IM LEBEN
EINEN FEHLER GEMACHT

März 2023

Sören hat Termin erhalten vom TÜV Rheinland, ein psychologisches Gespräch zu führen mit dem Diplompsychologen Marcel D.

Sören betritt den Besprechungsraum an einem Dienstag pünktlich um 10 Uhr. Diplompsychologe Marcel D., 35-Jährig, stellt sich formell vor und bittet ihn, Platz zu nehmen.

Nach einigen Minuten Geplänkel – sicherlich taktisch dazu geeignet, die Situation zumindest etwas aufzulockern – beginnt Marcel D. seine Befragung. Bereits die ersten Fragen zielen auf die Thematik hin, ob Sören sich mit dem Sachverhalt auseinandergesetzt hat. Sören reagiert etwas ungehalten.

Was denn dies jetzt immer noch sollte, erklärt er sinngemäß. Er habe seine Strafe verbüßt. Die Bewährung habe er einwandfrei durchgestanden, die weiteren Auflagen erfüllt, und die Sperrfrist für die Neuerteilung des Führerscheins ist ja nun auch schon lange abgelaufen.

„Sie verstehen mich nicht", so Marcel D. „Meine Aufgabe ist es herauszufinden, ob sie sich von dem damaligen Geschehen wirklich distanzieren."

„Natürlich tue ich das", so Sören. „Ich weiß, dass das nicht in Ordnung war."

„Das ist ein bisschen wenig jetzt", so Marcel D.

„Was empfinden Sie, wenn Sie über den Tatvorwurf und den Sachverhalt von damals nachdenken?"

Sören stöhnt auf. „Ich weiß nicht, was die Frage soll", protestiert er. „Ich habe bereits dem Sacharbeiter des Straßenverkehrsamtes doch erklärt, dass man einen Menschen nach einem einmaligen Fehltritt nicht in Bausch und Bogen auf Lebenszeit verurteilen kann. Nach Verbüßung der Strafe und Erledigung aller Auflagen bin ich doch für die Gesellschaft rehabilitiert."

„Das schon", so Marcel D. „Aber Fahreignung für den Straßenverkehr setzt eben noch mehr voraus."

„Die liegt bei mir vor", äußert Sören trotzig.

„Eben das soll ja geprüft werden und daher eben unter anderem dieses gerade stattfindende psychologische Gespräch. Also noch einmal: Was empfinden Sie, wenn Sie an den Sachverhalt von damals denken?"

„Ach so", meint Sören. „Sie wollen wissen, ob ich immer noch Reue empfinde."

„Nun, mit so viel Pathos möchte ich gar nicht an diese Frage herangehen", so Marcel D. „Ich möchte einfach nur wissen, ob Ihre heutigen Gedanken an damals dahingehen, dass derartiges nie wieder passieren darf. Erstens darf und auch nicht passieren kann."

„Natürlich darf das nie wieder passieren. Das habe sogar ich begriffen", so Sören wiederum etwas trotzig.

„Und das Zweite?"

„Welches Zweite?"

„Na, habe ich doch gerade gefragt, ob es auch nie wieder passieren kann."

„Kann, kann, kann", protestiert Sören. „Ich kann doch nicht tausende und abertausende Situationen in meinem Leben vorhersehen. Nein, ich werde nicht mehr trinken, ich werde auch nicht mehr alkoholisiert ins Auto steigen. Also kann es nie wieder passieren."

„Da wären wir ja ebenfalls bei einem interessanten Thema", so Marcel D.

„Wie ist denn heute Ihr Trinkverhalten?"

„Natürlich trinke ich bei Anlässen gerne mal ein Glas. Das erlaubt doch diese Gesellschaft auch. Schließlich kassiert doch der Staat für Alkohol Steuern noch und nöcher."

„Über das Steueraufkommen des Staates betreffend Genussmittel müssen wir hier nicht diskutieren", widerspricht Marcel D., der sich durch diese Antwort provoziert fühlt.

'Versteht denn der eigentlich überhaupt nicht, worum es geht? Denkt er noch, dass Alkohol in der deutschen Gesellschaft ein weit verbreitetes

Genussmittel ist und offensichtlich auch, dass niemand darüber nachdenkt, wenn er regelmäßig trinkt', denkt Marcel D.

„Das ist ja zutreffend", so Marcel D. „Die Frage ist, wie Sie es damit halten?"

„Also, wenn ich mal was trinke, dann lasse ich mich insoweit nicht bevormunden", so Sören. „Aber ich werde nicht mehr alkoholisiert ins Auto steigen."

„Das wissen Sie genau?"

„Ja, ganz genau."

„Haben Sie mal daran gedacht, dem Alkohol voll und ganz abzuschwören?"

„Wie ich schon sagte", wiederholt Sören. „Ich lasse mich vom Staat nicht bevormunden. Der Staat selbst ist es doch, der diese Doppelbödigkeit hervorruft. Den Konsum von Alkohol verteufeln und schlecht reden und auf der anderen Seite Genussmittelsteuern kassieren und das Steuersäckle auf diese Weise erfolgreich aufbessern, ist doppelbödig."

„Ja, gut", entscheidet Marcel D. „Wechseln wir einmal das Thema. Haben Sie sich mal mit den Schäden und Gefahren, die Sie damals verursacht haben, auseinandergesetzt?"

„Nicht schon wieder so", stöhnt Sören. „Ich habe meine Strafe erledigt, mein Gerichtsverfahren ist zu Ende und die Sperrfrist lange abgelaufen."

„Das meine ich nicht."

„Was denn?"

„Haben Sie noch Erinnerungen an die damalige Amokfahrt?"

„Ja, klar. So blau war ich nun auch wieder nicht."

„Haben Sie sich mal Gedanken gemacht über die Gesundheit des Ford Sierra-Fahrers, den Sie von der Straße abgedrängt haben?"

„Das war doch gar keine Absicht. Hätte ich den früher gesehen, hätte ich ihm Platz gemacht."

Marcel D. runzelt die Stirn. „Ja insbesondere, haben Sie sich mal überlegt, ob der verletzt war? Immerhin ist er mit voller Fahrt mit dem Stromkasten kollidiert. Das kann man der Akte entnehmen."

„Ja, ja, ja. Mein Anwalt hat mir damals das alles vorgelesen."

„Und war Akteninhalt, wie es dem ergangen ist?"

„Ich meine ja. Es waren ärztliche Atteste in der Akte. Hat er mir auch vorgelesen."

„Ist der stationär behandelt worden? Also war er im Krankenhaus?"

„Weiß ich nicht mehr, ich glaube aber, ja."

„Haben Sie sich darüber mal Gedanken gemacht? Mal an eine Wiedergutmachung gedacht, vielleicht außergerichtlich ein Schmerzensgeld angeboten?"

„Nein. Darüber habe ich mir keine Gedanken gemacht. Schließlich ist ja mein Strafverfahren erledigt, und die weiteren Nebenfolgen sind ebenfalls erledigt. Außerdem ist das nicht meine Sache. Das ist Sache meiner Haftpflichtversicherung gewesen."

„Apropos Haftpflichtversicherung", wirft Marcel D. ein „Das ist das Nächste, was ich fragen wollte. Aus der Akte ergibt sich, dass Sie sich im Prämienverzug befunden haben."

„Kann nicht sein. Ich habe immer bezahlt. Außerdem hätte ja dann die Haftpflichtversicherung die Schäden nicht reguliert."

„Ganz so ist das auch nicht. Ihr Anwalt wird Ihnen erklärt haben, dass die Kfz-Haftpflicht im Außenverhältnis auch bei Prämienverzug verpflichtet ist, allerdings nach innen gegenüber dem Versicherungsnehmer Rückgriff nehmen kann. Dies mit gewissen Pauschalbeträgen. Außerdem ist der Versicherungsschutz aufgrund Ihrer Trunkenheitsfahrt, die eine Obliegenheitsverletzung ist, ohnehin entfallen. Das heißt, die Versicherung muss gegen Sie Rückgriff genommen haben. Ist denn von damals der Rückgriffsanspruch der Versicherung erfüllt worden oder sind Sie dabei, diese Verpflichtungen ratenweise zu erledigen?"

„Das weiß ich alles nicht mehr", so Sören. „Aber wie Sie selbst ja schon angedeutet haben, ich wollte mit diesem gesamten Sachverhalt endlich abschließen und neu starten, auch durch Neuerteilung meines Führerscheins. Ich kann nicht den ganzen Tag über längst verschüttete Milch nachdenken. Ich muss neu starten. Ich brauche dringend einen Job. Überall wird der Führerschein verlangt. Mein Studium hatte ich aufgegeben. Ich hatte damals, wie Sie selbst ja auch erkannt haben, eine schlechte Phase. Es muss doch daher auch im Sinne von Staat und Gesellschaft sein, dass ich wieder einen Führerschein habe, um meinen Lebensunterhalt selbst zu verdienen, oder soll ich noch jahrelang oder mein ganzes Leben arbeitslos bleiben und koste den Staat auf diese Weise Unterstützung in horrender Höhe? Also kann man mir doch keine Steine in den Weg legen und muss mich wieder einen Führerschein erwerben lassen."

„Also wie es dem Sierra-Fahrer nach dem Unfall ergangen ist, wissen Sie nicht?"

„Nein, weiß ich nicht, aber ich habe eigentlich damals meinem Anwalt im Strafverfahren gesagt, er solle das alles miterledigen. Ich weiß nicht, ob er es gemacht hat. Allzu doll eingesetzt für mich hat der sich sowieso nicht."

An dieser Stelle runzelt Marcel D. erneut die Stirn.

„Oder das junge Pärchen", so Marcel D. „das gerade aus dem Pub am Ostwall kam und eigentlich nur über die Straße gehen wollte. Der Mann hat die Frau soeben noch zur Seite ziehen können, als Sie mit Ihrem Golf vorbeigerast sind. Deswegen sind Sie auch wegen gefährlichen Eingriffs in den Straßenverkehr verurteilt worden, unter anderem."

„Das weiß ich nicht mehr. Das ging damals alles so schnell. Aber wo ist überhaupt das Problem? Wie Sie ja sagen, ist damals die Enthemmung im Straßenverkehr auf Alkohol zurückzuführen gewesen. Da ich nicht mehr trinke, kann das doch alles nie mehr passieren. Also, warum werden die alten Geschichten jetzt wieder neu aufgewärmt? Ich sage Ihnen nochmals, ich werde mich nicht mehr alkoholisiert ins Auto setzen."

„Gut", so Marcel D. „Wechseln wir noch einmal das Thema. Was würden Sie heute sagen? War Alkohol der einzige Grund für Ihre Aggressivität beim Führen eines
Kraftfahrzeugs?"

„Wie meinen Sie das?"

„So, wie ich es gefragt habe. Also passen Sie auf", so Marcel D. „Sie haben damals bei der Polizei in Ihrer ersten verantwortlichen Vernehmung erklärt, Sie seien wütend gewesen."

„Ja, das ist schon möglich", so Sören. „Aber das ist ja auch nichts Besonderes oder Neues. Wenn man alkoholisiert ist, treten eben mehr Aggressionen zutage als sonst. Jeder Typ ist da anders. Ich weiß das von meinen Kollegen. Manche sind, wenn sie blau sind, noch friedfertiger als sonst und einfach nur lieb und nett und schlafen ein, und andere werden eben aggressiv."

„Jetzt vereinfachen Sie die Sache aber doch sehr", so Marcel D. „Es ist doch damals noch mehr gewesen."

„Was soll noch gewesen sein?"

„Denken Sie nach!"

„Da muss ich nicht mehr nachdenken. Außerdem ist das alles zu lange her."

„Doch, wir sitzen hier, damit Sie über damals nachdenken und sich darüber heute äußern."

Marcel D. stellt fest, dass Sören in eine gewisse Blockadehaltung eintritt. Es ist nur zu deutlich, dass er über das Damalige nicht mehr weiter sprechen möchte. Schon gar nicht möchte er in weitere Details gehen.

„Also, ich versuche es noch einmal", fährt Marcel D. fort „Sie haben damals in Ihrer ersten polizeilichen Vernehmung erklärt, wütend gewesen zu sein, weil Sie bei einer damaligen Zeugin, Frau Jenna D. keinen Erfolg hatten, als Sie sich ihr nähern wollten."

„Ach so, das meinen Sie. Ja, das kann ja hier wohl nicht verwertet werden. Das war eine Zicke erster Güteklasse, kann ich Ihnen sagen. Ihre Spezialität war es, Männer scharfzumachen, um sie dann, wenn es zur Sache gehen soll, zurückzuweisen. Kann ich doch nicht ahnen, dass die in Wahrheit so ein 'rühr mich nicht an' ist."

An dieser Stelle runzelt Marcel D. erneut die Stirn. Er überlegt, ob er Sören fragen soll, ob es ihm nach seiner eigenen Einschätzung eventuell an Empathie für die Empfindungen anderer Menschen fehlt. Er beschließt, die Frage nicht zu stellen.

„Kann es eventuell sein, dass Sie mit Ablehnung nicht so gut umgehen können?", fragt er stattdessen.

„Hören Sie mal", widerspricht Sören. „Ich habe das Gefühl, die Befragung hier weicht doch langsam deutlich vom eigentlichen Untersuchungsgegenstand ab. Mein Verhältnis zu Frauen kann ja wohl nichts damit zu tun haben, ob ich geeignet bin zum Führen von Kraftfahrzeugen. Ich befinde mich in fester, harmonischer Partnerschaft, auch wenn Sie sich das nicht vorstellen können."

Er wird nunmehr persönlich und greift den Gutachter an, weil er sich durch dessen Fragen in die Enge getrieben fühlt.

„Das alles meine ich nicht", schwenkt Marcel D. ein. „Es geht mir darum, ob Sie mit Zurückweisung und Sie vermeintlich frustrierenden Erfahrungen umgehen können oder, ob Sie angesichts solcher Erfahrungen zu Aggression und Wutausbrüchen neigen. Wenn ja, ob das heute noch so ist."

„Wofür ist das wichtig?"

„Das kann ich Ihnen sagen. Wäre dies heute noch so, wäre die Hemmschwelle, Alkohol zu trinken herabgesetzt und damit auch die Gefahr, unter Alkoholgenuss ein Kraftfahrzeug zu führen, heute noch erhöht."

„Wie kommen Sie darauf?“

„Ganz einfach. Anhand Ihrer damaligen polizeilichen Vernehmung drängt sich der Eindruck auf, dass Sie unter Enttäuschungen, Frustrationen oder in der Situation von Zurückweisungen dazu neigen, überzureagieren. So wie damals, als Sie die Amokfahrt absolviert haben.“

„Also, dazu sage ich jetzt nichts mehr“, so Sören. „Wir sind alle Menschen und keine Roboter. Jeder ist mal sauer und darf dies auch zeigen. Wir leben ja alle schließlich nicht in einer Zwangsjacke.“

„Noch einmal die Frage“, so Marcel D. „Wie steht es heute in alltäglichen Situationen, in denen Sie Frustrationen erleben? Wie gehen Sie heute damit um? Trinken Sie insbesondere dann Alkohol, um die unangenehme Erfahrung zu kompensieren?“

Sören antwortet zunächst nicht. Schließlich äußert er: „Ich kann Sie beruhigen. Das Ganze ist Jahre her. Ich bin schließlich auch älter geworden. Die Zeit hat es bereits gerichtet. Mir wird derartiges wie damals heute nicht mehr passieren.“

Nach 50 Minuten beendet Marcel D. das Gespräch.

Diese medizinische psychologische Untersuchung endet für Sören nicht erfolgreich. Nach wie vor befindet sich der begehrte Führerschein in weiter Ferne.

Februar 2024

Sören erscheint pünktlich zur Wiederholungs-MPU. Dieses Mal ist der Gutachter Marius T. Er ist beim TÜV Rheinland auf Honorarbasis tätig und hat eine Praxis als psychologischer Psychotherapeut.

Umgehend beginnt er die Exploration. Er verzichtet auf jegliches Vorgeplänkel. Auch er beginnt die Befragung mit dem damaligen Sachverhalt, insbesondere will er wissen, was sich seitdem geändert hat.

Umgehend wird Sören wieder ein wenig kratzbürstig.

„Das habe ich doch schon alles Ihrem Vorgänger erklärt. Nun glauben Sie mir doch einfach: Ich habe mich geändert."

„Das genügt mir nicht", so Marius T. „Ich brauche diverse Parameter, an denen ich Ihre Änderung im Denken und im Verhalten gerade in Bezug auf Alkohol beurteilen kann. Also bitte äußern Sie sich und wirken Sie mit. Insbesondere muss ich die Feststellung treffen können, dass Sie Alkoholkonsum und Führen eines Kraftfahrzeuges trennen können."

Sören fühlt sich bedrängt.

'Und wenn ich das hier einfach alles sein lasse und warte, bis alle Punkte in der Verkehrssünderkartei gelöscht sind', überlegt Sören. 'Dann kann ich einen neuen Führerschein beantragen, ohne MPU. Das wird ja hier alles wieder nichts. Da macht man einmal im Leben einen Fehler und wird davon verfolgt bis ans Lebensende oder wie ist das jetzt?' Aber das kann über zehn Jahre dauern, wie er inzwischen weiß. Bis dahin ist er alt und schrumpelig. 'Und welche Frau wird sich dann noch mit ihm einlassen?', denkt Sören.

Zu gerne hätte er seine neue Angebetete auf eine Spritztour ins Grüne eingeladen, aber das kann er ja alles nicht, er hat ja keinen Führerschein und kein Auto mehr.

In den folgenden Monaten sieht man Sören nach wie vor regelmäßig im Ortsteil Dortmund-Brünninghausen an der dortigen Haltestelle stehen. Er wartet auf die Buslinie 443 Richtung Innenstadt.

KAPITEL SECHS
„GEHEN SIE DAGEGEN AN"

22

Im Büro des Rechtsanwalt Fridolin M. sitzt Sören K.

Er beschwert sich lauthals über die ihm zuteilgewordene Behandlung während der psychologischen Befragung im Rahmen der medizinisch psychologischen Untersuchungen. Insbesondere fragt er nach Möglichkeiten gerichtlicher Überprüfung der Ergebnisse und der Verläufe der Befragungen. Aber da kann der Rechtsanwalt ihm wenig Hoffnung machen.

Stattdessen empfiehlt er Sören, der inzwischen mehrere tausend Euro für Gebühren ausgegeben hat, einen Vorbereitungskurs auf die nächste MPU. Er nennt ihm diverse Institute, die derartiges leiten und legt ihm dies nahe vor dem „nächsten Versuch".

Sieben Monate später

Sören findet sich erneut pünktlich zur zweiten Wiederholungs-MPU ein. Dieses Mal ist der Gutachter Diplom Psychologe Michael S.

Sören hat inzwischen erhebliche Beträge für Vorbereitungskurse ausgegeben. Insgesamt belaufen sich seine Kosten, um überhaupt erst einmal wieder die Tür zum Fahrerlaubnisantragsverfahren zu öffnen, an die 6.000 Euro.

Die Befragung dauert 55 Minuten. Michael S. bescheinigt Sören eine teilweise vorhandene Uneinsichtigkeit, aber dass er nun gar nicht dazu gelernt hätte, kann Michael S. nicht bestätigen. Aus psychologischer Sicht hält er es für ausreichend, wenn Sören erfolgreich an einer Nachschulung teilnimmt.

So geschieht es auch.

Sören besteht die Nachschulung, braucht keine weitere MPU mehr zu absolvieren und kann erneut die Fahrerlaubnis erwerben. Er hat auch bald wieder ein Auto. Es ist wieder ein Golf mit hoher Motorleistung, aber Sörens Fahrstil hat sich geändert. Er fährt defensiver als früher, fährt innerorts lieber 45 als 50.

Auch befindet er sich in einer – harmonischen – neuen Beziehung. Seine neue Freundin weiß nichts von seinen früheren Eskapaden, sie fragt auch nicht. Er fängt buchstäblich noch einmal von vorne an, hat einen Job bei einem überregional tätigen Logistikunternehmen als Fahrer.

Die Schatten der Vergangenheit … weit, weit liegen sie hinter ihm.

KAPITEL ACHT

EIN WIRKLICH SCHLECHTES FORMULAR

Im Büro von Rechtsanwalt M. sitzt Roberto Z., italienischer Staatsangehöriger.

Er legt eine Terminsladung zum Amtsgericht vor in sechs Wochen in einer Verkehrssache. Er soll 40 km/h zu schnell in der geschlossenen Ortschaft gefahren sein. Er hat selbst Einspruch eingelegt.

Die Verhandlung dieser Ordnungswidrigkeit ist allerdings mit einer Strafsache verbunden worden, denn Roberto hat keine Fahrerlaubnis. Diese ist ihm vor zwei Jahren wegen gefährlichen Eingriffs in den Straßenverkehr entzogen worden.

Er ist mit 60 km/h auf einer öffentlichen Parkfläche gebrettert und hat dabei eine Mutter mit Kind gefährdet, die im letzten Moment zur Seite springen konnten.

Zeugen hatten sich das Kennzeichen gemerkt und Roberto ist als Fahrer in der späteren Verhandlung wiedererkannt worden. Der Führerschein war damals am selben Tag anlässlich eines Besuchs der Polizei bei Roberto zu Hause sofort beschlagnahmt worden, und im Beschluss nach § 111 a StPO ist ihm die Fahrerlaubnis vorläufig – im Urteil dann endgültig entzogen worden. Sperrzeit: 8 Monate. Nicht abgelaufen.

Roberto bringt das damalige Urteil mit. „Aber das bin ich ja alles gar nicht gewesen", beteuert er. „Das war alles mein Bruder."

Er erklärt, er habe fünf an der Zahl. Derjenige, welcher ihm so ähnlich sieht, hätte damals das Fahrzeug geführt und sei auch jetzt wieder der Fahrer, also der Täter der Geschwindigkeitsüberschreitung. Beide seien zwar keine Zwillingsbrüder, sich aber zum Verwechseln ähnlich.

„Zeigen Sie doch bitte den Bußgeldbescheid bzw. die Anhörung", erfragt Rechtsanwalt M.

„Ja, habe ich dabei. Sehen Sie mal das undeutliche Foto. Da bin ich doch gar nicht richtig zu erkennen."

„Nicht besonders gut. Stimmt schon. Es kann sein, dass man zur Abgleichung des Fotos eventuell bei der Einwohnermeldebehörde eine Kopie des Personalausweises angefordert hat, um das Passfoto mit dem Blitzerfoto abzugleichen."

„Ja? So etwas machen die?"

„Ja, das kann die Akteneinsicht aber nur ergeben. Ich muss die Akte anfordern."

„Ja, dann tun Sie das. Dann weiß man ja bestimmt mehr."

„Aber das Radarfoto zeigt meinen Bruder. Das kann man doch wohl sehen."

„Das weiß ich nicht. Ich bin kein Gutachter, der anthropologische Begutachtungen von Gesichtszügen durchführen kann. Das würde dann dem Gerichtsverfahren vorbehalten bleiben. Ihre Gesichtszüge, Kopfform usw. würden gutachterlich mit dem Radarfoto abgeglichen. Dann würde man ja sehen, ob Sie das sind oder der Ihnen – wenn auch ähnlich sehende – Bruder."

„Ja", stimmt Roberto zu. „Dann beantragen Sie das bitte alles."

„Es bleibt noch ein Problem."

„Welches?"

„Wie ist der Bruder in den Besitz Ihres Pkw gekommen? Er hat ihn doch nicht ohne Ihr Wissen benutzt? Ist das Fahrzeug wissentlich an einen Fahrer ohne Fahrerlaubnis überlassen worden? Das wäre unter anderem auch strafbar."

„Doch, das passiert immer so. Das Fahrzeug läuft ja immer noch auf mich, weil es in der Familie benutzt wird, und meine Frau ist so gutgläubig. Da braucht nur einer aus der Familie kommen und das Auto haben wollen, dann gibt sie ihm sofort Schlüssel und Papiere. In diesem Fall wusste ich das gar nicht. Und jetzt wird unterstellt, dass ich gefahren bin und auch noch ohne Fahrerlaubnis und kriege noch ein Strafverfahren an die Hacken. Ich schwöre Ihnen, die Amokfahrt damals auf dem Parkplatz, das war auch mein Bruder."

„Ja, das sagten Sie schon. Kommt nicht in Betracht, ihm mal die Nutzung des Fahrzeugs zu untersagen? Was wollen Sie noch alles auf sich nehmen?"

„Habe ich doch schon, aber er belabert immer meine Frau, wenn ich nicht da bin, und die lässt sich dann erweichen."

„Nun, im Termin werden das Fahren ohne Fahrerlaubnis und die Ordnungswidrigkeit verhandelt. Ihre Chancen bei der Wiedererteilung der Fahrerlaubnis sinken weiter und weiter."

„Ja", so Roberto. „Deswegen bin ich ja bei Ihnen."

„Bei der Parkplatzsache, wie war das damals?"

„Wie soll es gewesen sein? Mein Bruder hat mitnichten die Sache auf sich genommen. Ich hatte ihn darum gebeten. Und mir hat der Richter natürlich überhaupt nichts geglaubt, weil ich den wahren Fahrer nicht genannt habe."

„Und Ihre Frau? Die hat ihm doch das Auto gegeben."

„Ja, aber mein damaliger Anwalt hat mir abgeraten, sie als Zeugin zu benennen. Gegenüber meinem Bruder hätte sie kein Zeugnisverweigerungsrecht gehabt mangels Verwandtschaft. Sie hätte als Zeugin sagen müssen, wem sie das Auto gegeben hatte."

„Ja, das leuchtet ein. Also ist alles an Ihnen hängengeblieben. Aber auch den Schwager hätte sie nicht belasten müssen. Eine ganz schön verfahrene Situation. Können Sie wenigstens ein Foto Ihres Bruders beschaffen?"

„Ja, klar. Bringe ich zum Termin mit."

Rechtsanwalt M. meldet sich noch zur Akte, beantragt Akteneinsicht.
Es geschieht … nichts.
Wiederholt das Gesuch.
Erfolglos.
Telefoniert mit der Geschäftsstelle des Amtsgerichts. Dort erfährt er, dass die Akte der zuständigen Richterin vorliegt.
Er werde danach wohl sofort Akteneinsicht erhalten.
Wieder passiert … nichts.
Er versucht, die Richterin persönlich zu sprechen.
Erfolglos. So wie die schriftlichen Erinnerungen an das Akteneinsichtsgesuch.

Rechtsanwalt M. sucht die Geschäftsstelle persönlich anlässlich eines Besuchs im Gerichtsgebäude nach einem anderen Termin auf.
Drei Damen sitzen in der Geschäftsstelle am PC. Sie erteilen die Auskunft, die für die Abteilung zuständige Geschäftsstellensachbearbeiterin sei erkrankt.

Rechtsanwalt M. soll in der Folgewoche wiederkommen.

In der Folgewoche ist die Kollegin aber noch so gar nicht genesen.

Die Vertretung erbarmt sich und verspricht durch Aufsuchen der Richterin in ihrem Dienstzimmer – diese ist wieder in einer Sitzung – an das Akteneinsichtsgesuch zu erinnern und einen Zettel hinzulegen.

Es passiert wiederum … nichts.

Schließlich ist Termin.

Rechtsanwalt M. trifft sich mit Roberto 10 Minuten vor dem Termin. Roberto hat tatsächlich ein Foto des Bruders dabei.

Es zeigt einen elegant gekleideten Mittvierziger, der auf dem Deck einer im Hafen liegenden Segelyacht steht. Er posiert dort regelrecht.

Dieser Herr hat sicherlich mit vielen anderen Herren Ähnlichkeit, denkt der Anwalt, nur nicht mit Roberto. Außerdem ist er gering adipös, trägt eine völlig andere Haarfrisur und ist Brillenträger. Alles dies im konträren Unterschied zu Roberto. Rechtsanwalt M. sieht sämtliche Felle schwimmen.

Dann der Hauptverhandlungstermin.

Die üblichen Formalitäten. Befragung des Angeklagten zu seinen persönlichen und wirtschaftlichen Verhältnissen, Belehrung im Übrigen etc.

Rechtsanwalt M. bittet vor Äußerung des Angeklagten zur Sache um eine Unterbrechung, um draußen die Akte endlich einsehen zu können und kurze Besprechung mit dem Angeklagten betreffend seine Einlassung zu halten.

Die Richterin ist wenig begeistert.

„Warum hatten Sie keine Akteneinsicht?", fragt sie scheinheilig.

Die Verweigerung der Akteneinsicht dürfte eine Behinderung der Strafverteidigung sein und sich am äußersten Rand der rechtsstaatlichen Bedenklichkeit bewegen. Der Anwalt verkneift sich die Bemerkung, sowie Anträge auf Vertagung, denn nun beginnt die Sache aus einem anderen Grunde, eine Wendung zu Gunsten Roberto zu nehmen. Ein Blick hinüber zum Richtertisch spricht bereits Bände. Auf vier Meter (!!!) Entfernung ist vom Verteidigertisch aus in Richtung Richtertisch ein Blick auf das aufgeschlagene Blatt der Akte möglich.

Zu sehen ist ein vergrößertes Foto des Fahrers, das Bestandteil der Akte war und eine wesentlich bessere Auflösung hat. Also nicht die schlechte Qualität des kleinen Fotos auf der Anhörung und auf dem Bußgeldbescheid mit der dortigen Undeutlichkeit, sondern eine hellere

Vergrößerung mit weitaus besserer Auflösung. Auf meterweite Entfernung sieht man schon, dass der Fotografierte nicht Roberto ist.

Die Richterin blickt nervös auf das aufgeschlagene Aktenblatt, sodann zu Roberto und wieder zurück. Roberto erklärt kurz und bündig: „Ich bin nicht gefahren."

Die Richterin bittet den Staatsanwalt an den Richtertisch. Rechtsanwalt M. tritt hinzu.

„Ich spreche den jetzt frei", kündigt sie an und richtet dabei ihren Blick an den Staatsanwalt mit einer deutlichen Verlegenheit in der Stimme.

„Sehen Sie nur. Der Haaransatz ist anders, die Kopf- und Nasenform und vieles andere mehr. Dieser Angeklagte ist nicht der Fahrer."

So geschieht es auch.

Aufgrund der Kostenentscheidung, wonach die Staatskasse neben den Gerichtskosten auch die Auslagen des Angeklagten zu tragen hat, beziffert Rechtsanwalt M. die Anwaltskosten des Angeklagten an die Staatskasse.

Die Antwort des Rechtspflegers kommt prompt. Er beschließt die Kostenerstattung in beantragter Höhe und erklärt gleichzeitig, dass die Staatsanwaltschaft wegen Ansprüchen gegen Roberto aus früheren Geldstrafen etc. die Aufrechnung gegen den Kostenerstattungsanspruch erklärt. Er legt das staatsanwaltliche Schreiben bei.

Rums!!! ...

„Was ist hier schiefgelaufen?", denkt Rechtsanwalt M. 'Er hat doch erst kürzlich neue Vollmachtsformulare bestellt. Dies beim bundesweit die Rechtsanwälte beliefernden Ausstatter „Solldas-GmbH". Dieser liefert Formulare, Bücher, technische Ausstattung mit allem Komfort und zurück. Allein Rechtsanwalt M. hat hunderte, wenn nicht tausende Euro im Laufe seines Berufslebens an diesen Kanzleiausstatter bezahlt.'

Da wird doch wohl in den Vollmachten in Strafsachen formularhaft enthalten sein, dass die Ansprüche auf Kostenerstattung vom Mandanten gegen die Staatskasse auf den beauftragten Anwalt übertragen werden? Das kann man doch wohl voraussetzen. Das A und O eines qualitativ den Interessen der Anwälte dienenden Formulars. Denn wenn das da steht, und davon kann man ja wohl ausgehen, dann geht die Aufrechnung der Staatsanwaltschaft ins Leere.

Rechtsanwalt M. liest das Vollmachtsformular durch, das er an die Gerichtsakte gesandt hat. Liest zwei mal, drei mal, der gebotene Wortlaut ist dort … nicht enthalten.

„Oh ha. Das war jetzt echtes Lehrgeld. Vertraue nie darauf, dass andere, in diesem Fall die die Interessen der Anwaltschaft ach so wahrende „Solldas-GmbH" etwas sorgfältig und richtig macht. Einmal vertraut … auf die Fresse gefallen."

Umsonst gearbeitet.

Die Kosten bei Roberto zu berechnen, ist total sinnlos. Er ist völlig überschuldet. Bei ihm ist nichts zu holen.

KAPITEL NEUN
„DIE WAHRHEIT IST NIE DAS,
WAS MAN SIEHT"

Sommer 2018

Diana T., 38-Jährig verlässt das Erdgeschoss der im Süden der Ruhrgebietsstadt E. ansässigen renommierten Anwaltskanzlei, weil sie Feierabend hat. Es ist 16:45 Uhr.

Einige Mitarbeiter sind noch da. Das Büro besteht aus 14 (!) angestellten Rechtsanwälten, sowie drei Vollzeitkräften, dem Kanzlei-Chef, Rechtsanwalt R. und 12 (!!) weiblichen Auszubildenden. Die Räume sind großzügig gestaltet, an die 280 qm groß und auf neuestem technischen Stand ausgerüstet. Auch ein Notar ist dabei.

Diana hat einen anstrengenden Arbeitstag hinter sich. Sie trägt ein eng sitzendes Businesskostüm mit weißer Bluse und mitteltiefem Ausschnitt. Das Kostüm figurbetont, hochhackige Schuhe, die blonden Haare nach hinten zusammengebunden, dezent geschminkt. Sie ist schlank, mit einer bemerkenswert guten Figur und attraktivem Äußeren. Im Weggehen über die Geschäftsstraße denkt sie über den Arbeitstag nach. Eigentlich war es wie immer, auch die am Rande wahrnehmbaren Ereignisse sind immer dieselben.

Die Bürovorsteherin, Isolde B. (58-Jährig), der alle 12 Auszubildenden unterstellt sind, hat diese wieder einmal schlecht behandelt. Auf Fragen hat sie einsilbige, herablassende Antworten gegeben. Manche Fragen hat sie gar nicht beantwortet und die Azubis einfach stehen lassen. Allerdings hat sie nicht damit gespart, teilweise entwürdigende Arbeiten zuzuweisen. So musste die jüngst eingestellte Sarah V. buchstäblich die ganze Woche lang Akten suchen und Kaffee kochen.

Je länger es dauerte, hartnäckig verschwundene Akten zu finden, umso ungehaltener wurde Isolde. Es fielen auch antiquierte Sprüche wie „Lehrjahre sind keine Herrenjahre" und Ähnliches.

Aufgrund der dargebotenen Behandlung ist die Fluktuation bei den Auszubildenden äußerst groß. Übernommen werden sowieso die meisten nicht, und sie wollen auch gar nicht. Sie wollen nur nach dem Prinzip „Augen zu und durch" irgendwie die Ausbildung beenden. Allerdings, so wie das in diesem Büro läuft, werden sie diese nicht durchstehen. Mindestens 30 % - 40 % der Auszubildenden verlassen nach Eigenkündigung vorzeitig das Büro und werden durch neue Auszubildende ersetzt.

Diana T. hat schwerpunktmäßig für den Sozius des Chefs, Rechtsanwalt C. zu arbeiten. Dieser betreibt erklärtermaßen an der spanischen Costa del Sol eine Surfschule. Dort hält er sich, so oft er nur irgendwie kann, auch (allein) auf. Er betritt wochenlang das Büro nicht. Manchmal zwei bis drei Monate im Sommer nicht. Er ist verheiratet und hat zwei Kinder.

Er lässt durchblicken, um nicht zu sagen, er prahlt damit, am Ort der Surfschule auch einige außereheliche Beziehungen zu führen. Seinen Anwaltskollegen hat er auch Fotos der dort ansässigen und nur auf ihn (auf wen sonst?) wartenden jungen Frauen gezeigt. Die Fotos der außerehelichen Liebschaften schließt er in einer abschließbaren Schublade seines Schreibtisches ein oder schiebt sie unter die Schreibtischauflage bzw. versteckt sie in der den Verbandskasten seines Autos beinhaltenden Klappe der Kofferraumverkleidung.

Er ist erpicht auf die anerkennenden, zustimmenden Blicke der Anwaltskollegen. Nun müsste er eigentlich blendend erholt sein, wenn er dann nach Wochen, um nicht zu sagen, nach Monaten endlich mal wieder ins Büro kommt und sich um seine Arbeit kümmert.

Allerdings ist das Gegenteil der Fall. Zwar hat die Gesichtsbräune regelmäßig stark zugenommen, allerdings ist nach wenigen Stunden im Büro seine gute Laune wieder auf null. Er pampt herum, nörgelt über nicht schnell genug fertiggestellte Schriftsätze, nicht erledigte Fristsachen und vieles andere mehr.

Diana erledigt nahezu alle Mahnsachen, Schriftsätze, Vollstreckungsverfahren. Dies alles selbstständig, weil sie eine gut eingearbeitete und erfahrene Kraft ist. Anerkennung dafür kommt allerdings selten bzw. gar nicht. Was stattdessen kommt, sind unerwünschte Komplimente von

Rechtsanwalt C., auf die sie nicht reagiert. Manchmal gibt sie vermeintliche Signale zurück, damit wenigstens ein bisschen Ruhe ist und sie weiter arbeiten kann und Rechtsanwalt C. vorübergehend ein wenig besänftigt ist.

Neulich hat er sich sogar dazu verstiegen, sich über falsch gesetzte Kommata in ihren Schriftsätzen maßlos aufzuregen. Oberlehrerhaft führt er sie vor …

Mit derartigen Regelungen ist Diana völlig unterfordert, natürlich kennt sie diese Regeln. Es ist einfach in der Hektik des Arbeitstages passiert, aber Erläuterungen und Erklärungen nützen sowieso nichts. Rechtsanwalt C. versteht nur eine Sprache, das ist die Signalgebung, dass sie nur endlich einmal zustimmt, sich von ihm bei passender Gelegenheit flachlegen zu lassen.

Also verkneift sie sich jeglichen Kommentar. Heute war es auch wieder gegenüber drei Auszubildenden wirklich haarsträubend. Isolde gebärdete sich als „Hausdrachen". Man könnte fast meinen, sie neidet den jungen Frauen ihre Jugend und ihre Attraktivität, oder welchen Grund kann es haben, zur Ausbildung anvertraute junge Menschen so zu behandeln?

Der Kanzlei-Chef, Rechtsanwalt R. hat gegen 9:30 Uhr sein Büro und sein Zimmer betreten. Er leidet seit mindestens zwei Jahren unter Herzrhythmusstörungen. Er ist übergewichtig, Spitzbauch, trägt meistens schlecht sitzende Anzüge, bei kleinsten Anlässen transpirierend, immer dieselben Witze erzählend, über die er allerdings selbst lauthals am meisten lacht.

Neulich war er im Krankenhaus wegen sogenanntem Vorhofflimmern. Der Herzrhythmus begann zu stolpern und war schließlich erhöht auf 140 bis 150 pro Minute und wollte 1,5 Tage nicht mehr sinken. Der Chefarzt der kardiologischen Abteilung des Klinikums hat ihm unmissverständlich erklärt, dass die Behandlung mit Stromstößen nur zeitlich begrenzt möglich ist. Bald wird er um eine Operation und Verödung von Herzgewebe nicht herumkommen. Aber das interessiert den Chef alles nur in zweiter Linie. In erster Linie möchte er klagen.

Er setzt pro Tag niemals unter sieben bis acht Klagen ab. Mieträumungsklagen, Feststellungsklagen jedweder Art, Schadenersatzklagen, bei durchaus mitunter unsicherer Rechtsgrundlage, aber das ist ja alles egal. Es geht ihm regelmäßig mehr darum, anständig Staub aufzuwirbeln. Die Erfolgsaussichten der jeweiligen Prozesse, die er beginnt, sind dabei zweitrangig.

Es kann nicht verborgen bleiben: Trotz großzügiger Räumlichkeiten, bester, modernster und aufwendiger technischer Büroausstattung und massivem Personalapparat und traumhafter Umsätze ist das Arbeitsklima ... schlecht.

Aber Diana hat noch ganz andere „ungelöste Fälle". Jetzt jedenfalls muss sie, bevor sie nach Hause kommt, eben einkaufen. Ihr Partner verweigert das Betreten von Lebensmittelläden jedweder Art.

Er begründet dies damit, keine Lust zu haben „die Fressen, die sich dort aufhalten, ansehen zu müssen", wie er sich ausdrückt. Die Fetzen von hohlen Gesprächen, die er im Vorbeigehen mitbekommen muss, die Behäbigkeit, das den Ablauf und den Betrieb hemmende und bremsende Gewäsch an der Kasse machen ihm schlechte Laune, wie er es nennt. Er ist Gebietsleiter einer Versicherung und hat die Aufgabe, die einzelnen Agenturen im Hinblick auf abgeschlossene Verträge zu überprüfen, insbesondere auch, ob die Anzahl der Verträge erhöht werden kann, wenn nein, warum nicht, er soll Verbesserungsbedarf erkennen.

Insbesondere hat er sich festgebissen an der Versicherungsagentur Conrad J. Regelmäßig sucht er die Agentur auf und versucht Conrad zu coachen, denn dessen Umsätze stagnieren. Auch deutet er an, dass, wenn es so weiter geht, die Geschäftsbeziehung zwischen Konzern und Conrads Agentur möglicherweise nicht gehalten werden kann, was immer er damit meint. Aber auch er ist nicht sein eigener Herr, denn er bekommt wieder entsprechenden „Druck von oben".

Regelmäßig muss er direkt beim Vorstand Bericht erstatten, wie es um die Umsätze der von ihm betreuten Agenturen bestellt ist und was er getan hat, um Verbesserungen zu erreichen.

Auf dem Weg zum Supermarkt muss Diana an den durchaus aufdringlichen Mandanten Stefan K. denken. Er kommt mehrmals wöchentlich, um Unterlagen hereinzubringen, die er aber schon längst hereingebracht hat, worauf er auch hingewiesen wird. Auch kommt er regelmäßig, um Bestimmtes zu fragen, was er aber schon gefragt hat. Manchmal erscheint er auch zweimal am Tag. Zum Anwalt will er gar nicht vorgelassen werden. Es kommt ihm offensichtlich darauf an, mit ihr – Diana – zu sprechen, um nicht zu sagen, sie anzugraben. Noch heute hat er ihr ziemlich unverfroren in den Ausschnitt gestarrt. Na ja, denkt Diana, das Problem wird sich ja wohl auch noch irgendwie lösen lassen.

Auf dem Weg vom Supermarkt nach Hause überlegt sie, wie der Abend wohl werden wird. Sie lebt mit ihrem Partner seit Jahren zusammen. Nunmehr haben sie seit elf Tagen kein einziges Wort miteinander gewechselt und haben buchstäblich nebeneinander hergelebt. Möchte einer das Badezimmer betreten und der andere kommt gerade hinaus, macht dieser andere höflich Platz und geht zur Seite, ebenfalls ohne ein Wort zu sagen. In der Küche stehen sie schweigend nebeneinander, sofern das überhaupt auszuhalten ist, um etwas Essen zuzubereiten, was dann aber jeder für sich zu sich nimmt, sie in der Küche, er im Wohnzimmer oder umgekehrt.

Aus dem gemeinsamen Schlafzimmer ist sie längst ausgezogen. Der Grund für all dies ist durchaus simpel. Es ist dicke Luft. Nach acht Jahren gemeinsamer Partnerschaft wünscht sich Diana ein Kind. Sie möchte endlich ankommen in ihrem Leben. Aber ihr Partner will nicht. Immer, wenn das Thema aufkommt, macht er dicht. Nunmehr fühlt er sich derartig unter Druck gesetzt, dass er kein Wort mehr redet. Aber eine Trennung geht auch nicht. Beide sind zu sehr in gemeinsame finanzielle Angelegenheiten verstrickt. Immerhin haben sie auch beide einen gut bezahlten Job.

„Kann der sich nach acht Jahren nicht einfach mal einen Ruck geben?", fragt sich Diana. „Er ist 42. Wie lange will er noch im unverbindlichen Raum schweben?"

Sie hat Angst, dass bald gar nichts mehr möglich ist. Sie hat bereits als 10-Jährige ihre erste Menstruation bekommen. Auf ihre Frage hin hat die Mutter damals geantwortet: „Ach, Kind. Manchmal schlägt es eben früher ein." Aber sie hat in einer Frauenzeitschrift gelesen, dass dann die Empfängnisfähigkeit in solchen Fällen auch früher beendet sein kann. Vielleicht schon mit 40? Das ist schon keine biologische Uhr mehr, die da tickt. Da könnte ein Zug bereits abgefahren sein. Was ist, wenn sie jetzt schon nur noch die Rücklichter dieses Zuges in weiter Ferne vor sich sieht?

Diana überlegt mit mulmigem Gefühlen, wie die Zukunft wird.

Zwei Typen, die ihr gerade begegnet sind, drehen sich allzu offensichtlich um und starren dreist hinter ihr her.

KAPITEL ZEHN
„WAS MEINEN SIE DAMIT?"

September 2009

Im Büro von Rechtsanwalt M. sitzt Fabian D., 34-jährig. Er legt eine Anklageschrift vor. Es geht um vier Körperverletzungen gegenüber der Ex-Frau und zugleich Mutter des gemeinsamen Kindes, Lina L., 32-jährig, der gemeinsame Junge ist inzwischen 4-jährig.

Es sind angeklagt drei Körperverletzungen, eine versuchte Vergewaltigung mit genau bezeichneten Tattagen, zwei Handgreiflichkeiten in Form von heftigem Schubsen und einer Ohrfeige, sowie eine versuchte gefährliche Körperverletzung in Gestalt eines Werfens einer Blumenvase nach der Geschädigten, wobei sie nur durch eine Ausweichbewegung dem Wurfgeschoss entkommen konnte. In Augenhöhe ist die Blumenvase hinter ihr an der Wand zerborsten. Dann eine im Verlauf der ehelichen Auseinandersetzung angebliche Übergriffigkeit des Mannes, der zudringlich wurde, um sich sein vermeintliches Recht auf Sexualität mit Gewalt zu verschaffen. Gegen diese Zudringlichkeit will sich die Geschädigte nur durch heftige Gegenwehr gewehrt haben können.

Fabian D. erscheint mehrmals im Büro. Er ist derartig aufgebracht, dass er darauf besteht – strafprozessual sinnlos – eine siebenseitige schriftliche Stellungnahme abzufassen. Er meint dort die Historie des Niedergangs dieser Eltern- und Paarbeziehung minutiös erklären zu müssen, um seine Schuldlosigkeit durch eine schriftliche Darstellung hervorzuheben. Bemühungen von Rechtsanwalt M. zur Beratung dahin, dass im Strafprozess alles mündlich verhandelt werden muss und Beweisanträge nur schriftlich angekündigt werden, während sie dann verlesen werden müssen, weist er zurück.

Nur er wisse, wie man den Richter davon überzeugen kann, dass er – Fabian – doch völlig im Recht war und das allzu garstige Gebaren der Kindesmutter ihn dazu gebracht hat, ihn, den völlig Friedfertigen, ausnahmsweise einmal auszurasten.

Des Weiteren führt er aus, nur dann zum Termin, der schon bestimmt ist, zu erscheinen, wenn ihm danach ist. Beratungen des M. dahin, dass er als Angeklagter mit der Polizei vorgeführt wird nach vorherigem Ordnungsgeld, wenn er nicht erscheint, weist er gleich zurück. Er entscheide, ob er an diesem „Schauprozess" teilnehmen will oder nicht. Das werden alle Verfahrensbeteiligten „schon sehen".

Im Termin lässt nunmehr nach Vernehmung zur Person und zur Sache der Angeklagte nicht eine Gelegenheit aus, um die Geschädigte in ein schlechtes Licht zu rücken. Dies unterstreicht er mit einer lässigen Sitzhaltung im Angeklagtenstuhl, in dem er sich möglichst weit zurücklehnt, die Beine übereinander schlägt und die Arme hinter dem Kopf verschränkt, um eine „Fernsehsesselhaltung" einzunehmen und damit zu suggerieren, wie wenig ihn diese Gerichtsverhandlung berührt.

Der Vorsitzende lässt sich nichts anmerken, allerdings ist bereits jetzt zu spüren, dass angesichts der fehlenden Einsicht des Angeklagten es wohl hier zu einer Haftstrafe ohne Bewährung kommen wird. Fabian D.'s Uneinsichtigkeit ist derart haarsträubend, dass es wohl ein gerichtliches Einlenken hier nicht geben wird.

Die Geschädigte – sie wird fortlaufend vom Angeklagten Fabian D. unterbrochen, der wiederum vom Richter zurechtgewiesen wird und mehrfach mit Ordnungsgeld belegt wird – bestätigt alle Vorfälle. In einer Verhandlungspause bewegt er sich allerdings versöhnlich auf die Geschädigte zu und will sie offensichtlich umarmen, da tritt die Nebenklagevertreterin Rechtsanwältin Anne Z. pfeilschnell hinzu, wirft sich dazwischen und schubst den Angeklagten von ihrer Mandantin weg. Nach der Verhandlungspause wird der Tatvorwurf der versuchten Vergewaltigung verhandelt.

Die Geschädigte bestätigt Teile der Anklage, insbesondere die Ankündigung des Mannes, nunmehr unmittelbar Sex einzufordern. Auch habe er mit heruntergelassener Hose bereits dort gestanden, dann aber rudert sie zurück, weiter sei es nicht gegangen, als sie protestiert habe. Der Mann hat die Hose wieder hochgezogen, den Hosenschlitz geschlossen und den

Gürtel wieder zugemacht. Dies werten Staatsanwaltschaft und vorsitzender Richter als strafbefreienden Rücktritt vom Versuch.

Erwartungsgemäß lautet die Verurteilung auf 1,5 Jahre Freiheitsstrafe ohne Bewährung. Wunschgemäß legt M. noch die Berufung selbst ein, woraufhin der Mandant, der noch keine Ladung zum Strafantritt erhalten hat, selbst einen anderen Anwalt für die Berufung suchen möchte. Rechtsanwalt M. legt seine Pflichtverteidigerkostenliquidation (erstinstanzlich: Schöffengericht beim Amtsgericht) beim Rechtspfleger vor.

Nun verläuft die Angelegenheit kostenrechtlich geradezu im Sande. Erinnerungen über Erinnerungen an die Bearbeitung dieser Pflichtverteidigervergütung bleiben ohne jede Reaktion. Monate vergehen, schließlich Jahre. Noch immer ist die Berufung nicht verhandelt. Der Anwalt bittet um Rückforderung der Akte vom Berufungsgericht, um wenigstens die amtsgerichtliche erstinstanzliche Kostenliquidation zu erledigen. Wieder nichts. Inzwischen sind drei Jahre und zwei Monate herum. Schließlich eine Reaktion des Rechtspflegers. Er kann die Kostenliquidation nicht bearbeiten, denn die Akte ist ja beim Berufungsgericht.

'Was soll das nun wieder?', denkt Rechtsanwalt M.' Es war doch gerade gebeten worden, die Akte zu diesem Zweck zurückzufordern.'

Die nächsten Monate schleppen sich dahin. Inzwischen sind knapp vier Jahre ins Land gegangen. M. schreibt die nächste Erinnerung und garniert sie mit dem Satz, ob nun in Kürze mit der Bearbeitung zu rechnen ist oder ob es Sinn macht, im Hinblick auf die gerichtliche Bearbeitungsdauer eine Sterbeversicherung abzuschließen.

Es vergehen noch zehn Tage, und der Betrag von circa 400 Euro wird festgesetzt und angewiesen. Aber das ist nicht das Einzige, was in diesem Zusammenhang an den Anwalt gerichtet wird. Dies ist auch ein Brief der Anwaltskammer, der nach weiteren 14 Tagen eintrifft. Er wird aufgefordert, zu diversen angeblichen Verfehlungen im Tonfall gegenüber Justizangehörigen Stellung zu nehmen zur Vorbereitung eines Verfahrens betreffend eine berufsrechtliche Rüge wegen Verstößen gegen das anwaltliche Sachlichkeitsgebot und ggf. ein Ordnungs-/ Bußgeld. Der Anwalt liest diesen dreiseitigen Brief nur oberflächlich und nur bis zur Hälfte durch. Was für ein Blödsinn, denkt er nur bei sich. Darauf wird man ja wohl kaum reagieren müssen.

Die Stellungnahmefrist verstreicht. Schließlich ein weiterer Brief der Anwaltskammer.

Nachdem die Gelegenheit zur Stellungnahme nicht genutzt worden sei, müsse nun aufgrund der Sachverhalte und Vorfälle im vorhergehenden Schreiben die berufsrechtliche Zuverlässigkeit des Anwalts geprüft werden, insbesondere seine psychische Belastbarkeit zur Klärung der Frage, ob er den Anforderungen des Berufs noch gewachsen ist.

Diverse Bestimmungen der BRAO werden zitiert. Ein Entzug der beruflichen Zulassung soll in diesem Zusammenhang geprüft werden. Es ergeht die Aufforderung an den beim städtischen Gesundheitsamt tätigen Neurologen und Psychiater Dr. S., den Gutachtenauftrag zu übernehmen und durchzuführen. Dr. S. soll zu diesem Zweck den Anwalt einladen und ein Explorationsgespräch führen.

Noch immer nimmt M. all dies kaum ernst. Denn der Büroalltag überfrachtet nahezu alles. Da kann man sich nicht auch noch in eigener Sache mit jeder Angelegenheit beschäftigen. Er beschließt aber diesen Termin, wenn er dann von Dr. S. bestimmt wird, durchaus wahrzunehmen. Warum eigentlich nicht? Vielleicht tut es ja ganz gut, sich mal über Missstände in Justiz und Verwaltung zu äußern. Schließlich hat er sich nichts zuschulden kommen lassen.

Der Termin schnellt heran. Die drei Wochen bis zum Termin sind wie im Flug vergangen. Der Anwalt sitzt an einem Donnerstag im Spätsommer 2014 bei Dr. S. im Behandlungszimmer.

Dr. S. beginnt freundlich, stellt sich vor und fragt den Anwalt, ob er weiß, warum er hier ist. „Sie haben einen Gutachtenauftrag der Anwaltskammer erhalten", vermutet M.

„Richtig, es liegt hier eine Personalakte von Ihnen vor, mit so allerhand Sachverhalten, die vorgekommen sein sollen im Laufe Ihrer beruflichen Jahre. Sind Sie einverstanden, darüber zu sprechen?"

„Warum nicht."

„Es haben sich diverse Rechtspfleger über Sie beschwert wegen oberlehrerhaftem unsachlichem Tonfall in Schriftwechseln, insbesondere Rechtspfleger V. Sie haben sich dort über die Bearbeitungsdauer eines Pflichtverteidigerkostenerstattungsantrages beschwert."

„Ja, das ist richtig", bestätigt Rechtsanwalt M. „Irgendwann ist mir der Kragen geplatzt."

„Sie sollen formuliert haben ... ", Dr. S. liest das Schreiben vor. Dabei zuckt es um seine Mundwinkel herum. Man könnte meinen, er muss sich das Lachen verkneifen.

„Dazu habe ich aber nichts zu sagen. Dazu stehe ich."

„Nun gut, weiter. Es gibt ja noch so allerhand Vorfälle. Auch Rechtsanwaltskollegen haben sich im Laufe der Jahre über Sie beschwert."

„So? Weiß ich gar nichts von."

„Doch, es kam hier einmal zu einer Rüge. Aber das ist vielleicht schon Ihrerseits vergessen. Sie sollen im Gerichtsflur des Landgerichts einen Kollegen, der Ihnen höflich ‚Guten Morgen' gesagt hat, brüskiert haben durch eine unangemessene Antwort."

Der Anwalt versucht, sich zu erinnern. Es war mal was ...

„Ach, war das der Kollege N.?"

„Ja, genau", bestätigt Dr. S.

„Ja, das war so", erläutert der Anwalt. „Wir haben jahrelang zusammen gearbeitet und uns gegenseitig, das heißt eigentlich ich eher ihm Fälle zukommen lassen zur Bearbeitung, die ich aufgrund Interessenkollision aus berufsrechtlichen Gründen nicht vertreten konnte. Rechtsanwalt N. hat durchaus gut verdient. Als ich dann mal ihn mit einer vielleicht nicht so lukrativen Sache – insgesamt waren 700 Euro zu verdienen – betraut habe, hat er die von ihm versprochene – sogar schriftlich zugesicherte – Gebührenteilung verweigert. Er meinte, dazu müsse er nun nicht stehen, denn es sei ja viel zu viel Arbeit gewesen. Dies ist Blödsinn, denn die Arbeit habe ich gemacht. Er musste nur zwei Gerichtstermine vertreten, in denen er noch dazu einen halbherzigen Vergleich geschlossen hat – dies auch aus Faulheit – und die gemeinsame Mandantin damit regelrecht über den Tisch gezogen hat."

„Nun, gut", so Dr. S. „so etwas ist ärgerlich, aber wie kam es dann zu dem Vorfall auf dem Gerichtsflur?"

„Ich habe ihm natürlich einen Mahnbescheid geschickt in unverjährter Zeit auf die Hälfte dieser Gebühren. Er legte Widerspruch ein und behauptete in der Begründung, die Gebührensache sei verjährt, denn die gemeinsame Mandantin hätte schon (vor mehr als drei Jahren) die Gebühren gezahlt, sodass mein Anspruch auf die Hälfte verjährt sein sollte. Dies war ersichtlich die Unwahrheit und diente nur dazu, sich herauszureden. Noch dazu hat er noch nicht einmal ein Datum angegeben, wann denn sein Geld geflossen sein soll, um eine konkrete Verjährung zu berechnen."

„Ja, alles sehr ärgerlich", unterbricht Dr. S. Rechtsanwalt M. „aber was ist denn von dem Vorfall auf dem Gerichtsflur zu halten, und was war da los?"

„Ja, es ging dann so zu Ende, dass ich wegen des konkreten Datums auf Zahlung der Gebühren durch die gemeinsame Mandantin an ihn die Sache nicht weiterverfolgt habe und die Klage zurückgenommen habe, denn ich wollte die inzwischen 86-jährige gemeinsame Mandantin nicht als Zeugin vor Gericht zerren."

„Sehr edel", so Dr. S, „aber was war auf dem Gerichtsflur?"

„Ja, es war so, ich erinnere mich, dass er mir auf dem Gerichtsflur entgegenkam und nach Begrüßung durch ihn ich ihn ebenfalls begrüßt habe."

„Ja und dann, und dann, und dann?"

„Ich habe dann das Guten Morgen begleitet mit einer Frage."

„Welche Frage, welche Frage?"

„Ja, guten Morgen, Herr Rechtsanwalt N., wie oft haben Sie heute schon gelogen?"

Wieder dieses merkwürdige Zucken um die Mundwinkel bei Dr. S.

„Gut, dann haben wir diesen Vorfall auch abgearbeitet. Dann hat sich ein Amtsrichter über Sie beschwert. Richter auf Probe U. Dies ist gar nicht so lange her. Gerade einmal sechs Wochen. Auch hier eine angebliche Verbalentgleisung von Ihnen."

„Ja, was soll dies wieder gewesen sein?", fragt Rechtsanwalt M. „Es scheint ja so, dass ich so ziemlich alles falsch gemacht habe in meinem beruflichen Leben."

„Bleiben Sie bei der Sache. Ich soll doch gerade prüfen, dies ist mein Auftrag, ob Sie noch psychisch belastbar sind. Also lassen Sie doch solche kindlichen Bemerkungen weg."

„Entschuldigung. Natürlich."

„Also Richter auf Probe U. soll Sie an der Pforte des Landgerichts aufgefordert haben, sich durch die Schleuse zu begeben und sich durchsuchen zu lassen, als Sie das Gerichtsgebäude betreten haben."

„Ja, das ist richtig, ich habe ihm dann erklärt, dass ich bekannt bin bei allen Justizwachtmeistern, die an der Pforte sitzen, mich mit Blickkontakt mit ihnen verständige und sie mich dann durchwinken, was die

Ausweiskontrolle – Rechtsanwälte müssen ja nicht die Taschen entleeren
– ersetzt.“

„Wie? Und mehr war nicht?“

„Nein, mehr war nicht.“

„Nun, das stellt hier Richter auf Probe U. anders dar. Er kannte sie aus
einer vor Tagen stattgefundenen Verhandlung und fühlte sich brüskiert.“

„Ja, ich habe ihm gesagt, dass ich mit allen Justizwachtmeistern bekannt bin und wir durch Blickkontakt uns verständigen und habe ihm die
Gepflogenheit erklärt.“

„Ja, dann wäre doch alles gut gewesen …“

„Nein, eben nicht. Er fragte mich: „Was meinen Sie damit?“

„Also hat er Sie nicht richtig verstanden oder haben Sie es nicht richtig
erklärt?“

„Doch, ich habe es sehr einleuchtend erklärt. Außerdem konnte er das
Prozedere sogar beobachten. Ich habe die Hand gehoben, mich mit einem
der in der Pforte sitzenden, älteren Wachtmeister verständigt, der mit
dem Kopf nickte.“

„Nun, davon steht hier nichts. Vielleicht hat Richter auf Probe M. das
nicht gesehen.“

„Weiß ich nicht. Er meckerte wohl noch ein bisschen weiter, sodass es
mir, nachdem wir die Schleuse verlassen hatten, zu dumm wurde.“

„Aha, jetzt kommt es wohl“, so Dr. S.

„Ja, ich habe ihm erklärt, „ich bin hier schon ein- und ausgegangen, da
waren Sie noch flüssig.“ Auch dazu stehe ich. Es gibt keinen Grund, mich
in dümmlicher Weise vorzuführen, wenn ich ihm den Sachverhalt geduldig erkläre.“

„Ja, und was war dann?“

„Er schnappte ein, bemerkte wohl noch, er dürfte ja einmal nachfragen
und forderte mich auf, nicht unverschämt zu werden.“

„Nun gut“, so Dr. S. an dessen Mundwinkeln sich wieder dieses eigenartige Zucken abzeichnet.

„Dann gibt es hier noch andere Vorfälle. Immer so kleine patzige Antworten im Schriftverkehr mit Kollegen. So sollen Sie einmal einem Anwaltskollegen, der Sie wegen einer Drittanbieterrechnung Ihrer Telekom-
Rechnung mit Inkasso- und Anwaltskosten auf 68,10 Euro in Anspruch
genommen hat, auch etwas Patziges geantwortet haben.“

„So, wann war das?", fragt Rechtsanwalt M. „Daran kann ich mich nicht mehr erinnern."

„Ja, es war wohl so, dass diese Rechnungen des Drittanbieters mitunter nicht deutlich genug auf der Telekom-Rechnung erscheinen, so wird es hier begründet und Ihnen das wohl durchgegangen ist."

„Ja, okay, aber inwieweit belegt das meine berufsrechtliche Unzuverlässigkeit?"

„Sie sollen dem Kollegen geantwortet haben im ersten Satz, ich beglückwünsche Sie aufrichtig dazu, so ein lukratives Mandat erhalten zu haben …"

Dieses Mal ist es M., der nur schwer an sich halten kann, um nicht aufzulachen.

„Stimmt, jetzt erinner ich mich. Es ist wohl schon ein paar Jahre her.

Jetzt sagen Sie mir nur, all dies haben die Kollegen der Anwaltskammer zukommen lassen, anstatt sich mit mir auseinanderzusetzen."

„Ja, so entnehme ich es hier der Personalakte. Es ist wohl so gewesen."

„Und was würden Sie jetzt sagen? Bin ich noch beruflich zuverlässig?"

„Sie werden mir zugestehen, dass ich das Ergebnis der Begutachtung hier kaum verkünden kann. Außerdem muss ich den gesamten Gutachtenstoff erst einmal prüfen und dann zum Ergebnis kommen. Dann ist hier noch ein Vorfall, aber der ist so lange her, den möchte ich hier nicht mehr zur Grundlage der Exploration machen."

Fragender Blick von Rechtsanwalt M.

„Es geht um das Jahr 1988. Sie sollen damals gegenüber einem Landgerichtsvorsitzenden ausfällig geworden sein. Es ging damals um prozessuale Hinweispflichten des Gerichts und ähnliches."

„Wie Sie schon sagen", so der Anwalt. „Das dürfte wohl zu lange her sein."

„Ja, ist es auch, aber auch das ist Gegenstand der Personalakte. Ich werde aber begründen, dass hier keine Bezugnahme im Gutachten erfolgen wird."

„Dann sind hier noch zwei Vorfälle benannt. Ein Mandant hat Sie in einer sozialrechtlichen Angelegenheit aufgesucht. Anstatt ihn sachlich und rechtlich fundiert zu beraten, sollen Sie ihm vom ersten Sex in Ihrem Leben vorgeschwärmt haben, noch dazu mit ihrer Grundschullehrerin (?!?!?)."

„Ja das stimmt. Der Mandant war im Gespräch äußerst aggressiv. Ich hatte vor, die überhitzte Situation mit einem Scherz aufzulockern."

„Mh. Mhh. Ach so. Und ist das gelungen?"

„Nein."

Und dann noch eine Sache. Sie sollen sich über ein bestimmtes Anwaltsformular, das Sie in hoher Menge beim Anwaltsausstatter, „soll das GmbH" geordert hatten, beschwert haben. Das Formular, erklärten Sie in Ihrem Beschwerdebrief, weise eine Unzulänglichkeit auf.

Das Schreiben wird dann in seinem Wortlaut immer unsachlicher und schließlich unverschämt.

Der Geschäftsführer der „soll das GmbH" beschwerte sich daraufhin bei der Anwaltskammer.

Er beanstandet in seiner Beschwerde, dass Sie gegen das Sachlichkeitsgebot verstoßen haben ..."

„Ja", bestätigt M. „Aber wenn die doch einen solchen Schrott verkaufen?"

Nun ist die Exploration zu Ende.

Das Gutachten kommt, wie von Dr. S. anvisiert, nach einem Monat. Die berufsrechtliche Zuverlässigkeit wird nicht grundsätzlich in Abrede gestellt, allerdings wird Rechtsanwalt M. eine gewisse psychische Minderbelastbarkeit bescheinigt sowie eine erhöhte Empfänglichkeit für Kränkungen aus dem narzisstischen Bereich.

Im Moment sind berufsrechtliche Maßnahmen nicht veranlasst. Es wird empfohlen: eine Rüge und ein Bußgeld, aber noch keine Maßnahmen und Sanktionen im Hinblick auf die berufliche Zulassung. Es wird empfohlen, eine erneute Prüfung vorzunehmen bei weiteren Auffälligkeiten.

KAPITEL ELF
SIND SIE EIN ANWALT ODER NICHT?

Im Büro von Rechtsanwalt M. sitzt Mohammed F., 19-Jährig.

Er berichtet: Er ist vor drei Tagen verurteilt worden vom Amtsgericht /Jugendgericht wegen Körperverletzung, Nötigung und Beihilfe zum Betrug, genauer gesagt zum Erschleichen von Leistungen und Beleidigung.

Nach den amtsgerichtlichen Feststellungen hat er während einer Busfahrt in der Linie 156 der Großstadt E. einen EVAG-Kontrolleur mit Schlägen traktiert, um die Kontrolle einer (ihm bekannten) 17-Jährigen Benutzerin des Busses zu verhindern, einen Fahrgast, der sich ihm beim Verlassen des Busses in den Weg gestellt hat, genötigt zu haben mit den Worten: „Geh zur Seite, du Hund, sonst gibt's gleich aufs Maul."

Aufgrund diverser Vorbelastungen lautet das Urteil auf sechs Monate Jugendstrafe.

„Nun legen Sie sich mal ins Zeug für mich", so Mohammed F. „Das Urteil ist ja wohl zu hart. Machen Sie „Einspruch". Die Strafe muss weg oder heruntergesetzt werden."

Er berichtet weiter, der Richter mochte ihn nicht und der Staatsanwalt hätte ihn immer nur angeschrien. „Das kann doch so alles nicht sein."

„So einfach ist das nicht", erwidert Rechtsanwalt M. „Sie sind im Jugendrecht, weil Sie 19 Jahre alt sind. Sie wohnen noch zu Hause bei den Eltern?"

„Ja genau. Ich mache Ausbildung."

„Dann wird es bei der Anwendung von Jugendrecht bleiben, denn Sie stehen trotz Vollendung des 18. Lebensjahres noch nicht auf eigenen Füßen. Im Gesetzessinne sind Sie sogenannter Heranwachsender."

„Ja, und? Wo ist das Problem?"

„Nun, die einmal verhängte Strafe soll bei gleicher Einlassung in der Berufungsinstanz nicht geändert werden. Dadurch soll verhindert werden, dass der Heranwachsende die Justiz für inkonsequent und sprunghaft hält. Dadurch soll eine negative erzieherische Wirkung vermieden werden."

„Verstehe ich nicht", so Mohammed. „Sind Sie nun ein Rechtsanwalt oder nicht?"

„Wie haben Sie sich in erster Instanz verhalten?", so Rechtsanwalt M. „Haben Sie die Vorwürfe bestritten?"

„Na klar. Was dachten Sie denn? Aber ich durfte kaum etwas sagen. Nur der eine Zeuge war König der Verhandlung."

„Der EVAG-Kontrolleur?"

„Ja, genau."

„Gut, dann belassen wir es beim umfassenden Bestreiten aller Vorwürfe. In dem Fall lässt sich die zweite Instanz besser angehen."

Nach dem Aufruf pünktlich um 11 Uhr nach der Belehrung, Verlesung der Anklageschrift etc. (der Staatsanwalt hat vor 11 Uhr entspannt einen wöchentlich erscheinendes Politmagazin gelesen, das er nunmehr aufgeschlagen auf dem Tisch liegen lässt und wenn er nicht in der Akte blättert, sein Blick in das aufgeschlagene Heft fällt) wird Mohammed F. befragt.

Er erklärt zur Sache, es sei richtig, dass er in dem Bus, Linie 156 Fahrgast gewesen ist. Derweil erscheinen die Zeugen und betreten den Gerichtssaal etwas verspätet. Sie werden wieder hinausgeschickt nach entsprechender Zeugenbelehrung. Es ist der Geschädigte, der EVAG-Kontrolleur sowie die 17-Jährige Bekannte des Angeklagten, die am besagten Tag ohne Fahrkarte im Bus Fahrgast gewesen ist.

Der Vorsitzende setzt die Vernehmung zur Sache fort.

„So, wo wollten Sie denn hin?" lautet die Frage.

Antwort Mohammed: „Das weiß ich nicht."

Bereits diese Antwort ist Anlass genug, um den Vorsitzenden zum ersten Mal auf die Palme zu bringen.

„Sie wussten nicht, wo Sie hin wollten?"

„Es ist so lange her", stammelt Mohammed. Der Staatsanwalt mischt sich ein. Immer noch liegt das aufgeschlagene Politmagazin vor ihm, ebenso wie die aufgeschlagene Akte.

„Ihre Berufung wirft die Frage auf", so der Staatsanwalt: „Was wollen Sie hier eigentlich erreichen?"

„Eine neue Beurteilung meines Falles", erwidert Mohammed F. trotzig. „Das Urteil ist falsch."

Missmutig und offensichtlich brüskiert darüber, dass eine Zurücknahme der Berufung in dieser Verhandlung wohl nicht erfolgen wird, setzt der Vorsitzende seine Befragung fort. Im Zuge dessen erklärt Mohammed F., den Kontrolleur nicht angegriffen zu haben, den anderen Fahrgast nicht beleidigt zu haben, und Verletzungen im Gesicht des Kontrolleurs müsse sich dieser woanders zugezogen haben.

Die 17-Jährige Bekannte habe er nur zufällig im Bus getroffen. Außerdem hatte er ja eine Fahrkarte gehabt. Warum sollte er, Mohammed, den Kontrolleur nötigen und verletzen? Warum die 17-Jährige Bekannte keine Fahrkarte hatte, weiß er nicht und hat damit nichts zu tun.

Nunmehr erscheint auch der dritte Zeuge: der genötigte Fahrgast, der sich Mohammed F. in den Weg stellen wollte. Auch er wird belehrt und wieder nach draußen geschickt.

Der Vorsitzende setzt die Befragung fort und lässt durchblicken, dass die Zeugenvernehmung in erster Instanz lückenlos und kaum an der Glaubhaftigkeit zu zweifeln ist. Er legt Mohammed F. nahe, die Verhandlung zu unterbrechen. Dieser soll sich mit seinem Verteidiger besprechen, ob die Berufung nicht zurückgenommen wird.

Draußen auf dem Gerichtsflur ist Mohammed F. äußerst blass um die Nase. In leiser, zurückhaltender, weinerlicher Stimme äußert er: „Der glaubt mir ja gar nichts. Aber eine Zurücknahme der Berufung kommt nicht infrage. Das Urteil ist falsch", bleibt er bei seinem Standpunkt.

Die Verhandlung wird fortgesetzt. Mohammed F. erklärt, eine Zurücknahme der Berufung kommt auf keinen Fall infrage. Der erste Zeuge wird gehört, (der EVAG-Kontrolleur). Danach der genötigte weitere Fahrgast, danach die 17-Jährige Bekannte von Mohammed.

Wieder sind die Aussagen des Kontrolleurs und des männlichen Fahrgastes detailreich und glaubhaft. Die 17-Jährige Zeugin erklärt, von Verletzungshandlungen und Nötigungen durch den Angeklagten jedenfalls nichts mitbekommen zu haben. Alles ist so schnell gegangen, erklärt sie. „Ich hatte zwischendurch auch mal Kopfhörer auf und Musik gehört."

Nach den Zeugenvernehmungen unterbricht der Vorsitzende für eine Beratung. Die Hauptverhandlung wieder eröffnet, gibt der Vorsitzende das Ergebnis der Zwischenberatung bekannt. Die Zeugin hatte erklärt, dass der Vorfall „Fahren ohne Fahrausweis" mit einem sogenannten „EBE" erledigt worden ist. Das heißt, sie zahlte das sogenannte erhöhte Beförderungsentgelt, und die Angelegenheit war erledigt.

Daraus schließt das Gericht, dass ihr kein Betrug oder Erschleichen von Leistungen im strafrechtlichen Sinne vorgeworfen werden kann. Mohammed kann insoweit also keine Beihilfe geleistet haben, sondern das Ganze ist ja mit einem EBE erledigt worden.

Dies ist schon deshalb falsch, weil beide Vorgänge parallel nebeneinander Bedeutung behalten können. Das EBE wird einfach fällig, wenn ein Fahrgast ohne Fahrausweis die öffentlichen Verkehrsmittel benutzt. Ob er dies konkret wusste, ob er Vorsatz hat, ob es fahrlässig war, ob er vielleicht sogar fest davon überzeugt war, den Fahrausweis bei sich zu führen, was sich dann als Irrtum herausstellte usw. etc. pp. ist völlig unerheblich. Nach den allgemeinen Geschäftsbedingungen im ÖPNV ist der EBE-Tatbestand erfüllt, und es ist zu zahlen. Inwieweit nun noch Vorsatz vorliegt, ist eine weitere parallel zu beurteilende strafrechtlichen Frage und fällt der strafrechtliche Vorwurf keineswegs vom Tisch, nur weil das EBE gezahlt worden ist.

Aber was soll's. Diese falsche rechtliche Beurteilung des Vorsitzenden kommt Mohammed F. zugute. Es fällt zumindest schon einmal der Vorwurf der Beihilfe zum Betrug oder Begünstigung etc. mangels Haupttat weg. Denn ein Betrug liegt ja aufgrund des EBEs nach Auffassung des Vorsitzenden nicht vor, auch kein Erschleichen von Leistungen.

Aber der Rest des Urteils fällt vernichtend aus. Die Strafe wird im Ganzen nur geringfügig vermindert.

Denn im Urteil wird unmissverständlich das Motiv des Angeklagten dargestellt für den „selbstlosen" Einsatz für die 17-Jährige Zeugin. Es wird auch im Urteil dazu einiges zu lesen sein. Diese Motivlage ist ausschließlich

Imponiergehabe.

Der Angeklagte wollte der Zeugin imponieren, wollte sich als tollkühner Ritter emporschwingen. Dies unter Inkaufnahme der Verwirklichung von Straftatbeständen und wollte zum Ausdruck bringen, was für ein „toller Hecht" er doch ist indem er die 17-Jährige „herausboxte".

Aufgrund des auch nicht zuletzt erzieherischen Charakters des Jugendstrafverfahrens wird also an der Strafzumessung nur geringfügig etwas nach unten geändert.

November 2015

Rechtsanwalt M. geht es nicht gut. Er sucht seinen Hausarzt Doktor B. auf. Dort war er lange nicht mehr, und sie kennen sich aus Schulzeiten, da sie Klassenkameraden waren.

Nach dem üblichen kurzen Geplänkel, was die anderen so machen, was jeder ohnehin nur vom Hörensagen weiß, da die Kontakte lange abgebrochen sind, kommt Rechtsanwalt M. zur Sache und schildert kurz seine Beschwerden. Doktor B. schlägt vor, einen Generalcheck durchzuführen, großes Blutbild, EKG usw. usw.

Aber etwas hat sich verändert. Dr. B. hat nicht mehr dieselbe Geduld, wie früher. Mitunter braust er auf, wenn ihm Fragen gestellt werden. Offensichtlich haben Patienten in den Jahrzehnten der praktischen Tätigkeit seinen Geduldsfaden allzu sehr strapaziert. Der war früher nicht so, denkt M. Er war der Überflieger in der Klasse. Man konnte ihn nachts wecken und ihm alle möglichen Sachfragen stellen, er wusste sofort die Antwort. Wie hatte er das bloß gemacht? Er musste sich den ganzen Tag in Büchern vergraben haben.

Die Untersuchungen werden absolviert, 10 Tage darauf sitzt M. wiederum im Arztzimmer, und die Ergebnisse werden besprochen.

„Jaaaa.“ Doktor B. lehnt sich zurück und legt die linke Hand hinter den Hinterkopf.

„Was soll ich dir sagen. Diverse Blutwerte sind nicht im Normbereich. LDL Cholesterin ist stark erhöht und dein HBA1C Wert gefällt mir nicht. Er ist ebenfalls erhöht. Auf dem EKG habe ich einige Extrasystolen entdeckt.“

„Was ist das für ein Wert?“

„Das ist ein mehrmonatiger Durchschnittsblutzuckerwert. Du bist noch nicht Diabetiker Typ Zwei, aber eine Prädiabetes liegt vor. Und deine Beschwerden im Oberbauchbereich erfordern eine Magenspiegelung.“

Rechtsanwalt M. versteht kein Wort. Er verdreht die Augen. Sofort wird er von Doktor B. ermahnt.

„Ist dir das hier zu anstrengend? Es geht um deine Gesundheit. Also konzentriere dich gefälligst auf unser Gespräch.“

M. hört weiter zu.

„Für die Schlaflosigkeit verschreibe ich dir ein harmloses pflanzliches Mittel, vielleicht ist das Problem damit schon gelöst.“ Die Blutwerte müssen jetzt ständig kontrolliert werden, aber auch die Schilddrüsenwerte. Und denk daran, dir endlich Auszeiten zu nehmen. So wie ich das einschätze, stehst du 24 Stunden am Tag unter Strom. Das ist alles falscher Ehrgeiz. Du willst allen zeigen, dass du es drauf hast, aber du erreichst nur eines, nämlich deinen eigenen Sarg zu zimmern. So und nun zu deinem BMI von immerhin 29.“

„Was heißt das?“

„Erkläre ich dir gleich.“

„Wie? Willst du auch noch sagen, ich bin zu fett?“

„Nein, im medizinischen Sinne liegt noch keine Adipositas vor, aber ein paar Pfund weniger würden dir durchaus guttun.“

„Was soll ich sagen? Du gehst strammen Schrittes auf die 60 zu.“

„Du ja wohl auch.“

„Um mich geht es hier nicht. Also kümmer dich in Zukunft mehr um dich selbst und weniger um andere.“

„Ja, ist gut, ist gut, ist gut. Hör auf“, protestiert M.

„Wie lange habe ich noch?“

„Mach keine blöden Witze, lass dir vorne einen Termin geben für ein Wiederholungs-EGK. Aber eines kann ich dir jetzt schon ans Herz legen.“

„So, und das wäre?“, fragt Rechtsanwalt M., beleidigt darüber, dass ihn der ehemalige Klassenkamerad aufgrund seiner ärztlichen Kompetenzen soeben regelrecht kaputt geschrieben hat.

Was sollte das? So fertig ist er doch nun auch wieder nicht. Ist das die alte Rivalität unter Klassenkameraden? Ist es der Neid, der damals unter Schulkameraden mitunter aufkam? Eine Nachwirkung von “ nicht abschreiben lassen?“

s„Du wirst", fährt Doktor B. unbeirrt fort „ohne ein sportliches Work-
outprogramm, das du konsequent durchzuhalten hast, nicht wieder zu
dir selbst finden, insbesondere gesundheitlich nicht."

„Was meinst du damit? Ich gehe einmal die Woche mit meinem Sohn
schwimmen."

„Das reicht nicht im Ansatz. Ich gebe dir hier einen sogenannten Lauf-
plan für Langstreckenläufe."

„Geh mir bloß damit weg. Ich hasse laufen. Ich habe doch gerade gesagt, dass ich schwimmen gehe."

„Hör mir zu! Den hat ein befreundeter Kollege von mir entworfen. Der
ist Sportmediziner. Es wird innerhalb von sechs Monaten eine Laufleis-
tung von 10 Kilometer mehrmals wöchentlich erreicht, wobei diverse An-
passungen regelmäßig vorgenommen werden und die Erhöhung der
Leistung. Dabei werden gewisse Schrittzahlen pro Minute aufgezeichnet,
regelmäßig nach oben angepasst, und eine dauerhafte Pulskontrolle findet statt."

„Oh Mann, oh Mann, das ist doch nichts für mich."

„Hör auf jetzt! Hör mir weiter zu! Des Weiteren wird eine Ernährungs-
umstellung dieses Sportprogramm diszipliniert begleiten. Auch hierzu
liegt ein Plan vor. All dies habe ich hier in einer kleinen Broschüre zusammengefasst. Ich bin geneigt zu sagen, wir sprechen uns in drei Monaten
wieder und dann teilst du mir deine Ergebnisse mit, nicht ich meine dir,
sondern eben mal umgekehrt."

Verdattert verlässt Rechtsanwalt M. mit dem kleinen Buch das Behandlungszimmer, geht artig und folgsam zum Empfang, lässt sich den
nächsten Termin geben. Zu Hause nach Feierabend beginnt er mit der
Lektüre der Broschüre. Frustriert legt er sie zunächst nach acht Seiten erst
einmal weg, nimmt sie aber später doch wieder in die Hand.

So schlecht scheint es doch gar nicht zu sein. Der Verfasser hat eine
gewisse Eigenart, den Leser zu motivieren. Er muss an die weiteren
Worte von Doktor B. denken.

„Du nimmst den Berufsstress abends mit ins Bett, wachst mitten in der
Nacht aufgrund erhöhten Harndrangs auf, hast wieder als erstes den
Stress im Kopf, schläfst dann schlecht wieder ein und stell dir vor, wenn
du morgens aufwachst, was sind wohl deine ersten Gedanken? Genau,
deine ungelösten Angelegenheiten, also wieder der Stress.

Dies sind Stresshormone, die deinen Körper den ganzen Tag durchfluten. Dies macht deine Beschwerden aus. Denn der Körper ist ständig auf Anspannung. Früher in der Steinzeit war das anders. Da wurde Anspannung sofort abgebaut. Man hatte zu kämpfen oder zu flüchten aufgrund von gefährlichen Alltagssituationen.

Das heißt, der Körper entspannte sich sofort, wenn die gefährliche Situation überwunden war, und die Stresshormone waren abgebaut. So ist das heute nicht mehr. Die zivilisierte Gesellschaft hat die Menschen krank gemacht, insbesondere die Männer. Denn die sind durch das Testosteron mehr gefährdet als die Frauen, die durch das Östrogen geschützt sind. Gefäßverschleiß, Ablagerungen, ungesunde Lebensweise usw. usw."

Na ja, vielleicht war da ja doch etwas dran. M. sucht Karstadt Sport auf und sucht sich erst einmal anständige Sportschuhe aus. Immerhin 168 Euro. Eine Trainingshose hat er sogar noch. Die sieht zwar unförmig und albern aus, aber die wird erst einmal ihren Zweck erfüllen. So geht es an einem Samstagmorgen zunächst um 10 Uhr auf die Laufstrecke, eine ehemalige Bahntrasse, die aus der Weststadt der Ruhrgebietsstadt E. in die Ortsteile Borbeck und Dellwig führt. Bereits die ersten 500 Meter werden zur Tortur. Er prustet vor Anstrengung. Ein Passant kommt entgegen und belehrt ihn in oberlehrerhaften Weise: „Atmung kontrollieren, Atmung kontrollieren", kommandiert er ihn herum. Was soll's. M. kommentiert dies nicht. Erst einmal weiter. Nach etwa 800 Metern überholt ihn ein Radfahrer (auf einem E-Bike versteht sich, damit es nur nicht anstrengend ist.)

„Weiter rechts laufen, geht das vielleicht?", pöbelt der im Vorbeifahren.

Was soll das jetzt? Er läuft doch rechts. Seltsame Vorstellung vom Begriff rechts scheint der zu haben. Schließlich kommt ihm ein Pärchen entgegen. Der Typ locker 20 Jahre älter als die Frau, forschen Schrittes und mit strengem Gesichtsausdruck marschiert er. Sie rechts nebenher. Gelangweilter Gesichtsausdruck. Verbale Kommunikation findet nicht statt. Sie blickt Rechtsanwalt M. im Vorbeigehen in die Augen und wendet angewidert den Blick zur Seite.

Was soll das jetzt, denkt M. So einen erbärmlichen Eindruck kann er doch nun auch wieder nicht machen.

Nach 1,5 Kilometern beendet er sein erstes Workout. Zunächst einigermaßen demotiviert. Er dreht sich um, ob die beiden noch da sind.

Tatsächlich, die Frau dreht sich auch um. Wieder wendet sie den Blick feindselig ab und blickt nach vorne.

Was ist nur mit der los, denkt sich M. Na ja, die und ihr Typ passen schon optisch gar nicht zusammen. Offensichtlich eine Datingplattformkonstellation.

Hätten die sich offline irgendwo getroffen, hätten sie sich gegenseitig mit dem Arsch nicht angeguckt. Vielleicht richtete sich das auch alles gar nicht gegen ihn. Vielleicht war die einfach nur schlecht drauf.

Am Ende der Laufstrecke befindet sich ein Bolzplatz mit einem Stahlgerüst als Tor. M. beschließt hier noch ein paar Klimmzüge zu machen. Ob das überhaupt noch geht? In circa 40 Meter Entfernung geht ein Kerl vorbei. Er pöbelt etwas herüber, was unverständlich ist. Dann kommt er herüber, ohne hergebeten worden zu sein. Er belehrt M., was an den Klimmzügen falsch ist. (Kinn nicht bis über die Stange und Ähnliches.) M. beendet die entwürdigende Diskussion und lässt ihn stehen.

Als er in seiner Wohnung den Duschvorhang beiseite zieht, kommt die Leere. Die Blase aus Endorphinen platzt augenblicklich. Ihm wird die gesamte Fremdbestimmt- und Zerplantheit seines Lebens bewusst. Noch heute hat er die Umsatzsteuer vorzubereiten für den Steuerberater und am Mittwoch der Folgewoche sind 1.800 Euro Unterhaltszahlungen fällig.

Aber immerhin: das Taubheitsgefühl im linken Bein ist weg. Das kann von einem Befund in der unteren Lendenwirbelsäule kommen, wie er in der Apothekenumschau gelesen hat. Wenn er Buchführung und Umsatzsteuervoranmeldung fertig hat, wird es circa 18 Uhr sein, an einem Samstag (!!!).

Aber morgen um 10 und Montag und die Wochentage morgens 7 Uhr, denkt er sich plötzlich, ist wieder das Workout fällig. Dies gibt ihm eine gewisse Perspektive. Da wird er die Laufschuhe anziehen. Ja, dann wird er sich wieder selbst aufs Maul hauen. Er nimmt sich vor, die stressigen Gedanken zumindest während des Frühworkouts auszublenden. Es muss doch möglich sein, einmal nicht an das Büro zu denken, zumindest während er die Laufschuhe zubindet?

Ja, das nimmt er sich vor. Ja das wird er ab morgen umsetzen. Kopf frei machen und alle unguten Gedanken raus. Während die Schnürsenkel der Laufschuhe ineinandergreifen.

Die Stresshormone, er wird ihnen den Kampf ansagen. Das ist sein fest gefasster Entschluss.

§ § §

Am Tag des Behandlungsgesprächs ist Doktor B. noch 10 Minuten hinter seinem Schreibtisch sitzen geblieben. Rechtsanwalt M. war der letzte Patient an einem Mittwochmittag. Der Rest des Tages wird vergehen für Bürokratie, ärztliche Atteste ausstellen auf Wunsch der Patienten, die maßgeblichen Rechnungen dafür schreiben, Anfragen der Sozialgerichte beantworten für dortige Verfahren betreffend den Grad der Behinderung oder auch Erwerbsunfähigkeitsrenten und vieles andere mehr. Um die Quartalsabrechnungen geht es noch gar nicht, aber der vermehrte bürokratische Aufwand in der Praxis lähmt und bremst den Arbeitsalltag und die eigentliche Aufgabe, nämlich die Behandlung der Patienten.

Doktor B. sinniert noch ein wenig über das Gespräch. Natürlich hatte der ehemalige Schulkollege recht. Auch er spürt das Alter. Die Arbeit geht ihm noch immer relativ leicht von der Hand, aber die nachlassende Belastbarkeit zeigt sich an anderen Stellen. Er hält als leidenschaftlicher Oldtimermotoradliebhaber immer acht bis zehn alte Maschinen in der Doppelgarage seines Hauses. Alles Exemplare aus den 60ern und frühen 70er Jahren. Eine BSA Goldstar, eine Triumph Bonne Ville, eine Honda 750 K0, eine der ersten großen Vierzylinder von Honda mit miserablem Fahrwerk, eine NSU Max Eintopf und noch einige mehr und natürlich die gute alte Maico Zweitakt 250, die er schon als Schüler hatte.

Alle Schulkollegen wollten immer mal gerne damit fahren. Nach kurzer Zeit brachten sie ihm die Maschine angewidert zurück mit der Begründung, die Vibrationen sind ja unerträglich. Ab 4.000 Umdrehungen pro Minute ist es nicht mehr möglich, die Hände am Lenker zu halten. So hat er sich diese Leidenschaft immer bewahrt, aber das Schrauben geht ihm nicht mehr so leicht von der Hand. Er muss früher Schluss machen. Er hat nicht mehr die Power dafür, wie früher, aber das ist ja auch egal. Hauptsache, die Leidenschaft bleibt ihm erhalten. Man muss für irgendeine „Sache brennen". Gelingt es, eine solche Sache zu bewahren, hält dies jung. Dann wird eben eine Antriebskette nicht mehr an einem Abend gewechselt, sondern dann dauert es eben ein paar Tage länger.

Er überlegt, wie es mit der Praxis weitergeht. Die boomenden An-
fangsjahre sind vorbei. Damals hat er sich sogar an einem Bauherrenmo-
dell beteiligt, um Steuern zu sparen. Die Zeiten waren noch andere. Es
gab mehr Privatpatienten und für die Kassenpatienten gab es die Budge-
tregelung noch nicht. Aber es läuft immer noch gut. Es müssen nur ver-
mehrt Zusatzleistungen zum Behandlungsvertrag vereinbart werden.

KAPITEL DREIZEHN
DEN MAL SO RICHTIG
„DURCHROLLEN"

August 2022

Im Büro von Rechtsanwalt M. sitzt Marina T. Sie erteilt Auftrag, ein Annäherungsverbot gegen ihren Expartner durchzusetzen.

§§§

Drei Jahre vorher

Marina T. hat sich von ihrem früheren Freund getrennt. Allerdings ist sie schon nach sechs Monaten das Alleinsein satt. Es wäre doch besser, wenn wieder jemand da wäre.

Über eine Datingplattform lernt sie Magnus L. kennen. Sie schreiben sich gegenseitig. Er ist sehr eloquent und schreibt blumenreiche, geradezu gekonnte Chatnachrichten, in denen er sie umgarnt, sein Interesse, sie kennenzulernen, immer wieder hervorhebt sowie, sich bereits in ihre Chatnachrichten regelrecht verliebt zu haben.

Er erklärt nachrichtlich, seine Neugier kaum mehr zügeln zu können und drängt auf ein erstes Treffen. Auch schlägt er vor, den Chat über WhatsApp weiterzuführen. Letzterem kommt Marina nach. Die 31-Jährige Marina, die sich relativ schnell auf ein Treffen einlässt in einem Café, trifft auf einen smarten 33-Jährigen. Ihr fällt sofort auf, dass er äußerst gut aussehend ist. Er ist sensibel, spricht mit ihr über diverse Themen, kann gut zuhören und hat reges Interesse an ihr und ihren Belangen. Das erste Treffen verläuft derart harmonisch, dass umgehend per WhatsApp ein zweites verabredet wird und ein drittes und ein viertes.

Die beiden kommen sich schnell näher. Attraktiv macht Magnus insbesondere die Tatsache, dass er so viel weiß, ohne oberlehrerhaft zu sein. Er ist Versicherungsvertreter mit eigener Agentur, während sie kaufmännische Angestellte ist. Nebenbei spielt er in einer Rockband, in der er mit sonorer Stimme den Leadgesang liefert, sowie Gitarre spielt. Gefühlvoll bringt er die Coverversionen von Balladen zum Vortrag, insbesondere ältere Rockballadenklassiker.

Er kann über drei Oktaven singen und in der hohen Oktave gelingt es ihm bei einer klassischen Rockballade den speziellen in höchsten Tönen kreischenden Sänger nachzusingen bzw. „ nachzukreischen.“

So besucht Marina auch Konzerte der Band, die in Nebenhallen der Dortmunder Westfalenhalle stattfinden. Marina ist geradezu hin und weg. Sie hat das Gefühl, mit diesem Mann das große Los gezogen zu haben.

Magnus überhäuft sie mit Komplimenten, bringt regelmäßig kleine Aufmerksamkeiten mit, fragt regelmäßig nach ihrer Befindlichkeit, bringt kleine Geschenke mit, die er anhand ihrer Interessen auswählt, über die sie – auf seine behutsame Nachfrage hin – jeweils berichtet hat.

Es ist Magnus, der die Wohnsituation – beide haben getrennte Wohnungen – eines Tages zur Sprache bringt.

„Zieh doch zu mir“, erklärt er freimütig. „Dann können wir jeden Morgen zusammen aufwachen und sehen uns täglich und jeden Abend etc. Es dauert dann nicht immer so unerträglich lange, bis ich dich wiedersehe. Jede Stunde ohne dich ist eine verlorene Stunde. Es wird auch keine Belastung für dich sein, mit mir einen gemeinsamen Hausstand zu teilen. Ich verspreche, mich an allen Arbeiten hälftig zu beteiligen. Du wirst niemals meine Socken aufheben oder sogar waschen müssen. Ich koche jeden Abend für uns und in dem dritten von drei Räumen meiner Wohnung wird sich jeden Abend und jede Nacht für uns der Himmel öffnen.“

Marina bemerkt das „futurefaking“ nicht und lässt sich auf die Sache ein. Sie löst ihre Wohnung auf und zieht mit Sack und Pack zu ihrem neuen Partner. Dort läuft es auch in den ersten zwei bis drei Wochen so, wie von Magnus versprochen.

Aber dann wird es schwieriger. Es geht nicht um die Haushaltsführung oder ähnliches – was ja durchaus ein Konfliktpotential liefern kann – es geht um etwas ganz anderes. Es geht darum, dass Magnus anfängt, Marina zu misstrauen. Immer wieder fragt er, wo sie war, wenn sie nach

Hause kommt, wo sie einkaufen war, warum sie so lange für den Rückweg gebraucht hat, und ähnliche eigenartige Fragen werden gestellt. Er ruft am Tag bis zu zehn, fünfzehnmal auf ihrem Handy an und fragt ab, wo sie gerade ist und was sie gerade macht.

Was Marina früher als ehrliches Interesse aufgefasst hat, scheint ihr mittlerweile ein Ausdruck von Misstrauen zu sein. Sie sagt aber nichts. Sie denkt, das wird eine vorübergehende Schwäche ihres Partners sein, und das wird sich schon wieder geben.

Eines Tages kommt sie, nachdem sie um 16:30 Uhr in ihrer Firma Feierabend gemacht um 18:00 Uhr zurück in die gemeinsame Wohnung. Magnus ist ebenfalls bereits zu Hause und sitzt am Küchentisch.

„Wo kommst du jetzt her?", fragt er provokativ.

„Ich war einkaufen", erklärt Marina einsilbig.

„Was einkaufen? Du hast doch gar nichts mitgebracht. Was willst du denn eingekauft haben?"

„Herr je, ich habe gebummelt durch ein paar Geschäfte, und jetzt bin ich hier."

„Was für Geschäfte? Wo?"

„Also, ich finde, das geht jetzt zu weit. Wenn ich um 16:30 Uhr Feierabend habe, dann darf ich eine Stunde bis 1½ Stunden durch eine Geschäftsstraße bummeln und muss mich nicht erklären, wo ich im Einzelnen war."

„1,5 Stunden? Was kann denn so interessant gewesen sein?"

„Hör auf jetzt! Lass uns lieber etwas zu Essen zubereiten."

Darauf lässt Magnus sich ein, dennoch ist die Stimmung an diesem Abend ziemlich im Eimer.

Zwei Tage später wiederholt sich eine ähnliche Situation. Marina kommt um 18:30 Uhr abends nach Hause. Magnus ist bereits da, der offensichtlich weniger in seiner Agentur zu tun hat, als früher.

„Da bist du ja endlich", stellt er fest.

Marina räumt Einkäufe in die Schränke und den Kühlschrank ein und sagt zunächst nichts.

„Wo warst du heute Mittag um 13:15 Uhr?"

„Wie?", antwortet Marina „13:15 Uhr? Was soll da gewesen sein? Wahrscheinlich in unserer Firmenkantine. Da habe ich Mittagspause."

„Wahrscheinlich oder bestimmt? Also, wo warst du?"

„Herrje, da habe ich Mittagspause gehabt."

„Ich habe angerufen. Dein Handy war aus.“

„Ja, darf ich das vielleicht während des Essens ausmachen oder soll ich Magengeschwüre bekommen, weil sogar beim Essen das Telefon bimmelt?“

„Ich wünsche, dass du das Telefon den ganzen Tag anlässt. Ich möchte dich jederzeit erreichen können. Es ist mir wichtig, dass ich mehrmals am Tag deine Stimme hören kann. Es baut mich einfach auf kurz deine Stimme zu hören und mit dem Menschen, den ich am meisten auf dieser Welt liebe, kurz liebevolle Worte austauschen zu können“, lovebombt er sie weiter, um damit seine üble Kontrollaktion zu kaschieren.

Wieder lässt Marina sich einlullen. Die zuckersüße Formulierung in geradezu poetischem Gewand lässt ihre schlechte Laune schmelzen. Sie wirft sich ihm an den Hals. „Ach, mein Schöner, das hast du so wundervoll gesagt.“ Sie fragt ihn süffisant, ob sie nicht beide mit dem Abend etwas anderes anfangen können, als sich gegenseitig abzufragen, wo sie zu welcher Tageszeit gewesen sind. Darauf geht Magnus ein. Beide verbringen einen super schönen Abend und schweben gemeinsam auf Wolken.

Aber der Frieden ist nur von kurzer Dauer.

Am Samstag der übernächsten Woche kommen beide von einer Party zurück, die ein Arbeitskollege von Marina geschmissen hat. Es waren 14 Leute in dessen Wohnung. Es gab 11 verschiedene Salatsorten, gute Musik, gute Gespräche von 20 Uhr bis 2:30 Uhr in der Nacht. Marina und Magnus verlassen die Party etwa um 1:45 Uhr und gehen zu Fuß zur Bushaltestelle. Nachtexpress, da beide ein wenig Alkohol konsumiert haben.

Unvermittelt fährt es aus Magnus heraus: „Wer war der Kerl, mit dem du fast eine halbe Stunde gesprochen hast?“

„Eine halbe Stunde? Mit wem habe ich eine halbe Stunde gesprochen?“

„Tu nicht so. Du weißt genau, wen ich meine. Dieser blonde Vogel, der die ganze Zeit so nah bei dir stand.“

„Der stand nicht nah bei mir. Das ist Ilian W., ein Arbeitskollege von mir.“

„Warum hat der dauernd an dir herum gebalzt?“

„Du spinnst. Was soll der gemacht haben?“

„Der ist dir immer weiter auf die Pelle gerückt, als er da gestanden hat an der Salattheke. Ich habe gedacht, gleich fängt er an, dich zu begrabschen.“

„Hat er nicht, und damit hätte er auch nie angefangen. Wir sind einfach Arbeitskollegen. Ilian ist mit der beliebteste Kollege in der ganzen Firma. Der würde nie eine Kollegin, ob am Arbeitsplatz oder auf Partys oder sonst wo ‚begrabschen', wie du es nennst."

„Ja, das habe ich aber anders gesehen."

„Können wir das Thema abschließen?" Marina ist genervt.

„Also da war nichts, da wird nie was sein, und der hätte mich auch nie begrabscht. Ist das jetzt mal klar geworden?"

„Ich weiß doch, was ich gesehen habe. Was hast du eigentlich? Sei doch froh, dass ich auf dich aufpasse."

„Ja, ich finde es ja schön, dass du mich beschützen willst, aber glaube mir, das ist wirklich nicht nötig. Und hier übertreibst du ein bisschen. Und glaube mir, gegen unerwünschte Annäherungsversuche anderer Männer kann ich mich durchaus selbst zur Wehr setzten, da brauche ich gar keinen Aufpasser."

„Ich weiß, was ich gesehen habe, und ich werde das immer so machen", widerspricht Magnus hartnäckig.

Am darauffolgenden Sonntag ist die Stimmung zwischen den Partnern gespannt. Marina kann keineswegs wegstecken, dass Magnus ihr derartig misstraut. Es scheint ja wohl bald so zu sein, dass sie mit keinem anderen Mann mehr sprechen darf.

Am Montag der Folgewoche verrichten beide ihre Arbeit und sprechen nach Feierabend kaum. So auch am Dienstag der Folgewoche. Aber am Mittwoch, da geht es wieder los.

Magnus sitzt am Frühstückstisch. Marina hat leider etwas zu lange geschlafen und muss zur Arbeit und hat keine Zeit, lange mit Magnus am Frühstückstisch zu verbringen. Sie gibt ihm einen flüchtigen Kuss auf die Wange und verabschiedet sich und will die Wohnung verlassen. Da hat sie allerdings nicht mit dem Widerstand von Magnus gerechnet.

„Ich habe gestern über die Festnetznummer in deiner Firma angerufen."

„Ach ja?"

„Man hat mich in deine Abteilung durchgestellt."

„Ja, und?"

„Da ging wieder dieser Kerl ans Telefon."

„Welcher Kerl?"

„Der scharf auf dich ist."

„Herrje. Es ist keiner scharf auf mich."

„Na, dieser Ilian. Du wärst nicht da, meinte er."

„Komisch, hat er mir gar nichts von erzählt."

„Das wundert dich?"

„Allerdings."

„Mich nicht."

„Wieso?"

„Ist doch klar. Der will ungestört an dir herum graben."

„Oh nein, fang doch jetzt nicht schon wieder damit an."

„Doch fange ich. Warum sagt der dir nicht, dass ich angerufen habe? Ist doch auffällig."

„Ist es nicht. Er wird es vergessen haben."

„Ich glaube dir nicht."

„Glaub, was du willst. Ich muss jetzt los. Du bist verrückt."

„Jetzt reicht's mir. Ich gehe jetzt, und du wirst zusehen, dass du irgendwie wieder runterkommst."

„Du gehst nicht."

„Ich gehe doch."

Magnus springt auf und stellt sich vor die Tür. Marina greift an ihm vorbei zur Türklinke, will die Tür öffnen. Sie ist so wütend, dass sie Magnus tatsächlich zur Seite schubst und durch die geöffnete Tür gehen will, aber auch da hat sie nicht mit Magnus Widerstand gerechnet. Er überholt sie im Türeingang, stellt sich auf den Treppenhausflur und versperrt ihr den Weg zur Treppe.

„Erst sagst du mir, was zwischen dir und diesem Kerl läuft."

„Nichts. Herrgott. Hör endlich auf."

„Und überhaupt, seit wann arbeitet der in deiner Abteilung? Davon hast du mir auch nichts gesagt."

„Vorübergehend."

„Was heißt das? Wie lange?"

„Schluss jetzt."

Marina will vorbei und nimmt all ihre Kraft zusammen, um den Widerstand von Magnus zu überwinden, aber der ist natürlich schon aufgrund Körperkraft und Gewicht ihr überlegen und stößt sie zurück. Marina kommt zu Fall und bleibt bäuchlings liegen.

Fast 10 bis 15 Sekunden ist sie nicht imstande aufzustehen, sie ist etwas benommen vom Sturz. Der linke Arm zeigt rhythmische, eigenartige zappelnde Bewegungen, als wenn sich ein Tremor entwickeln würde. Schließlich rappelt sie sich hoch. Nun beschleichen Magnus extreme Schuldgefühle. Er entschuldigt sich an die 40 Mal, stützt sie, begleitet sie auf das Wohnzimmersofa, überschlägt sich vor Entschuldigungen und Wiedergutmachungsversuchen und Begründungsversuchen, warum er so überreagiert hat.

Beide bleiben noch circa 15 Minuten auf dem Sofa sitzen. Marina ist kaum imstande, auch nur irgendwas zu sagen. Schließlich steht sie mit blasser Gesichtsfarbe auf und verlässt wortlos die Wohnung, um nun endlich zur Arbeit zu kommen.

Am Abend kommt sie nur kurz in die Wohnung. Magnus ist, wie häufig, schon zu Hause. Sie packt eine Reisetasche mit dem Nötigsten.

„Was wird das jetzt?", fragt Magnus.

„Ich ziehe aus. Ich halte es nicht mehr aus. Du nimmst mir die Luft zum Atmen."

Magnus sagt nichts. Offensichtlich empfindet er eine Trennung zunächst auch als befreiend.

Marina verlässt die Wohnung und zieht zunächst zu einer Freundin.

Aber nun geht es richtig los.

Magnus lässt sich nicht abschütteln. Er taucht überall auf. Er taucht an ihrem Arbeitsplatz auf. Wenn sie in die Stadt mit ihrem Auto fährt, steht er im Parkhaus am Fahrzeug, will mit ihr sprechen, entschuldigt sich wiederum, erklärt wort- und bühnenreif, einfach nicht gewusst zu haben, was mit ihm los war, bettelt um weitere Gespräche, um die Angelegenheit zu bereinigen, versichert, dass sie sich gar nicht vorstellen kann, wie schlecht es ihm geht, seitdem sie nicht mehr da ist und dass er an sich arbeiten wird, damit entsprechendes nicht mehr passiert.

Überall lauert er ihr auf, mit den entsprechenden Ansprüchen und Versprechungen. Auf WhatsApp, wo sich das Ganze ohnehin dauernd wiederholt, hat sie ihn längst blockiert. Aber dann – inkonsequent – die Blockade wieder aufgehoben.

§§§

In dem diesem besagten Mandantengespräch im August 2022 berichtete Marina T. zusammengefasst diese Reihe von Vorkommnissen. Das

Annäherungsverbot ist im Übrigen schnell beschlossen vom zuständigen Amtsgericht. Marina gibt Rechtsanwalt M. noch eine Visitenkarte von Kriminalhauptkommissar Radtke vom fünften K. Sie erklärt, diesem habe sie auch sehr viele Vorfälle berichtet, falls der Anwalt noch mehr Informationen braucht, soll dieser doch bitte angerufen werden. Bei Hauptkommissar Radtke erklärt sie, habe sie auch eine Sachbeschädigung an ihrem Auto angezeigt. Sie ist zu ihrem Auto gekommen, das sie ohnehin immer mehrere Straßen entfernt von der Wohnung ihrer Freundin, wo sie jetzt wohnt, parkt und erklärt dort eine in knallgelb aufgesprühte Schriftaufbringung auf der Motorhaube vorgefunden zu haben, mit den Worten: 'Ich liebe dich doch immer noch. Du bist alles, was ich habe! Warum willst du es nicht sehen?'

M. ruft am Folgetag Hauptkommissar Radtke an. Dieser erklärt, dass die völlig aufgelöste Marina T. ihm haarsträubende und regelmäßig neue Vorfälle berichtet. Aber er empfiehlt, der Anwalt sollte erst einmal jetzt „sammeln" und mehrere Vorfälle, die in Zukunft sicherlich passieren werden und Verstöße gegen das Annäherungsverbot dann zu einem Ordnungsgeldantrag zusammenfassen. Derartiges hatte Rechtsanwalt M. auch schon vor, denn es ist eine Zumutung für jeden Amtsrichter, auf jeden einzelnen Verstoß gegen das Annäherungsverbot immer wieder einen gesonderten Ordnungsgeldantrag bescheiden zu müssen.

„Ich sage Ihnen", so KHK Radtke, „was hier wohl nur hilft, aber hängen Sie das bloß nicht an die große Glocke …"

„Wir kennen uns nicht erst seit gestern", bemerkt M. „Und Sie gehen mit meinen Äußerungen bestimmt auch nicht hausieren."

„Ich sage Ihnen, was hier hilft. Diesen Kerl müsste man einfach mal …" Er macht eine Pause. „… so richtig durchrollen. Das ist das Einzige, was weiter hilft."

Beide verbleiben mit der Absprache, sich gegenseitig auf dem Laufenden zu halten. Aber schon zwei Tage später sitzt Marina T. wieder im Büro. Magnus hat ihr aufgelauert. Er hat sie bedrängt und erklärt, sie zurückgewinnen zu wollen.

Rechtsanwalt M. erklärt, dass wohl nur ein Ortswechsel hier Ruhe reinbringt. Je mehr Zeit der Täter vom Stalkingopfer ablassen muss, weil er es einfach nicht mehr findet, umso eher wird er sich beruhigen. Außerdem hat die Rechtslage sich verschärft. Wenn das Opfer empfindliche Einschnitte in der eigenen Lebensführung hinnehmen muss, wie zum

Beispiel einen Umzug, sind härtere Strafen zu verhängen und kann noch wirksamer gegen den Täter vorgegangen werden.

Aus einem Zwangsversteigerungsverfahren hat Rechtsanwalt M. eine Zweiraumdachgeschosswohnung in Duisburg ersteigert. Diese will er in den nächsten Wochen wieder verkaufen, nicht in Besitz halten, denn Immobilien machen immobil. Möglichst gewinnbringend. Sie ist renoviert, steht leer und kann befristet bezogen werden. Entsprechendes schlägt er Marina T. vor.

Diese lehnt entrüstet ab. „Ich gehe doch nicht so weit und flüchte in eine andere Stadt. Nein, nein. Machen Sie mal Ihren Job und halten Sie mir mit rechtlichen Schritten einfach diesen Kerl vom Leib."

Noch draußen echauffiert sie sich laut hörbar gegenüber ihrer Begleiterin – das Parterrefenster im Büro steht offen – über den Vorschlag. „Das kann doch wohl nicht wahr sein. Der will mich nach Duisburg verfrachten. Nur so würde ich Ruhe bekommen. Was soll ich denn da? Ich habe hier alle meine Bekannten und Freunde."

Sie empört sich noch mehrere Minuten, was durch das geöffnete Parterrefenster deutlich zu hören ist.

Eine Woche später verlässt Marina T. die Firmenräume und will eine Bäckerei aufsuchen, um ein paar Teilchen zu besorgen. An der Ecke steht Magnus.

„Ich habe in der Firma angerufen, wann du Feierabend hast. Du hast heute länger gemacht. Wir haben schon nach 18 Uhr."

„Du hast was? Was hast du in meiner Firma anzurufen, wann ich Feierabend habe? Hau ab jetzt! Wir sind nicht mehr zusammen. Wir sind getrennt. Das wird mit uns nichts mehr. Ich möchte von dir nicht mehr belästigt werden."

Magnus hat das Annäherungsverbot nicht als eine gerichtliche Maßnahme aufgefasst, die man ignorieren kann, sondern er sieht seine Kontrollmöglichkeiten schwinden. Dies macht ihn zusätzlich aggressiv. Denn Marina zu kontrollieren, ist ihm nach wie vor das Wichtigste.

Es gibt ein Wort das andere. Marina schreit auf: „Verpiss dich!"

„Ich weiß, wo du jetzt wohnst", brüllt Magnus herum. Er packt Marina an der Jacke, schiebt sie ein paar Meter zu einer Werbewand und drückt sie an diese Wand.

„Komm zu mir zurück! Ich kann und werde nicht ohne dich."

Schließlich legt er die Hände um ihren Hals und drückt zu. Marina spürt unerträglichen Schmerz am Kehlkopf. Unmittelbar bleibt ihr die Luft weg, und ihr wird schwarz vor Augen.

Ein etwa 30-Jähriger Passant kommt herbeigelaufen und versetzt Magnus von hinten einen kurzen aber heftigen Tritt in die kurze Rippe. Magnus sackt zusammen, berappelt sich aber schnell und rennt weg.

Am nächsten Tag kommt M. von einem Gerichtstermin um 14:30 Uhr in sein Büro. Nach Ende der Mittagspause ist seine Angestellte soeben gekommen und sitzt bereits an ihrem Arbeitsplatz.

„Marina T. war gerade hier", berichtet sie.

„Ach ja? Kommt sie noch einmal wieder?"

„Nein, heute wohl nicht mehr. Sie hat sich die Haustürschlüssel und die Wohnungsschlüssel von der Wohnung in Duisburg geben lassen. Sie wüssten Bescheid."

Im Anwaltsbüro sitzt Peter B. Er legt einen Notarvertrag vor, weil er ein Mehrfamilienhaus verkauft hat und kommt umgehend zur Sache.

„Was soll ich Ihnen sagen? Die Zahlungsfrist war der 15.03., der Käufer hat nicht gezahlt. Was kann ich jetzt machen? Fristüberschreitung liegt bereits seit 3,5 Wochen vor. Aber das ist ja nicht der erste Ärger mit der Hütte. Ich habe es im Erbgang von meinem verstorbenen Vater übernommen. Er hat das Haus Anfang der 70er Jahre hochgezogen. Es ist ein Mehrfamilienhaus mit neun Parteien. Was ich beim Erbgang nicht geahnt habe ist, dass ich nur Ärger und Pflichten erbe."

„Wie meinen Sie das?"

„Es ging schon am Anfang los. Erst mal hatte ich in sechs Jahren sieben Sterbefälle im Haus, so wie weitere fünf normale fristgemäße Kündigungen. Jedes Mal habe ich schön von vorne angefangen. Verwohnte Wohnungen musste ich renovieren lassen, Schäden in Ordnung bringen. Als die erste Mieterin ins Pflegeheim ging, ist es ja noch gelungen, dem Betreuer 3.000 Euro für die Renovierung der völlig verwohnten Wohnung aus dem Kreuz zu leiern, dann war Schluss. Bei allen anderen habe ich nur draufgezahlt. Es war nichts zu holen. Ich könnte Ihnen auflisten, was das alles gekostet hat, aber es interessiert ja eh nicht."

„Na ja", so der Anwalt. „Es dürfte das Los eines Vermieters sein, aber irgendwann rechnet es sich ja doch, wenn nur endlich alles einmal auf Vordermann gebracht ist."

„Ja, das habe ich ja auch gedacht. Dann ging der Ärger weiter. Teilweise übernommene Mieter, teilweise selbst von mir hinein vermietete Leute, haben sich regelrecht gegen mich zusammengerottet. Mir kommt es so vor, als wenn die sich im Treppenhaus getroffen und gegen mich verschworen haben und sich überlegt haben, wie sie mich weiter schikanieren können. Es ging mit dem Heizungsinstallateur los. Das war ja nun wirklich ein gestandener Mann. Meisterbetrieb. Mein Vater hatte den schon. Ich habe den behalten, weil ich dachte, der kennt ja das Haus in- und auswendig. Kann ja kein Fehler sein.“

„Stimmt, das ist einleuchtend.“

„Ja, was soll ich Ihnen sagen? So wie die Mieter aufgetreten sind, wollte der mir die Brocken hinschmeißen. Regelmäßig rief der an. 'Passen Sie mal auf, bringen Sie Ihre Leute mal zur Räson. Ich lasse mich von denen nicht anschreien.' So ging das nur. Ich habe gedacht, ich bin im falschen Film.

Dann hatte ich noch einen. Den hatte ich aber nur für äußerliche Renovierungen, Wohnungsauflösungen, Räumungen usw. Ein Hausmeisterservice. Auch den haben sie rumkommandiert. Der hat sich dauernd bei mir beschwert und wollte wissen, an was für Bratzen ich da eigentlich vermietet habe. Einmal sollte er einen Durchlauferhitzer wechseln. Da war der Mieter mit seinem Vater da und hat ihn die ganze Zeit belehrt, wie er das machen muss. Er hat mitten drin in den Sack gehauen und hat mir den Auftrag gekündigt. Was wollen Sie machen, wenn Sie keine Leute mehr haben? Für Eigenarbeit fehlen mir die Kenntnisse.“

„Naja gut, das sind unglückliche Entwicklungen. So manch einer muss das einfach aussitzen“, bemerkt Rechtsanwalt M. „Es wird sich dann alles schon irgendwie finden.“

„Ja, habe ich ja auch gedacht. Dann ging es weiter. Dauernd Ärger mit Ruhestörungen. Einer hat immer Party gemacht und angeblich wurde in der Wohnung des Nachts getrampelt, eine Dartscheibe war angeblich nicht richtig abgefedert, und die eintreffenden Pfeile haben Geräusche gemacht.“

Er lacht bitter auf.

„Können Sie sich das vorstellen? Angeblich hat das Darten ruhestörenden Lärm verursacht. Das ist ja fast so, wie wenn ich einen Brief schreibe, und der Nachbar beschwert sich, der Füller würde kratzen.“

Mandant und Anwalt lachen beide auf.

„Na gut. So witzig war das nicht. Es ging dann immer weiter. Jeden dritten Tag hatte ich eine oder zwei Wohnungsmieter am Telefon. Eine bestimmte Wohnung sei angeblich überbelegt. In einer 2,5-Raum-Wohnung würden angeblich acht Leute wohnen. Jeden Tag Party usw. usw.

Ich sollte etwas tun, damit Ruhe einkehrt. Aber das ist doch gar nicht meine Aufgabe."

„Nein, eigentlich nicht", bestätigt Rechtsanwalt M. „Sie sind nicht sorgeberechtigt für den Mieter. Ein Nachbarschaftsstreit ist in der Regel so zu lösen, dass ein Schiedsmann tätig werden muss. Scheitert das Schiedsverfahren, kann dann auf Unterlassung geklagt werden. Dies aber zwischen den Nachbarn untereinander. Der Vermieter hat da nur beschränkte Möglichkeiten und ist auch rechtlich nicht in der Hauptsache verpflichtet."

„Ja, das habe ich denen ja auch erzählt. Aber dann ging es weiter. Jeden Tag irgendwelche Sonderwünsche. Der eine wollte eine Feuerstelle haben, der nächste wollte eine von beiden Garagen haben, obwohl ich sie längst einem anderen versprochen hatte, der dritte wollte neue Wasserleitungen, weil angeblich zu häufig bräunliches Wasser aus den Wasserkränen kommt."

„Warum das? Noch alte Bleirohre?"

„Nein, weiß ich nicht. Dann ging es wieder weiter. In sechs Wohnungen waren diese unsäglichen Gaswasserboiler für Warmwasser. Anstatt die alle rauszuschmeißen und durch Durchlauferhitzer zu ersetzen, habe ich einen nach dem anderen wegen Defekts und nicht mehr lieferbarer Ersatzteile ersetzen müssen. Das waren alleine 5.800 Euro. Ein Durchlauferhitzer hätte mich 160 Euro im Baumarkt gekostet, mal sechs …, man kann sich ausrechnen, welche Ersparnis da übrig geblieben wäre. Aber dann ging es wieder weiter. Die Wassersteig- und Fallleitungen waren marode. Auf der Nordseite des Hauses ging eine Steigleitung über vier Etagen nach und nach immer weiter kaputt. Erst war es die dritte Etage mit einem Wasserschaden im Badezimmer. Der Installateur hat die Leitung instand gesetzt, für Maler- und Tapezierarbeiten ist der Hauseigentümer zuständig, Gebäudeversicherung springt insoweit nicht ein, 400 Euro dazu gezahlt. Ein dreiviertel Jahr später, eine Etage tiefer dieselbe Leitung, dasselbe Spiel. Ein weiteres Jahr später. Was meinen Sie, was geschah?"

„Ich vermute mal dieselbe Leitung, eine Etage tiefer, mit der Folge eines Wasserschadens."

„Ganz genau. Jedes Mal dasselbe Spiel. Der Gebäudeversicherungsgutachter hat nur die Instandsetzung der jeweiligen Etage freigegeben."

„Das wollte ich gerade fragen, ist es besonders fachgerecht, nur Flickwerk zu betreiben und nicht die ganze Leitung von oben nach unten auszutauschen?"

„Dachte ich ja auch, wurde aber nicht genehmigt. Dann noch circa sechs Monate später. Der nächste Knaller. Dieselbe Wasserleitung platzt im Erdgeschoss. Das gesamte Wasser – Mieter war im Urlaub – läuft durch den Flur in den Keller. Dies über die ganze Nacht. Die Wassermassen konnte der Abfluss im Keller nicht aufnehmen."

„Warum das nicht? Hätte doch eigentlich ablaufen müssen."

„Ja, nur das Problem war, die Abwasserleitung zum städtischen Kanal versorgt insgesamt drei Häuser, unter anderem dieses, also die Nummer 1, sowie die Nummer 3, sowie die Nummer 5. Und der Abwasserkanal geht dann bei der Nummer 3 zur Hauptstraße zum städtischen Abwasserkanal und circa acht Meter vor der Anschlussstelle ist der private Abwasserkanal der Nummer 3 schadhaft gewesen. Diese Rohre sind an die 80 Jahre alt. Es war zu einem Einbruch von Steinen in die Abwasserleitung gekommen. Das heißt, der Ablauf war beeinträchtigt. Ich kann mich erinnern, zu meines Vaters Lebzeiten war das schon immer ein Problem. Er hatte mich sogar einmal losgeschickt, um eine Videoaufnahme mit Einverständnis aller Eigentümer der Leitung zu veranlassen. Diese Videoaufnahme hat auch die Schadstelle gezeigt. Es gibt einen Stick dazu. Den habe ich in meinen Akten."

„Na gut. Und was ist darauf geschehen? Das muss doch schon Jahre her sein."

„Nichts. Man hatte das Problem erkannt, hat aber nichts unternommen. Auch die zuständige Eigentümerin der Nummer 3 nicht. Was meinen Sie, was weiter geschah?"

„Ich kann es mir in etwa denken. Es ist ein Folgeschaden entstanden."

„Genau, das ganze Wasser lief in die Nummer 5, dort in den Wasch- und Trockenraum, zerstörte 7 Waschmaschinen und Trockner, ich wurde auf Ersatz von 8.000 Euro verklagt. Mein Anwalt hat damals einen Vergleich durchgedrückt. Ich musste immer noch 4.500 Euro zuzahlen."

„Oh Mann", denkt der Anwalt. „Es reicht doch eigentlich. Kann der nicht langsam mal aufhören?"

„Aber dann ging es wieder weiter", so Peter B., als wenn er die Gedanken des Anwalts erraten hätte. „Das Dach …"

„Ist gut, ist gut", bremst Rechtsanwalt M. „Ich glaube Ihnen, dass dieser Immobilienbesitz ein reiner Horrorfilm war."

„Aber dann ging es wieder weiter. Die Gebäudeversicherung hat mir den Vertrag gekündigt."

„Oha, das müssen Sie dem Käufer sagen. Wenn das Haus zurzeit keine Versicherung hat, dann muss schnell eine neue abgeschlossen werden."

„Ja, habe ich ja auch gedacht, aber Angebote ergaben eine doppelt so hohe Prämie. Das Geld habe ich nicht mehr."

„Ach so, weil die Schadensquote bei der bisherigen Versicherung ermittelt wird und deshalb die Prämie beim neuen Versicherer hochgesetzt wird."

„Genau! Woher nehmen, wenn nicht stehlen? Den Selbstbehalt wollte die neue Versicherung auf 2.500 Euro pro Schadensfall hinaufsetzen."

„Sagen Sie das auf jeden Fall noch dem Käufer."

„Dann ging es wieder weiter. Der Heizungsinstallateur hat wohl monatelang nur von mir gelebt. Defekte Ausdehnungsgefäße, defekte Steuergeräte im Heizkessel, sowie Heizkörper, die unterdimensioniert waren, und ersetzt und vergrößert werden mussten. Es war ja so, dass Mieter, die schon 18 Jahre im Haus wohnten (!!!) plötzlich anfingen zu frieren. Sie überlegten sich über Nacht, dass die Heizkörper unterdimensioniert sind. 2.800 Euro in einer Wohnung."

„Mh", so der Anwalt.

„Dann ging es wieder weiter. Zwei Parteien hielten einen Hund. Ein etwa mittelgroßer Münsterländer Heidewachtel und ein kleinerer, offensichtlich Dackel- / Pudelmischung. Diese beiden Wohnungsnachbarn trafen sich regelmäßig im Haus. Jeder – anstatt Solidarität unter Hundehaltern zu zeigen – bekämpfte den anderen, dessen Hund würde zu laut anschlagen bzw. Hundehaare des anderen würden sich im Treppenhaus finden usw. usw. etc. pp."

„Na, ja, das sind doch Konflikte, die sich beilegen lassen."

„Dachte ich auch, aber dann ging es wieder weiter. Die Oma mit dem kleineren Hund hatte sich über den anderen Hundehalter im Treppenhaus erneut geärgert. Angeblich hatte er nicht freundlich zurückgegrüßt und sie sogar mit Absicht angerempelt."

„Was man wohl kaum beweisen kann", vermutet M.

„Natürlich nicht. Der Konflikt artete dann immer weiter aus. Der Groll nahm auf beiden Seiten zu. Schließlich hat die Oma den anderen beobachtet, wie sein Hund draußen sein Geschäft verrichtet. Sie nahm dann mit Plastikhandschuhen den Hundekot auf, wickelte ihn flüchtig in Papier ein und hat ihm den anderen in den Briefkasten gesteckt."

Der Anwalt kann sich das Lachen kaum verkneifen. „Und dann?"

„Ja, Sie lachen. Was meinen Sie, wie es weiter ging?"

„Weiß ich nicht."

„Der andere hat die Wohnung gekündigt aus Wut über die Oma. Und weil die Wohnung so groß war, mit 105 qm, war sie schlecht zu vermieten. Die kleineren in dem Haus von 40 und 60 kriegt man sofort weg, aber nicht die große. Die Wohnung stand dann daraufhin acht Monate leer. Das Ganze hat mich fast 10.000 Euro gekostet. Verstehen Sie? Ist das wohl teure Hundescheiße? Und jetzt kann ich nicht mehr. Jetzt will ich verkaufen und jetzt zahlt der Käufer nicht. Sie müssen hier einen Brief schreiben, der Notar darf das nicht wegen Vorbefassung, wie er mir erklärte."

„Warum haben Sie überhaupt so lange an dem Haus festgehalten? Ganz offensichtlich hat sich doch der Ärger schon vor Jahren angebahnt."

„Weiß ich doch auch nicht. Loslassen ist eben nicht meine Stärke. Ich habe mich eben schwergetan damit, es zu verkaufen. Ich hatte irgendwie ein Schuldgefühl."

Nachdenkliche Stimmung im Raum.

„Sie wollten Ihrem alten Herrn beweisen, dass Sie fähig sind, das zu halten, was er aufgebaut hat. Ist es das?"

Nachdenklich blickt Peter B. zur Seite. „Ja, vielleicht."

„Aber ich habe daraus gelernt. Erben ist ja eine Art Übernahme. Natürlich ist etwas, was man übernimmt und von anderen aufgebaut ist, niemals der eigene Weg. Es ist der Weg desjenigen, der etwas übergeben hat, denn er ist diesen Weg gegangen, nicht aber der Übernehmer. Das ist wohl der Grund, warum es nicht funktionieren konnte."

„Ja, da spricht etwas für", stimmt M. zu.

„Und wissen Sie, was noch dazu kommt?"

„Nein."

„Wenn die Mieter erst einmal erfahren, dass Sie der Erbe sind, dann geht es richtig los. Denn die ticken so, dass die denken 'so dem Erben, dem wollen wir es jetzt mal zeigen. Der setzt sich ins gemachte Nest und kriegt auch noch die Miete? Dem machen wir jetzt das Leben schwer. Etwas, was sie sich bei meinem Vater niemals gewagt hätten.

Das hat dann wohl etwas mit Neid zu tun, und das war ein weiteres Problem."

„Ja", stimmt der Anwalt zu.

„Aber was hätte ich denn tun sollen?"

„Sofort verkaufen. Einen tüchtigen Makler beauftragen und mit dem Geld, wie gerade schon festgestellt, eigenentwickelte Wege gehen."

„Ja, nun, das ist jetzt alles zu spät. Die Bude hat mich arm gemacht. Jetzt zahlt der Käufer nicht einmal."

„Sie haben rechtlich nur zwei Möglichkeiten", so der Anwalt. „Rücktritt oder Schadenersatz, wenn Ihnen durch den Zahlungsverzug ein anderes Geschäft, etwa mit einem anderen Haus, durch die Lappen gegangen ist."

„Aber die Käuferin muss doch alles zahlen, wenn ich das richtig sehe. Die ganzen Kaufnebenkosten, den Notar, die Grunderwerbssteuer usw. usw."

„Das schon, aber Sie sind Zweitschuldner. Haben Sie sich denn keine originalschriftliche Finanzierungszusage zeigen lassen?"

„Nein, das hätte der Makler doch tun müssen."

„Hat er aber nicht?!"

„Nein."

„Wenn Sie Pech haben, ist nichts zu holen, und Sie bleiben auf allen Kaufkosten alleine sitzen. Dann zahlen Sie wieder drauf. Was sagt Ihre Bank dazu?"

„Die wollen die Ablösung ihrer Grundschuld sehen und haben sonst keinen Grund, sich für meine Angelegenheiten zu interessieren. Wenn das Geschäft platzen sollte, werden die auch wenig tun, um mir finanziell zu helfen. Glaube nicht, dass die mal eben so 8,5 % Kaufnebenkosten vom Kaufpreis – wenn ich wirklich drauf sitzenbleiben sollte – mir finanzieren."

„Wenn Sie Pech haben", so der Anwalt „ist hier jemand vorgeschickt worden, bei dem nichts zu holen ist, und der vermeintlich günstige Kaufpreis war Grund genug für einen „Käuferschnellschuss". Die Finanzierung war für die zweitrangig. Um die kümmern die Hintermänner sich dann erst im Anschluss. Denn wenn das Geschäft scheitert, sind die fein raus, und bei der Käuferin, die die vorgeschickt haben, ist eh nichts zu holen. Aber jetzt will ich die Schwarzmalerei nicht weiter fortsetzen, und

wir schreiben erst mal den Aufforderungsbrief und die Fristsetzung und
die Mahnung."

KAPITEL FÜNFZEHN
ALTERSVORSORGE

2016

Im Anwaltsbüro sitzen der 54-Jährige Knut B. und seine 48-Jährige Frau Erna.

Sie legen einen Mietvertrag vor mit dem Mieter Detlef V. und seiner insgesamt fünfköpfigen Familie, darunter dessen Frau Carla und die beiden erwachsenen Söhne Fred und Norbert, 20- und 22-Jährig.

„Das war damals ein echtes Schnäppchen", schwärmt Knut noch immer. „Ein Objekt aus einer Zwangsversteigerung, Verkehrswert 120.000 Euro, geschossen für 60.000 Euro. Ich war damals mächtig stolz auf mich, aber seit drei Jahren ist mit der Bude immer nur Ärger."

„Warum?", fragt M.

„Es ist der Mieter. Er macht Spielchen mit mir und tanzt mir in einer Weise auf dem Kopf herum …, das ist schon nicht mehr normal. Er genießt offensichtlich seine Machtstellung als Mieter, weil er genau weiß, bis die Schulden abgezahlt sind, brauche ich dringend die Miete, oder ich muss verkaufen."

„Na, gut. Das ist heutzutage leider so", murmelt M. „Die Mieterschutzrechte sind extrem, während der Mieter im Allgemeinen gar nicht so viel zu verlieren hat. Er sucht sich einfach eine neue Bleibe und hofft darauf, dass die jeweiligen Negativeinträge in der Schufa daran nicht hinderlich sind."

„Wie auch immer", so Knut. „Jetzt muss der raus. Die Sperenzchen, die er mit mir macht, insbesondere die verspäteten Zahlungen oder völlig ausbleibenden Mieten oder nach Gutdünken gekürzte Mieten, ich mache das nicht mehr mit."

Kopfnickend bestätigt Erna diese Ansichten.

„Warum gekürzte Mieten?"

„Ja, er streicht eigenmächtig die Mieten zusammen wegen angeblichen Mängel, die er mehr oder weniger selbst hervorgerufen hat. Ich habe ihm 100 Mal erklärt, er soll die Waschmaschine im Badezimmer in der Toilette entwässern und nicht in der Duschwanne. Dort treten regelmäßig Verstopfungen auf."

„Na ja, das sind ja einfachste Verhaltensregeln. Das wird er ja wohl beherzigen können."

„Sagen Sie. Der ist sogar zu blöd, einfach nur ein Sieb in die Dusche für die Exkremente aus der Waschmaschine hinein in den Abfluss zu legen. Das gibt es beim Discounter für 99 Cent."

„Also. Was ist passiert?"

„Ja, die ganzen vom Waschmaschinenschlauch ausgehenden Haare etc. haben den Abfluss verstopft. Die Mieterin, die psychisch krank sein soll und regelmäßig unter starken Psychopharmaka steht, hat natürlich die Örtlichkeit verlassen, sich ins Bett gelegt und Stunden geschlafen. Wenn die schläft, dann schläft die. Sechs, sieben Mal hat sie die Klingel nicht gehört und die Handwerker nicht hineingelassen. Was meinen Sie, wer jedes mal An- und Abfahrt mit je 48 Euro zu bezahlen hatte?

Diese Medikamente machen wohl extrem müde."

„Ja, und dann?"

„Ja, derweil lief oben die Duschwanne über. Überschwemmung im relativ kleinen Badezimmer."

„Konnten Sie denn das Wasser schnell abschöpfen?"

„Ja, aber zu spät. Die Fugen des Fliesenbodens sind ja nie ganz dicht. So lief alles durch bis unten hin in das Badezimmer der darunterliegenden Mieterschaft. Prompt habe ich von dort die Rechnung bekommen."

„Und die Gebäudeversicherung?"

„Die trat wohl ein, aber der Selbstbehalt, den die WEG hat, musste ich bezahlen. Das waren 500 Euro, inklusive Renovierungsarbeiten, Trockenlegung der Decke darunter etc."

„Ja, das sind so die Freuden".

„Warten Sie. Es geht ja noch weiter. Einige Wochen später ruft wieder der Mieter darunter an. Wieder die Decke nass. Dieses Mal war es der Ablauf unter der Duschtasse, der sich wohl gelöst hatte. Die Dichtung war porös und die gesamte Schraubverbindung. So lief alles schön unter die Duschtasse, wiederum durch die Decke nach unten. Das gleiche Prozedere von vorne."

An dieser Stelle verdreht Erna die Augen.

„Ja, und was geschah dann?"

„Ja, weil keiner wusste, wo es jetzt wieder herkommt, hat die WEG-Verwaltung einen Leckortungsbetrieb geschickt, der die Rohre untersuchen sollte, Videoaufnahmen, etc."

„Ja und dann?"

„Ja, die haben die Ursache gefunden. Der Abflussschlauch hatte sich ja gelöst, sie haben aber nichts getan."

„Warum nicht?"

„Ja, das soll Sache des Installateurs sein. Sie haben alles so gelassen und haben dem Mieter erklärt, auf keinen Fall die Dusche benutzen, bis der Fachbetrieb da war und das Abflussrohr wieder befestigt hat."

„Ja, dann ist doch eigentlich alles klar."

„Könnte man meinen. Aber es kam anders. Der Mieter will das seiner Frau gesagt haben: auf keinen Fall Waschmaschine in die Duschwanne entwässern, aber die stand wohl wieder unter starken Medikamenten und hat das nicht richtig verstanden. Sie hat also wieder die Duschwanne benutzt für die Entwässerung der Waschmaschine und auch darin geduscht. Was passierte, ist klar. Der dritte Wasserschaden, den die Gebäudeversicherung nicht einmal mehr übernommen hat. Wegen der Gefahrenerhöhung durch unsere Wohneinheit. Also musste ich alles bezahlen. 4.500 Euro. Aber das war ja noch nicht alles."

„Einen Moment", unterbricht M.

„Haben Sie nicht mal eine Abmahnung geschrieben mit einer angedrohten Kündigung, wenn weiter so unsachgemäß die Mietsache behandelt wird?"

„Ja, habe ich, aber als dann endlich die Miete – wieder einmal bar zu kassieren – gezahlt wurde, habe ich nicht gekündigt, sondern war mir selbst der Nächste."

„Barkasse? Das auch noch?"

„Ja, er ist nicht imstande, eine Überweisung auszufüllen oder einen Dauerauftrag einzurichten. Das geht schon deshalb nicht, weil dauernd sein Konto gepfändet ist. Also zahlt er die Miete bar. Ich komme mir vor, wie beim Pferdehandel im Mittelalter. Regelmäßig muss ich mich mit ihm auf öffentlichen Straßen treffen oder bei ihm zu Hause die Miete kassieren oder besser gesagt den Betrag, den er im laufenden Monat als Miete für angemessen hält."

„Mmh. Sie müssen das nicht mitmachen. Fordern Sie ihn auf, einen Dauerauftrag zu erteilen und wenn die Miete am Fälligkeitsdatum – vertraglich und gesetzlich – nicht am dritten Werktag eingehend kommt, müssen Sie wegen unpünktlicher Mietzahlung abmahnen, und dann können Sie kündigen bei weiteren Verstößen."

„Ja. Das ist das nächste. Die Miete kommt vom Jobcenter. Immer dann, wenn er seinen Verpflichtungen nicht nachkommt, Lohnabrechnungen nicht vorlegt, er arbeitet Teilzeit etc. oder die Nebenkostenabrechnungen nicht vorliegen, stellen die komplett die Unterkunftskosten ein. Dann laufe ich wieder hinterher."

„Die sollen doch direkt an Sie zahlen. Das kann verlangt werden."

„Ja, habe ich mir auch gedacht. Aber er stimmt nicht zu. Überhaupt die Barzahlerei ist doch jedes Mal mit irgendwelchen Storys verbunden, die ich mir anzuhören habe."

„Na ja, das muss man einfach über sich ergehen lassen."

„Ja, kommt auf die Storys an. So will er den verheirateten Täter, der 2013 seine 22-Jährige Geliebte in der Kleingartenanlage in Borbeck einbetoniert haben soll, persönlich gekannt haben. Auch dessen Sohn – des Täters – soll Beihilfe geleistet haben. In der Zeitung war sinngemäß zu lesen, dass auch der Sohn ein Techtelmechtel mit der 22-Jährigen hatte, nicht nur der Alte. So ist wohl eine Dreieckskonstellation restlos aus dem Ruder gelaufen. Er hat regelrecht damit geprahlt, diesen Täter persönlich zu kennen, und ich muss mir das anhören."

„Na gut", so Rechtsanwalt M. „Links rein, rechts wieder raus. Was haben Sie gesagt?"

„Nichts. Ich habe nur im Hinausgehen gesagt, dass dieser Täter zwar seine junge Affäre einbetoniert hat und noch dazu seinen Sohn zur Beihilfe aufgefordert hat, dass der aber doch bestimmt pünktlich seine Miete zahlt und seinen Vermieter nicht zu selbstbestimmten Zeiten zur Barkasse antanzen lässt."

„Und? Was hat er gesagt?"

„Nichts. Nur dumm geguckt. Das Theater fing allerdings schon beim Einzug an. Es kam vom Jobcenter immer nur die Hälfte der Mieten. Hier war er wohl tatsächlich nicht im Unrecht, sondern da waren schlicht und einfach falsche Berechnungen erfolgt."

„Na ja gut", erklärt M. „Aber das Jobcenter ist nicht der Vertragspartner, sondern er."

„Ja. Der hat das genau umgedreht. Er hat gesagt, er kann ja nichts dafür. Das Jobcenter soll es richtig machen, und ich soll sehen, wie ich von dort an mein Geld komme."

„Ja, das ist auch eine neue Entwicklung", bestätigt der Anwalt. „Der Sozialleistungsempfänger hält sich selbst nicht für den Vertragspartner, sondern er meint, dies ist das Jobcenter."

„Was soll's. Ich habe einen Bekannten meines Sohnes hingeschickt zum JobCenter mit ihm zusammen, um mit ihm die Sache vor Ort zu klären. Der ist bei der Diakonie als Sozialarbeiter tätig. Der hatte seine liebe Mühe, diesen Mieter überhaupt in Zaum zu halten. Der hat nämlich sofort angefangen, Randale zu machen im Jobcenter. Herumgebrüllt, die Sachbearbeiterin, die ihn auf die Rechtslage hingewiesen hat, aufgefordert, „ihn nicht weiter zu beleidigen". Schließlich ist es gelungen, durch langes Hin- und Herrechnen einen Rückstand von 5.000 Euro auszumachen, der tatsächlich vom Jobcenter nachgezahlt werden musste. Das ging aber nur mit einem Eilantrag beim Sozialgericht. Der Bekannte bei der Diakonie hat dem Mieter dabei geholfen und hat ihm das formuliert, sozusagen als Ghostwriter."

„Und, was hat das Gericht entschieden?"

„Ja, dieser Betrag von circa 5.000 Euro war tatsächlich zu wenig gezahlt an Sozialleistungen. Aber es war so gewesen, dass die Nachzahlung längst erfolgt ist, der Eilantrag daher abgewiesen wurde."

„Na, dann ist doch alles in Ordnung. Dann haben Sie doch Ihr Geld."

„Nein, von der Nachzahlung hat der Mieter die Verlobung seines ältesten Sohnes ausgerichtet und diese gerade nicht an mich weitergeleitet."

„Nun gut. Irgendwann ist das Maß voll. Wenn das alles noch weitere Rückstände in unverjährter Zeit sind, dann erklären Sie jetzt die fristlose Kündigung und quälen Sie sich nicht weiter."

An dieser Stelle nickt Erna zustimmend mit dem Kopf.

„Ja, vielleicht haben Sie recht", so Knut. „Wir könnten dann auch unseren eigenen Alterswohnsitz dort nehmen und hätten einmal großzügigen Wohnraum und würden nicht in einem Wohnklo von 55 qm hausen. Aber ich fürchte, wir sind nicht in unverjährter Zeit. Sind das nicht drei

Jahre? Das war alles am Anfang, und er ist jetzt schon mehr als vier Jahre in dieser Wohnung."

„Sie müssen es wissen", so der Anwalt. „Mahnen Sie ab wegen unpünktlicher Mietzahlung. So wie der sich aufführt, führt das dann spätestens zur wirksamen Kündigung. Sie müssen nur das Nachhaltigkeitsmerkmal beachten. Er muss mehrfach verspätet gezahlt haben und nach der Abmahnung ebenfalls verspätet zahlen, sondern akzeptiert die Rechtsprechung dies nicht."

„Und dann ist da noch was", so Knut.

„So? Was noch?"

„Sein Sohn hatte sich ausgesperrt und kam nicht wieder in die Wohnung. Es war sonst keiner da."

„Ja, dann soll er den Schlüsseldienst rufen."

„Hat er aber nicht. Er hat die Tür eingetreten. Wissen Sie, was mich das gekostet hat? Türzarge und neue Tür, Wohnungseingangstür etc.?"

„Das waren mal ebenso 400 Euro", wirft Erna ein.

„Ja, haben Sie ihn denn dann wenigstens abgemahnt?"

„Ja, habe ich, aber auch wieder nicht gekündigt. Das Ganze ist ja auch schon wieder zwei bis drei Jahre her. Ich glaube, daraus können wir heute nichts mehr herleiten."

„Vermutlich nicht", bestätigt M. „Es ist in angemessener Zeit zu kündigen, nach dem abgemahnten Vorfall. Es gibt zwar keine starren Fristen, aber zwei bis drei Jahre ist mit Sicherheit zu lange."

„Von Kleinigkeiten rede ich ja schon gar nicht", so Knut. „Ständig hortet er Sperrmüll irgendwo, stellt die Flure voll mit Plunder, insbesondere Flohmarktware. Die ganze Bude ist bis zur Decke voll gestellt mit irgendwelchem Unrat, den er meint, verkaufen zu können. Aber jetzt kommt der totale Hammer. Er hat den laufenden Monat komplett keine Miete gezahlt mit der Begründung, dass das Wasser nicht funktioniert."

„Na ja, dafür sind Sie doch nicht zuständig. Was sagt die Verwaltung dazu?"

„Ach, die. Die kümmern sich doch um gar nichts. Die Eigentümer sind im ganzen Bundesgebiet verstreut. Die Wohnungen waren wohl einmal als Kapitalanlage über Lebensversicherer verkauft worden.

Dies regelrecht an der Haustür. Die Aufgebote beim Standesamt wurden überprüft und an den Haustüren der heiratswilligen Pärchen erschienen unaufgefordert Vertreter von Lebensversicherungen, die das ganze

Programm, inklusive die Wohnung mit Notarberatung, Vertrag etc. an die jung Vermählten verkauft haben. Sie können sich vorstellen, was nun los ist. Man kriegt die im ganzen Bundesgebiet verstreuten Eigentümer gar nicht unter einen Hut. Man erreicht sie postalisch oft gar nicht. Viele sind zahlungsunfähig."

„Nun gut. Wenn er kein Wasser hat, dürfte er nicht verpflichtet sein, die Miete zu zahlen, das ist ein elementarer Bestandteil des Mietgebrauchs."

„Ja, aber was machen wir denn jetzt?", so Erna mit dem Anklang der Verzweiflung in der Stimme.

„Also, die Verwaltung kümmert sich nicht?"

„Nein, die sagen, es ist kein Geld da, und in der Rücklage ist schon gar nichts.

Es ist wohl so, dass die Abschläge für Wasser auch von der Verwaltung nicht gezahlt werden konnten. Es war schlicht und einfach kein Geld da."

„Wie hoch ist der Rückstand?"

„Darüber gehen die Angaben auseinander, irgendetwas zwischen 700 und 1.200 Euro."

„Rufen wir doch mal an", schlägt Rechtsanwalt M. vor.

Er wählt die Nummer der Stadtwerke und gibt die Bearbeitungszeichen durch. Der Sachbearbeiter gibt sich zugeknöpft. „Ich weiß nicht, ob ich Ihnen Auskunft erteilen kann. Wer ist denn der Verwalter?"

„Das führt jetzt nicht weiter". „Mir gegenüber sitzt einer der Eigentümer, der Gesamtschuldner für öffentliche Abgaben ist. Ich könnte ihm den Telefonhörer herüberreichen."

„Ja, dann machen Sie das."

Knut identifiziert sich. Zurückgegeben zum Anwalt erklärt der Sachbearbeiter, „die Rückstände sind 1.354,88 Euro."

„Lässt sich eine Ratenzahlung vereinbaren?"

„Nein. Der Rückstand muss komplett gezahlt werden, dann werden wir das Wasser auch wieder anstellen. Die Leute sollen dankbar sein, dass alle Wohnungen über Gasetagenboiler beheizt werden, sodass die Eigentümer hier selbst verantwortlich sind, sonst wäre hier auch schon die Wohneigentumsgemeinschaft in die Pflicht genommen worden und das Gas möglicherweise abgestellt. Sagen Sie den Leuten, die da bei Ihnen sitzen, es hätte also noch schlimmer kommen können."

M. bedankt sich, legt das auf laut gestellte Telefon beiseite. Ernas Gesichtsausdruck hat sich derweil weiter verdunkelt.

„Also, was sollen wir jetzt machen?", so Knut.

„Es bleibt nur eine Möglichkeit. Sie zahlen den Rückstand und holen sich von der Verwaltung bzw. von der Gemeinschaft das Geld zurück."

„Gut. Gemeinschaft ist ja wohl nicht. Also ist an jeden einzelnen Eigentümer heranzutreten?"

„Richtig. Besorgen Sie sich von der Verwaltung die Liste. Wir können hier die Mahnbriefe fertig machen, wenn Sie gezahlt haben, gerichtet auf Erstattung."

„Kann ich mir nicht irgendeinen Eigentümer aussuchen? Vielleicht hat ja doch irgendeiner Geld und nagt noch nicht am Hungertuch."

„Das geht leider nicht. Früher war es so, dass jeder Eigentümer Gesamtschuldner für alle öffentlichen Beitragsrückstände war. Da hat aber der Bundesgerichtshof schon vor Jahren einen Riegel vorgeschoben. Jeder ist nur haftbar in Höhe seiner Miteigentumsanteile. Sie müssen also die Miteigentumsanteile zur Hand nehmen, die Umlage des Rückstandes auf jeden Eigentümer einzeln berechnen und ihn notfalls verklagen auf Gesamtschuldnerausgleich."

„Das sind ja nette Aussichten."

„Soll das geschehen, wie vorgeschlagen?"

„Ja, machen Sie das. Anders kommen wir ja überhaupt nicht mehr weiter. Und dann schreiben Sie bitte mit Vollmacht die Abmahnung wegen unpünktlicher Mietzahlungen gegen meinen Mieter. Das geht ja nun auch schon seit Jahren so. Damit dieser Schrecken ein Ende hat."

Zu diesem Zweck studiert Rechtsanwalt M. den Mietvertrag, und es ist – entsprechend üblichen vertraglichen und gesetzlichen Regelungen ein Mieteingang zum dritten Werktag des Monats vorgesehen. Gleichzeitig findet sich in dem Mietvertragsformular ein Sammelsurium von Quittungen über die jeweiligen Barzahlungen in Durchschrift. Dies allein über zwei bis drei Jahre. Richtig ist, dass eigentlich so gut wie nie die Miete von 911 Euro quittiert worden ist, sondern immer weniger. Mal 850 Euro, 800 Euro, 750 Euro, 870 Euro, usw. usw.

Allerdings ergibt sich bei Sichtung der Unterlagen ein anderes Problem. Es ist regelmäßig am 15. eine Zahlung quittiert des Monats. „Unter diesen Voraussetzungen möchte ich an die Abmahnung und an eine Kündigung nebst Räumungsklage nur ungern herangehen."

„Warum das?", so Knut.

„Sie haben es hingenommen, dass immer erst am 15. gezahlt wird oder sogar später. Sie hätten auf jeder Quittung mit aufnehmen sollen, eine Herabsetzung der Miete oder Änderung des Fälligkeitsdatums ist mit diesem Schriftstück nicht verbunden und wird Abänderungen des Mietvertrages widersprochen."

„Was heißt das nun wieder?", wirft Erna ein.

„Er muss am 3. zahlen, nicht am 15."

„Ja, aber er hat Sie immer hingehalten, kam dann mit seinen üblichen Barzahlungen. Da das, wie ich sehe, über mehrere Jahre so ging, dürfte es eine konkludente Abänderung des Mietvertrages im Hinblick auf den Fälligkeitszeitpunkt der Miete sein."

Nun packt Erna die Wut.

„Das kann doch wohl nicht wahr sein. Das ist ein Haus- und Grundmietvertrag. Da steht deutlich drin, Änderungen des Mietvertrages sind nicht geschlossen und müssen, wenn, dann schriftlich erfolgen."

„Ja, das ist ja alles so richtig", widerspricht der Anwalt. „Aber bei der langen Zeit von fast drei Jahren ist niemals am 3. gezahlt, sondern immer erst ab dem 15. Darin dürfte das zuständige Gericht eine sogenannte konkludente Änderung des Mietvertrages auch dieser Passage annehmen. Ich kenne alle Richter des Mietdezernats beim Amtsgericht lange genug. Die werden das so sehen. Eine Erfolgsaussicht für eine Kündigung wegen unpünktlicher Mietzahlungen sehe ich nicht. Aber mal eine andere Frage", hakt Rechtsanwalt M. nach.

„Was ist denn hier eigentlich mit den Nebenkostenabrechnungen? Mit der geringen Nebenkostenvorauszahlung kommen Sie doch im Leben nicht aus. Schon gar nicht bei dem Verbrauchsverhalten dort. Haben Sie mal eine Verwalterabrechnung?"

„Klar doch." Knut reicht ein Blattwerk herüber. „Da müssten doch im Jahr mit Sicherheit 500 bis 1000 Euro nachzuzahlen sein. Rechnen Sie denn regelmäßig ab?"

„Mit so was brauchen Sie dem gar nicht zu kommen", so Knut.

„Nebenkostenabrechnungen verwandelt er in eine Papierschwalbe und lässt sie aus dem Fenster segeln."

„Na, das würde dann aber zumindest eine fristgemäße Kündigung rechtfertigen, wenn auch keine fristlose, denn Nebenkosten sind keine Miete."

„Wissen Sie, was der sich vor kurzem geleistet hat?"

„Nein."

„Es war so, dass das Jobcenter die Nebenkostenabrechnung verlangte."

„Ja, das ist so üblich". „Denn es könnten ja Guthaben entstehen, sodass das Jobcenter dann eigene Zahlungen gegen die Guthaben aufrechnen darf."

„Genau. Also habe ich eine Nebenkostenabrechnung erstellt."

„Ja, und? Was war daran verkehrt?"

„Natürlich nichts. Er hat sie zwar dem Jobcenter vorgelegt, ist aber selbst damit zum Mieterschutzverein gelaufen."

Ernas Gesichtsfarbe wechselt an dieser Stelle zu dunkelrot.

„Ja, und dann?"

„Warten Sie, den Brief habe ich hier. Es wurde beanstandet, dass ich die Müllabfuhr nach Quadratmetern und nicht nach Kopfteilen abgerechnet habe entsprechend der Verwalterabrechnung, weil dies ja verbrauchsabhängige Nebenkosten sind, wie das Wasser."

„Ja, dann kann man das doch schnell ändern."

„Habe ich auch. Von der Nachzahlung von circa 1.400 Euro fielen etwa 120 Euro heraus. Die Korrektur habe ich ihm unmittelbar zukommen lassen, und die erhielt das Jobcenter. Ich habe ihn natürlich gefragt, was er beim Mieterschutzverein zu suchen hat."

„Und? Wurde dann gezahlt?"

„Nein, das Jobcenter hat nie gezahlt. Sie haben also die Nebenkostenabrechnung einverlangt zur Prüfung von eventuellen aufrechenbaren Gegenposten, nur bezahlt haben sie nicht."

„Warum das nicht?"

„Mit der Begründung, dass das Verbrauchsverhalten hier unangemessen ist, insbesondere die Heizkosten überhöht sind, sowie aber auch der Wasserverbrauch. Die haben recht. Die Heizkosten sind natürlich wirklich überhöht. Mitten im Winter zieht der es vor, in Bermuda-Shorts herumzulaufen und erklärt, das sei sein gutes Recht, denn es müsste ja anständig geheizt werden. Von Heizung abdrehen, wenn er die Wohnung verlässt, hat er sowieso noch nichts gehört."

„Also haben die nicht gezahlt?"

„Nein."

„Dann muss er zahlen."

„Wird er aber nicht. Aber eins ist mir in Erinnerung geblieben.“

„Ja, was denn?“

„Dieser Mieter muss den Mieterschutzverein aufsuchen, weil er muss vor uns Vermietern geschützt werden?“

Ernas Gesichtsausdruck versteinert weiter und weiter.

„Und noch ein Hammer von diesem Mieter. Der älteste Sohn musste in den Knast. Kurze Zeit, bevor der Sohn in den Knast kam, rief der Mieter mich an. Er erzählte mir aufgelöst, sein Sohn würde immer Handys aus der Familie nehmen, aber nie sein eigenes.“

„Ja, aber was haben Sie damit zu tun?“

„Natürlich nichts, aber er ließ nicht locker. Ständig würden Familienmitglieder, seine Frau, ein weiterer Sohn ihre Handys suchen und dann würde sich herausstellen, der älteste Sohn hat das Handy in Benutzung. Dann rief der Mieter mich an. Nunmehr wüsste er um die Hintergründe.“

„Ja, und welche?“

„Aufgrund seiner Drogengeschäfte hat der älteste Sohn damit gerechnet, dass sein Handy abgehört wird. Und um in Ruhe weiter dem Handeltreiben mit Drogen nachgehen zu können, benutzte er immer andere Handys, bis er dann schließlich aufflog. Überflüssig zu erwähnen, dass mich der Mieter dann anrief.“

„Um Ihnen das alles zu erzählen?“

„Auch. Aber ich müsste jetzt – das könnte er ja wohl verlangen – mit der Miete runtergehen.

Denn es wäre ja nun einer weniger in der Wohnung. Ich sollte 150 Euro Mietherabsetzung akzeptieren. Als ich widersprach, regte er sich auf. 'Das ist jetzt aber von Ihnen nicht fair', beschwerte er sich …“

KAPITEL SECHZEHN
„ N C R "

Matthias K. befindet sich in einer festen Beziehung, war aber in den vergangenen Jahren einem heimlichen gepflegten Seitensprung gegenüber meistens nicht abgeneigt. Er erhält während der Arbeitszeit eine WhatsApp-Nachricht.

Seine Partnerin erklärt, mit ihm reden zu müssen. Worüber? (???)
Matthias antwortet: „Es sind doch nur noch 40 Minuten bis Feierabend. Ich bin doch eh gleich zu Hause."
„Nein", lautet die widersprechende Nachricht. „Es ist besser an einem neutralen Ort."
„Oh, oh", denkt Matthias. „Das bedeutet nichts Gutes."
Beide einigen sich auf das Café Noir in der Oststadt. Das kennen sie von früher. Pünktlich um 16:45 Uhr kommt Matthias an. Seine Partnerin, Pauline, zwei Jahre jünger als er, also 40-jährig, sitzt bereits an einem Vierertisch am Fenster. Er setzt sich mit einem flauen Gefühl im Magen dazu, bestellt nur Mineralwasser.

„Ich will gleich zur Sache kommen", legt Pauline los. „Ich glaube, das ist nichts mehr mit uns."
Das flaue Gefühl im Magen von Matthias steigert sich bis hin zu einem Gefühl, das ein Schachtring aus Stahlbeton in einem menschlichen Magen auszulösen geeignet wäre.
„Es hat sich doch in unserer Beziehung einfach gar nichts mehr getan. Ich habe so oft gesagt, was ich mir wünsche, aber du hast nicht reagiert. Alles, was ich gesagt habe, hast du ausgesessen. Und das einzig Spannende in unserem Bett war zum Schluss das Spannbetttuch. Da ist einfach keine Entwicklung mehr in unserer Beziehung. Ich möchte, dass wir uns

trennen, dass ich die Wohnung behalte. Ich werde dem Vermieter Bescheid sagen. Zieh bitte aus!"

Matthias schweigt. Die Wucht der Worte haben ihn fast vom Stuhl gefegt. „Oh Mann", denkt er nur bei sich. „Das ist jetzt wirklich die Bankrotterklärung von vier Jahren, in denen man zumindest glaubte, dass in der Beziehung ein Fundament vorhanden ist. Wenn nur die ewigen Streitereien nicht wären ... Aber sind Krisen nicht dazu da, gemeistert zu werden?"

Sie fixiert ihn streng, aber doch nicht ohne Erwartungshaltung.

Sekundenlang schweigt Matthias weiter. „Ok", presst er schließlich leise heraus. „Wenn du meinst ..."

Ihr Blick verändert sich von streng zu finster. „Was soll das jetzt?", meckert sie los. „Mehr hast du dazu nicht zu sagen?"

Matthias mobilisiert die letzten Kraftreserven.

„Was erwartest du jetzt?", poltert er los.

Es wirkt wie ein letztes Aufbäumen. „Soll ich vor dir auf die Knie fallen, dir die Füße küssen? Wenn alles scheiße ist, dann hören wir auf. Du bist diejenige, die vier Jahre mal eben so in die Tonne haut, nicht ich. So, das ist hier für das Wasser." Er haut ein Zweieuro- und ein Eineurostück auf den Holztisch, dass Paulines Kaffeetasse in der Untertasse scheppert.

„Hast du einen anderen? Wer ist es? Ach was soll's. Egal, wer es ist, mir kann er sowieso nicht das Wasser reichen. Mach deine Erfahrungen", erklärt Matthias noch ... plötzlich redet er mit ihr, wie mit einem Kind ... es wird auf einmal der Unterlegene der Gesamtsituation selbstsicher, ja fast überheblich.

„Du wirst sehen, dass du auf die Fresse fällst." Mit diesen Worten verlässt Matthias das Café.

§§§

Sechs Wochen später

Pauline sitzt im Wohnzimmer ihrer gleichaltrigen Freundin Sabine. Es ist 17:30 Uhr. Beide löffeln Kakao mit Sahne. Sabine lebt seit Jahren in harmonischer Partnerschaft. Sie besprechen sich regelmäßig, so auch heute, über partnerschaftliche Beziehungsthemen.

„Es ist verrückt", beginnt Pauline das so häufig erörterte Thema.

„Was ist verrückt?"

„Irgendwie vermisse ich ihn."

„Mh, hm. Ist das ein ehrliches Gefühl?"

„Was meinst du?"

„Oder ist es nur das Ungewohnte, dass du abends nach Hause kommst, und dann ist da keiner?"

„Weiß auch nicht."

„Vielleicht hast du es auch etwas überstürzt. Vielleicht brauchtest du nur mal Zeit für dich allein."

„Ja, vielleicht …"

„Aber ist das nicht unverschämt von ihm?"

„Was?"

„Ja, dass er überhaupt nicht um mich gekämpft hat."

„Wie bitte?"

„Er hat die Trennung widerstandslos akzeptiert. Was muss ich denn da denken?"

„Wie, was musst du denn da denken?"

„Na, da muss ich doch denken, unsere Zeit war ihm so wenig wert, dass es sich gar nicht lohnt, Widerstand zu leisten."

„Also ich denke, jetzt verlangst du wirklich ein bisschen viel."

„Wieso?"

„Immerhin hast du ihn vor vollendete Tatsachen gestellt. Lösungsmöglichkeiten hast du nicht vorgeschlagen, geschweige denn zugelassen."

Pauline wird nachdenklich.

„Und wenn er sich nun geändert hat?"

„Was meinst du?"

„Ach, ich weiß doch auch nicht."

Drei Tage später, gleicher Ort, gleiche Uhrzeit, gleiche Getränke.

„Ich habe Matthias gesehen", berichtet Sabine.

„So? Wo denn?"

Er ging mit Eckhart, den kennen wir beide wohl auch flüchtig, die H.-Straße herunter in Höhe der Fußgängerzone."

„Und?"

„Nichts und. Mir fiel auf, wie gut er eigentlich aussieht. Das zuweilen Erschöpfte in seinem Gesicht war wie weggeblasen. Er sah frisch und erholt aus. Cooler Dreitagebart, schickes Sakko, T-Shirt darunter, tief in die

Stirn fallende lockige schwarze Haare. Und eigentlich war er doch ein ganz emphatischer Typ. So hatte ich jedenfalls den Eindruck. Vielseitig interessiert, humorvoll."

Pauline stellt fest, dass das alles Inhalte sind, die sie nun so gar nicht hören möchte.

„Sag mal, auf welcher Seite stehst du eigentlich?"

„Darum geht es doch gar nicht."

„Wie?", fragt sie fassungslos. „Was zieht der denn jetzt für eine Show ab? Will der etwa so tun, als wenn es ihm ohne mich besser geht? Das kann ja wohl kaum sein. Und überhaupt. Was heißt das, ein schickes Sakko? Er hat seine Garderobe noch gar nicht abgeholt. Ich kenne genau drei Sakkos, die er hat. Wo soll plötzlich ein neues Sakko herkommen?"

„Ja, so ein pastellblaues."

„Der legt doch gar keinen Wert auf Klamotten. Auf der Arbeitsstelle läuft er immer in Jeans und Hoodie rum. Das ist möglich, weil er keinen Kundenverkehr hat, sagt er immer. Wie unverschämt. Da kleidet der sich ausgerechnet jetzt neu ein. Was soll ich davon halten? Es war nicht mal möglich, ihn beim Shopping in Herrenbekleidungsgeschäfte hineinzukriegen bzw. er war schneller wieder draußen, als er hereingekommen ist."

Sie, Pauline, hat aus einem Versandhandel ab und zu etwas bestellt, damit er wenigstens mal ein, zwei neue Textilien hatte.

„Das ist ja wirklich frech", bemerkt Pauline.

„Was soll das? Ist er schon wieder auf der Suche? War eine Frau dabei?"

„Ja."

„Was?"

„Es war eine Frau dabei", beruhigt Sabine, „aber die gehörte offensichtlich zu Eckhardt, das konnte man sehen."

„Bist du sicher?"

„Ja, absolut."

„Na, gut. Wie auch immer", schließt Pauline das Gespräch ab.

„Nächste Woche will er kommen und sein Zeug abholen. Klamotten, CDs, Bücher usw. Dann werden wir ja wohl endlich den Schlussstrich ziehen können. Wenn er da war und alles abgeholt hat, werde ich die Wohnung renovieren, die Wände andersfarbig streichen und das Mobiliar ersetzen. Dann ist nichts mehr, so wie es war."

§ § §

Eine Woche später

Matthias klingelt an der Wohnungstür der ehemals gemeinsamen Wohnung. Pauline öffnet.

„Hi, ich wollte meine Sachen abholen", erklärt Matthias kurz, knapp und einsilbig.

Seine Stimme klingt etwas anders als sonst. Irgendwie tiefer. Jedenfalls empfindet es Pauline so. „Komisch", denkt sie, „hat der immer so gesprochen?"

„Komm rein."

„Wozu?"

„Wie bitte?"

„Ich dachte, du hast schon alles zusammengepackt. Mein Zeug passt doch in zwei Taschen."

„Teilweise."

„Mh mh."

„Ja gut, aber ich muss schnell wieder weg. Habe einen Termin in Castrop-Rauxel und bin spät dran."

Wieder diese eigenartige Tiefe in der Stimme. Pauline sieht ihn an. Sabine hatte recht, er sieht wirklich auffallend gut aus. Aber diese neue Distanziertheit lässt sie schaudern. Seit wann ist das denn so ein Eiszapfen, schießt es ihr durch den Kopf. Oder ist das alles Show?

Matthias sieht persönliche Utensilien, Bücher, CDs, etc. durch. Währenddessen hat er einen seltsamen, bissig/ spöttischen, ja sogar arroganten Zug um die Mundwinkel, der Pauline sofort auffällt. Das ist ein Gesichtsausdruck, der ist neu, den hat er sonst nicht gehabt, denkt sie noch. Nach 20 Minuten verlässt Matthias grußlos die Wohnung.

§ § §

Zwei Wochen später

Pauline ist wieder bei Sabine. Es ist 20:30 Uhr. Sie teilen sich eine Flasche Rotwein. Die Stimmung steigt. Beide Zungen lockern sich.

„Wie kommst du jetzt mit der Situation zurecht?", fragt Sabine.

„Irgendwie komisch", so Pauline. „Es ist fast so eine Art Sehnsucht entstanden. Eine ganz neue Sicht."

„Du musst jetzt schon genau unterscheiden", rät Sabine.

„Was unterscheiden?"

„Geht es wirklich um ihn? Oder bedrückt dich der Abschied von der Komfortzone? Vielleicht sogar finanzielle Gründe, dass du jetzt die Miete alleine bezahlen musst und den Kühlschrankstrom? Wenn das so ist, dann ist das egoistisch. Dann lass ihn jetzt endgültig los."

„Ja, vielleicht."

Pauline wird nachdenklich.

„Nein", fährt sie fort. „Das ist es nicht."

„Aber es war doch", widerspricht Sabine „einiges, was dich gestört hat. Und den Partner umkrempeln wollen, ist nie gut. Einer soll sich nicht für den anderen verbiegen."

„Ich will ihn doch gar nicht umkrempeln. Ich nehme ihn heute so, wie er ist."

„Aha. Auf einmal. Du beginnst", erkennt Sabine „trotz der vielen Differenzen heute die Beziehung zu idealisieren."

„Ja, vielleicht."

„Dafür gibt es einen Begriff. Den habe ich in der *für mich* gelesen", erklärt Sabine.

„Das nennt man 'NCR'."

„Was soll das nun wieder sein?"

„Das ist die Abkürzung für 'No Contact Rulement'."

„Mhm, so, so."

„Das ist so, das ist ja auch einleuchtend, je länger man auseinander ist, umso mehr treten die vorhandenen Differenzen zurück, und man hebt den Expartner auf einen Thron, der ihm gar nicht zusteht."

„Weiß nicht. Ich glaube, so einfach ist es nicht."

§§§

10 Tage später

Auf Matthias' Handy geht eine WhatsApp-Nachricht ein. Matthias ist durchaus erleichtert, aber entschlossen, nicht sofort zu antworten.

So antwortet er erst nach zwei Tagen. Eigentlich hält er nichts von derartigen Distanz-Spielchen, aber manchmal geht es nicht anders. Niemals darf ein Mann Bedürftigkeit signalisieren. Das ist oberstes Prinzip.
Und er überlegt noch, ob er bezüglich diverser Abenteuer eine Beichte ablegen soll. Jetzt, wo wohl alles auf einen neuen Boden gestellt werden soll, würde sich anbieten, reinen Tisch zu machen. Aber er verwirft den Gedanken wieder. Eine Frau muss nicht alles wissen. Außerdem hatte das alles nichts mit Liebe zu tun. Es war Sport, ähnlich einer Dienstleistung. Wenn auch ein himmlischer Sport.

Zwei Tage später beantwortet Mathias die WhatsApp-Nachricht von Pauline.
Im Café „Noir" planen sie einen Neuanfang.

In ihrer Wohnung öffnet sich für Matthias erneut die Schlafzimmertür. Im Café Noir war es „nur" eine Planung. Jetzt wird es zum Versprechen.

KAPITEL SIEBZEHN
SO WIRD DAS NICHTS I

Dietrich W., 46-jährig, Verwaltungsangestellter im mittleren Dienst, ist seit Jahren unfreiwilliger Single.

Allein um das zu ändern, meldet er sich bei einer der führenden Datingplattformen an. Zunächst bleiben die Zuschriften, die ihn vom Profil her ansprechen könnten, allerdings rar.

Schließlich entwickelt sich ein Chat mit drei Frauen.

Alexandra C., angeblich 35-jährig, langhaarig, blond. Sieglinde S., kurze schwarze Haare, Bubikopffrisur, 40-jährig und Franziska L., ansprechendes Profilbild, wallende lange schwarze Haare, 37-jährig.

Aber auch diese drei parallel bedienten Chats bleiben wenig ergiebig. Teilweise fast einsilbig. Es kommt von drei gleichzeitig Angebeteten zunächst wenig zurück. So textet er Sieglinde an: „Hallo, was machst du gerade?", fragt er betont unverfänglich.

Sieglinde ist von dieser Art der Kontaktaufnahme gelangweilt. Es ist Samstag 11:30 Uhr. Was soll sie da antworten? Eventuell so: „Ja, ich chille gerade und vorhin habe ich mein Tampon gewechselt" oder was will der jetzt hören? Was für eine bekloppte Frage: Was machst du gerade? Warum erzählt der nicht mal was von sich? Was ihr Interesse an ihm wecken könnte?

Sie beschließt die Antwort auszusitzen. Andere Mütter haben schließlich auch hübsche Chatnachrichtenschreiber. Als sich den halben Tag nichts tut, entschließt sich Dietrich, Franziska anzutexten.

„Sorry, ich will nicht stören, aber hast du eventuell Lust auf ein Date?"

Franziska liest die Nachricht, von der sie sich nicht gerade vom Hocker gerissen fühlt. Was soll das? überlegt Franziska: „Sorry ich will nicht stören." Wozu entschuldigt der sich? Was soll das? Eigentlich ist das

Profilbild nicht wenig ansprechend, aber so ein Mamasöhnchen, das sich klein macht und sich ohne Grund entschuldigt. Wenn das so schon losgeht. Und dann dieses: „Hast du Lust auf ein Date?"

Franziska empfindet die Frage als unterwürfig. Warum sagt er nicht, wann er Zeit hat und bestimmt, wann ein Date stattfinden kann? Zum Beispiel Dienstag oder Donnerstag der Folgewoche, natürlich mit Orts- und Zeitangabe.

Dann kann sie doch immer noch entscheiden, ob sie drauf eingeht. Der hat bei seiner Ex bestimmt restlos unterm Schlappen gestanden, denkt Franziska. Da muss ich den aber auch nicht wieder aufbauen. Das tu ich mir nicht an. Sie beschließt, die Antwort auszusitzen.

Als bis zum Folgesonntag nichts passiert, textet Dietrich Alexandra an. Sie textet auch zurück: „Erzähl was von dir! Du hast keine Körpergröße angegeben. Wie groß bist du?"

„Oh Mann", denkt Dietrich, der 1,72 Meter groß ist. Jetzt geht es los. Na, ein bisschen faken wird ja vielleicht erlaubt sein. Schließlich hat er ja auch ein aktuelles Profilbild verwendet.

„1,81 Meter", textet er zurück und mogelt also 9 Zentimeter dazu.

Alexandra aber hat feste Vorstellungen, was die Körpergröße ihres Traumpartners betrifft. Sie ist 1,73 Meter. Acht Zentimeter größer reichen ihr nicht. Es müssten schon 14-15 Zentimeter sein. Wie soll ein kleiner Murkel ihr jemals den ausreichenden Schutz im Alltag bieten, der ihr als Frau zusteht? Sie beschließt, die Antwort auszusitzen.

Aber Dietrich lässt sich nicht entmutigen. Er beginnt einen Chat, nunmehr mit Isabelle. Isabelle ist zwar 2 Jahre älter als er, aber immer wieder neu bewundert er ihr Profilbild.

Ein munterer Chat entwickelt sich. Immer wieder denkt Dietrich regelmäßig und bei sich „ist das Bild wirklich aktuell? Die sieht ja wirklich noch top aus?"

Eines Tages fasst er sich ein Herz und beschließt zur Vorbereitung der Frage nach einem Date Isabelle ein wirkliches Hammerkompliment zukommen zu lassen, nicht merkend, dass er sich mit dieser Chatnachricht um Kopf und Kragen schreibt.

„Was soll ich dir sagen, ich möchte dir mitteilen, meine Güte, du siehst wirklich noch toll aus für dein Alter …"

Isabelle meldet sich nie wieder.

§ § §

Nun gut. Dietrich setzt sein Chatglück mit Tatjana, 33-jährig, brünette lange Haare, bis Brusthöhe, ansprechend lockig, fort.

Tatjana erklärt auf sofortige Nachfrage 1,59 Meter groß zu sein. „Na ein Glück", denkt Dietrich. „Das passt ja wenigstens mal."

Tatjana macht im Chat einen durchaus vielseitig interessierten Eindruck. Dann geht sie dazu über, ihn, nach seinem Job zu fragen. Er gibt bereitwillig Auskunft, städtischer Verwaltungsinspektor zu sein. Auch gibt er bereitwillig Auskunft über seinen Tätigkeitsbereich.

Dies beantwortet Tatjana damit, Chefarztsekretärin im städtischen Klinikum zu sein. Ihr Bruttoeinkommen von 5.500 Euro – dies noch zuletzt angehoben aufgrund ihrer gehobenen Verantwortung in der Position – verschweigt sie.

Nach Ende des Chats googelt Tatjana das Einkommen eines städtischen Verwaltungsinspektors nach TÖVD. Das Ergebnis ernüchtert sie. Nein, das geht nicht, entscheidet sie. Der Mann fürs Leben sollte schon einen höheren sozialen Status haben als sie selbst.

Hypergamie hin oder her. Tatjana meldet sich nie wieder.

Dietrich lässt sich nicht verdrießen. Er chattet weiter mit Paula, 35-jährig, blond, burschikoses Äußeres, Kurzhaarfrisur, hübsches Gesicht.

Sie tauschen sich über diverse Themen aus. Sie spricht über ihren Musikgeschmack, befragt ihn nach seinen musikalischen Vorlieben, eventuellen Deutschtextsängern. Sie mag Mark Forster oder auch moderne Schlager, durchaus auch Roland Kaiser und Ähnliches.

Dietrich stimmt zu. „Ja, gefällt mir auch." Der Dialog wiederholt sich ähnlich betreffend Rockmusik, präsentiert durch die Rockband Metallica oder Scorpions. Paula äußert, wen sie favorisiert und benennt einzelne Rocksongs. Zum Beispiel: „Nothing Else Matters" von Metallica oder die Coverversion von „Whisky In The Jar", ebenfalls von Metallica.

„Ja, gefällt mir auch gut", so Dietrich. Es geht weiter mit Meilensteinen der Filmgeschichte. Auch Dietrich war in diversen Filmen, etwa „Titanic". Er ist sich mit Paula einig, dass diese Filme stark beeindruckt haben und gut gefallen haben. Es geht weiter mit Komödianten, Johann König, Mario Barth und anderen.

Dietrich ist wieder einmal mehr einig mit Paula.

„Gefällt mir auch alles gut", erklärt er.

Dietrich denkt bei sich: „Es kann doch nur gut sein, bei den verschiedensten Themen mit der zukünftigen Partnerin auf einer Wellenlänge zu sein."

Aber Paula ist genervt. „Der ist immer meiner Meinung", denkt Paula. „Was für ein handzahmer Langweiler. Worüber soll ich mich mit dem jemals auseinandersetzen? Ich bin schon während des Chats fast eingeschlafen."

Paula meldet sich nie wieder.

KAPITEL ACHTZEHN
SO WIRD DAS NICHTS II

Dietrich hatte sein erstes Tinder-Date.

Es war Tatjana, die sich wider Erwarten doch wieder gemeldet hat.

Aber das Folgetreffen, um das er bereits am Ende des ersten Treffens gebettelt hat, selbst auf die Gefahr hin, dass Tatjana ihn für 'needy' hält, lässt auf sich warten, warten, warten …

Und schon wieder kündigt sich Ungemach an. Daher sitzt Dietrich an einem Montagnachmittag im Büro seines Anwalts.

„Ich möchte, dass Sie für mich eine Schadenersatzklage einreichen."

„Okay", stimmt Rechtsanwalt M. zu. „Wer soll verklagt werden und weswegen?"

„Ich möchte, dass eine Internetcommunity verklagt wird."

„Mhm. Bitte geht es etwas konkreter? Und überhaupt, eine ganze Community sofort als Beklagte?"

„Na, gut. Wenn nicht die ganze Community, dann wenigstens eins ihrer Mitglieder."

„Verstehe kein Wort. Um welche Community geht es?"

„Um die DPRZ-Community."

„Was soll das sein?"

„Das soll wohl Dating-Partner-Rezensionen heißen oder so ähnlich."

„Verstehe immer noch kein Wort."

„Also, es ist so. Ich hatte ein Tinder-Date."

„Glückwunsch. Wie war's?"

„So lala. Aber jetzt kommt's. Die Datepartnerin ist Mitglied der gerade angegebenen Internetgruppe, die wohl nur aus Frauen besteht. Dort werden die stattgefundenen Dates bewertet, insbesondere die männlichen Datingpartner."

„Wie bitte?"

„Sie haben richtig gehört. Gerechtfertigt wird es damit, dass Frauen sich untereinander vor schlechten, aggressiven oder sogar gewalttätigen Kerlen oder Liebesbetrügern warnen sollen."

„Mhm."

„Es sollen 1.200 Frauen Mitglieder sein."

„Na, gut", so der Anwalt. „Es gibt nichts, was es nicht gibt, aber was erwarten Sie jetzt von mir?"

„Ich werde von meinem Date in der besagten Facebook-Gruppe diffamiert. Eine gewisse Tatjana F. zieht über mich her. Sie schätzt mich gegenüber den anderen so ein, dass ich keine Verantwortung übernehme, angeblich nur mein Vergnügen will, ich auch ein minderjähriges Kind aus einer gescheiterten Ehe habe – was zutrifft. Ich käme aus diesem Grunde als potenzieller Familienvater gar nicht mehr in Betracht, weil ich ja bereits eine „Altlast" habe. Muss ich mir das gefallen lassen? Das sind doch private Themen. Das kann die doch nicht in der Internetcommunity herumposaunen."

„Sind Sie überhaupt identifizierbar?", so der Anwalt.

„Ja. Es gibt Klarnamenpflicht. Auch die Mitglieder, die posten, sind identifizierbar."

„Ja, aber wie kommen Sie an diese Informationen, ohne Mitglied zu sein? Das ist doch wohl eine geschlossene Gruppe, wenn ich das richtig verstehe."

„Kann ich Ihnen erklären. Eine langjährige Freundin von mir ist Mitglied. Wir kennen uns seit Schulzeiten. Auch waren wir mal zusammen, aber das ist schon Jahre her. Was geblieben ist, ist Freundschaft. Sie hat mir zugesteckt, wie in der DPRZ über mich hergezogen wird. 1.200 Mitglieder – ein echter Zufall, dass das rausgekommen ist. Aber auch ein Zufall ist eben nicht ausgeschlossen."

„Okay. Bei Klarnamenpflicht und sogar namentlicher Benennung kommt es darauf an, ob eine Persönlichkeitsrechtsverletzung vorliegt. Denn wer postet, ist ja bekannt und Zeugin ist ihre langjährige Bekannte. Nichtmitglieder können bei einer geschlossenen Gruppe die Posts nicht einsehen. Frauen werden demnach, wenn ich Sie richtig verstehe, Mitglied, um die Teilnehmerinnen der Gruppe aufmerksam zu machen: Nimm dich vor dem und dem in Acht, der zeigt schon im ersten Date die ersten „red flags", also rote Flaggen. Und Nochnichtmitglieder können

Mitglied werden, um zu sehen, ob gegen den einen oder anderen potenziellen Datingpartner bereits „etwas vorliegt". Sozusagen als Vorsichtsmaßnahme."

„Ja", bestätigt Dietrich. „So scheint das alles zu sein.

Aber nun noch mal meine Frage. Muss ich mir denn alles gefallen lassen?"

„Kinder aus früheren Beziehungen zu haben, ist nichts Ehrenrühriges, sondern im Gegenteil gesellschaftlich anerkannt. Darauf wird sich kein Unterlassungsanspruch stützen lassen."

„Aber das geht doch die anderen da alles gar nichts an. Und was ist mit dem Rest? 'Der will keine Verantwortung für ein weiteres Kind übernehmen' – das ist doch diffamierend und außerdem meine eigene Angelegenheit."

„Es ist keine Tatsachenbehauptung, die einem Unterlassungsanspruch zugänglich ist. Es reicht nicht. Es ist eine persönliche Einschätzung, rein subjektiv."

„Herr je, das geht die doch einen Scheiß an, ob ich noch weitere Kinder will und noch einmal Vater werden möchte. Da fragt die mich im ersten Date aus, wie unverfroren. Vielleicht will ich ja nur mit ihr kein weiteres Kind. Das möge sich die Dame vielleicht auch mal vorstellen."

„Sie haben recht, die Äußerungen sind grenzwertig. Es zielt bereits am Anfang in persönliche Bereiche, und die Fehleinschätzung liegt darin, dass eine Beziehung sich erst entwickeln muss und man nicht sofort alles planen kann und mit der Tür ins Haus fallen kann. Aber die Grenze zur Beleidigung scheint mir nicht überschritten. Eine Tatsachenbehauptung liegt schon gar nicht vor. Nur eine subjektive Bemerkung. Sie werden irgendetwas gesagt haben, was die Dame verärgert hat."

„Also muss man schon im ersten Date jedes Wort auf die Goldwaage legen und wird gecastet?"

„Das sicherlich nicht. Aber eine Unterlassungsklage möchte ich auf das bisherige, was Sie mir hier darstellen, nicht stützen. Vielleicht kommt es ja noch dicker. Bleiben Sie mal am Ball."

Aber Dietrich bleibt vorläufig nicht am Ball. Er hat den modernen Dating-Apps erst einmal abgeschworen.

Aber dann klappt es doch noch.

Es kommt ein Date zustande mit Simone S., dreiunddreißigjährig, aber das Restaurant ist gerammelt voll. So ist Simone einmal in den Gastraum gegangen, hat keinen freien Tisch gefunden, ein Tisch wurde nicht bestellt und ist erst einmal wieder hinausgegangen und wartet vor dem Restaurant.

Da kommt ein dem Augenschein nach Mittvierziger mit dem Fahrrad. Er nähert sich und steigt ab, um das Fahrrad an einem vorgesehenen Fahrradständer abzuschließen.

Oh, oh, denkt Simone. Das ist er wohl, das Profilbild passt. Wie, der kommt mit dem Fahrrad?, denkt Simone bei sich. Hat der nicht wenigstens ein anständiges Auto, mit dem er kommen kann? Ich bin ja nun wirklich nicht blechgeil, aber ein anständiges Auto könnte er doch haben. Und er trägt auch noch einen Fahrradhelm. Oh, oh, was für ein Weichei.

Sie beobachtet Dietrich weiter, während er das Fahrrad festschließt. Und was soll das jetzt? Was macht er denn jetzt? Er singt oder summt ein Lied. Nein, er singt eine Melodie. Was soll das jetzt? Warum singt der denn jetzt? Oh, oh, denkt Simone, das waren jetzt drei X auf einmal, schon beim ersten Hinsehen. Ich glaube, das wird hier nichts.

KAPITEL NEUNZEHN
SO WIRD DAS NICHTS III

Tatjana (vorhergehendes Kapitel) hat eifrig weiter auf Tinder gechattet, gedatet, gechattet, gedatet. Aber bis jetzt ist ihr Traumprinz den Datingbemühungen ferngeblieben. Es war nichts Passendes dabei.

Schließlich trifft sie sich mit Oliver. Er ist beruflich tätig in der Entwicklungsabteilung eines renommierten Autoherstellers und Diplomingenieur.

Sie sitzt mit Oliver bei ihrem Lieblingsitaliener. Oliver berichtet von sich ehrlich und vollständig, dennoch mit der gebotenen Bescheidenheit, er ist ersichtlich kein Prahlhans. Aber dann horcht Tatjana auf. Sie testet seine Einstellung zu Paarbeziehungen. Oliver antwortet: „Ich werde immer und in jeder Situation für meine Partnerin einstehen." Er versichert dies freimütig. „Egal in welchem Schlamassel sie einmal landen sollte, ich würde meine Partnerin nach Kräften heraushauen."

'Was meint der?', überlegt Tatjana. Sie ist irritiert. „Ich glaube, du siehst da was falsch", widerspricht sie vorsichtig. „Frauen wollen heutzutage nicht mehr gerettet werden. Der Savior ist ein Relikt von gestern. Dass man in einer Partnerschaft sich intern gegenseitig unterstützt, ist doch klar. Aber wie du es darstellst, so trifft es doch den Zeitgeist gar nicht mehr."

Aber zu einer Antwort von Oliver kommt es gar nicht mehr. Wie elektrisiert bleibt sein Blick an einem männlichen Gast hängen, der gerade mit seiner Begleiterin das Restaurant betreten hat.

Er hat eine äußerst athletische Figur, trägt ein sogenanntes Muscle-T-Shirt, dezente Tattoos bedecken den durchtrainierten Oberkörper …

„Was für ein Affe", bemerkt Oliver sofort. „Voll der Angeber. Wenn ich doch sportlich bin, muss ich das doch nicht so zur Schau stellen. Will der mit seinem Bizeps extra punkten? Wenn ja, bei wem? Bei seiner Freundin oder bei anderen Frauen hier im Lokal?"

Tatjana ist erneut irritiert. „Was hat der nur gegen diesen Gast? Ist allein das Auftauchen andere Männer Grund für ihn, in Rivalität einzutreten? Wenn auch nur gedanklich? Wie albern", denkt sie. „Männer untereinander sollten doch solidarisch sein."

„Bist du in früheren Beziehungen mal fremdgegangen?", fragt sie Oliver unvermittelt.

Die Frage trifft Oliver wie ein Keulenschlag. Er druckst herum, möchte dieser unangenehmen Frage ausweichen.

„Ja oder nein?", bohrt Tatjana nach.

„Mein Gott, ja", presst Oliver schließlich heraus.

„Wie kam das?"

„Müssen wir das jetzt hier erörtern? Es gibt doch so viele Themen."

„Es interessiert mich halt. Du musst ja nicht alles erzählen. Vielleicht nur den groben Rahmen."

„Also gut. Es ist halt so passiert. Es geschah auf einer Betriebsfeier. Ich konnte mich dem Zauber dieser anderen Frau einfach nicht entziehen."

„Und dann?"

„Als aus der Affäre mehr wurde, haben wir uns aber nicht mehr so gut verstanden. Es kam mir so vor, als wenn ich ihr zu viel würde. Und dann kam noch der Altersunterschied hinzu, verschiedene Sichtweisen usw."

„Und deine Ex-Frau?", so Tatjana. „Zwei Kinder habt ihr doch auch, wie du gerade am Anfang erwähnt hast."

„Sie wollte mich nicht mehr. Sie war zu nachtragend."

„Hast du nichts getan, um sie zurückzuerobern?"

„Wenn ich sie zurückerobert hätte", erwidert Oliver trotzig, „dann würden wir hier nicht miteinander sitzen."

„Darum geht es jetzt doch gar nicht. Also hast du nicht um sie gekämpft?"

„Nein."

„Warum nicht?"

„Es hätte keinen Erfolg gehabt."

„Woher weißt du das? Du hast es doch nicht versucht, wie du selber sagst. Hast du denn sonstwie wenigstens Verantwortung für das Geschehene übernommen?"

„Was meinst du jetzt?"

Oliver stellt fest, dass ihn der Verlauf des Gesprächs überfordert. Das Date läuft völlig aus dem Ruder. Er bittet die Bedienung herbei und bezahlt unter Wahrung der maßgeblichen Etiketten die gesamte Verzehrrechnung.

Tatjana widerspricht nicht. In der Folgezeit bleibt Oliver allein.

KAPITEL ZWANZIG
VOLLER EINSATZ

Es vergehen drei Monate

Zwar fühlte sich Oliver vorgeführt, dennoch geht ihm das Date mit Tatjana nicht aus dem Kopf. Er textet sie noch ein oder zweimal an, erhält aber keine Antwort.

Bei allem, was er in den Folgemonaten tut, ist er immer ein wenig traurig. Er möchte sie so gerne wiedertreffen, aber soll er machen, wenn sie sich doch nicht zurückmeldet?

Also weitermachen.

Links wischen, rechts wischen, links wischen, rechts wischen, chatten, daten, chatten, daten. Mehr aus Trotz als aus Überzeugung beginnt Oliver andere Frauen anzutexten, sowie auch zu daten.

Er datet Alma, 38-jährig, Monique, 32-jährig, Karin, 36-jährig und Patricia, 48-jährig. Karin und Alma datet er sogar mehrmals.

Aber es „matched" nicht. Im Gegenteil. Am Ende des jeweiligen Dates ist Oliver immer so traurig. Weil eigentlich hat er jedesmal Tatjana am gegenüberliegenden Ende des Restauranttisches sitzen sehen, aber sie war es ja nun mal nicht.

Am Ende ist sie genau soweit weg und unerreichbar wie immer.

So datet Oliver weiter. Man soll ihm auch nicht „*One*itis" vorwerfen können.

Und dann gab es ja noch das Date mit Victoria, 44-jährig. Die war bildhübsch, aber trotzdem war das Date mit ihr eher unaufregend. Am Ende hat sie ihm ein eindeutig zweideutiges Angebot gemacht, das er sogar noch abgelehnt hat.

Sie hatte ihm nach dem Date angeboten, noch auf einen Kaffee mit nach oben zu kommen. Er hatte sie mit seinem Auto nach Hause gebracht. Er weiß selbst nicht, was mit ihm los war. Eigentlich stimmte alles. Netter vorheriger Meinungsaustausch, keine „redflags".

Es war so, dass Oliver Schuldgefühle hatte gegenüber Tatjana. Er befand sich in der aberwitzigen Vorstellung, Tatjana zu betrügen, obwohl doch eigentlich es mit ihr gar nicht gematched hatte. So etwas Verrücktes.

„Hoffentlich ist Victoria jetzt nicht verletzt", denkt er. 'Als Mann ist man ja gewöhnt, im Laufe eines Lebens mit einer drei- bis vierstelligen Anzahl von Körben zugeworfen zu werden. Aber eine Frau zurückweisen? Das ist ja fast so, wie sie in Todesangst zu versetzen. Hoffentlich hat die das verarbeitet.'

Tags drauf hängt Oliver wieder an seinem Handy. Checkt die Eingänge von Flirt-/Date-Interessiertinnen.

Und dann wann war da noch Elisa, 37-jährig, ein 8-jähriger Sohn. Da gab es auch Folgebegegnungen. Er war bei ihr Zuhause. Es gab für die Alleinerziehende im Haushalt so viele unerledigte Jobs. Ein Abfluss im Badezimmer war defekt, ein spezielles Ablaufrohr war dafür im Baumarkt zu besorgen. Auch wollte sie so gerne ein Bücherregal eines schwedischen Möbelherstellers zusammengesetzt und aufgebaut haben. Sie hatte es wohl schon allein versucht, war aber gescheitert. Auch die Dübel – das Regal war an der Wand zu befestigen – wollten in dem allzu weichen Mauerwerk nicht halten. Also mussten Spezialdübel her. Wieder zum Baumarkt.

Und dann war da noch der neue Kleiderschrank des gleichen Herstellers. Der stand OVP im Keller und musste auch er aufwendig zusammengebaut werden. Ihr Ex-Mann wollte das ja eigentlich noch erledigt haben, aber urplötzlich kam es zur Trennung. Das monströse Paket war zunächst in die dritte Etage hinaufzuwuchten (kein Fahrstuhl). Es war sehr unhandlich und wog an die 30 Kilogramm. In zwei „Haushaltshilfeterminen" schustert er den Schrank zusammen. Die Anleitung zum Zusammenbauen bringt sein Maschinenbaudiplom noch einmal zu einer neuen Rechtfertigung. Schließlich steht das Ding endlich.

Aber immer, wenn Oliver nach getaner Arbeit anfragt, ob man nicht mal zum gemütlichen Teil des Abends übergehen könnte, ist Elisa immer so müde und unpässlich. Sie bedankt sich überschwänglich, erklärt aber regelmäßig, nach einem anstrengenden Tag nun für sich sein zu wollen. Immer verspricht sie, am Folgetag sich umgehend zu melden, was sie dann auch meist tut.

Immer wieder lobt sie Oliver für seine große Hilfe. Sie wüsste gar nicht, was sie ohne ihn machen sollte.

Aber da ist noch was, verrät sie während eines Anrufs im November des Jahres.

„Du hast doch, als du die Packung mit dem Kleiderschrank damals aus dem Keller geholt hast, die Winterreifen gesehen? Könntest du mir nicht die Winterreifen aufziehen und die anderen Räder abbauen? Ich kriege die Radmuttern nicht los. Ich habe nicht die Kraft."

„Okay", stimmt Oliver zu. „Das ist schnell gemacht." Genauso schnell, wie die Besuchszeit, die sie ihm zu diesem Anlass gewährt, vorbei ist.

Am Folgetag hängt er abends am Handy und studiert die Chat-Eingänge der Dating-Interessiertinnen.

Er geht ein paar Tage zurück, um „zu sortieren", als sein Herz plötzlich bis zum Hals pocht. Jeder Herzschlag versetzt seine Luft- und Speiseröhre in einen Überdruckmodus, der ein Durchatmen nahezu unmöglich macht.

Und er Dorftrottel hat diese Nachricht glatt überlesen. Wohl deshalb, weil er in der Friendzone von Elisa so stark gefordert wurde?

§§§

Drei Tage vorher

Tatjana denkt an ihre vorherigen Dates der letzten Wochen zurück. Irgendwie war nichts Richtiges dabei. Der eine war ein Prahlhans, der nächste hat sich nur über seine sexuellen Fähigkeiten definiert, ein echter Verbalerotiker, der Dritte, er wohnte mit 38 Jahren tatsächlich noch zu Hause (Hotel Mama), ein Heimchen also, der vierte ein Autotechnik-Freak. Der hängt bestimmt von 0 bis 24 Uhr nur in seiner Garage und schraubt an seinem Auto und erinnert sich nur zuweilen, dass er noch eine Partnerin hat. Und noch zwei, drei andere, die eindeutig – dafür hat Tatjana eine feine Antenne – echte „Blender" waren.

104

Aber dann war da noch der Typ, der beim Autohersteller arbeitet und Diplomingenieur war. Oliver. Der hatte wenigstens einen anständigen Job. Sie hat ihn ein wenig zu hart getestet, wie sie inzwischen findet.

Aber dabei hatte sie ihm die Frage, ob er parallel zu ihr noch weitere Frauen datet, sogar noch erspart.

Wie auch immer. Verglichen mit den Idioten, die danach kamen, war Oliver ein echter Traumprinz, findet sie inzwischen. Sie entscheidet sich – wenn auch spät – ihn anzutexten und ein Folgedate zum Thema zu machen.

KAPITEL EINUNDZWANZIG
AM SCHLUSS ALLES RAUSGERISSEN

Es sitzen bei (seinem) Lieblingsitaliener an einem Freitagabend Jurek K., 38-Jährig und Yvonne B., 36-Jährig.

Sie haben sich gegenseitig „lovoot". Es ist das erste Date.

Sie plänkeln so über dies und das und auch über ihre Jobs. Yvonne befragt Jurek nach seinen persönlichen Verhältnissen.

Bisherige Liebschaften, die Länge seiner einzelnen Beziehungen, wie er wohnt etc.

Freimütig erklärt Jurek, dass er bis jetzt beziehungsmäßig nicht allzu viel auf die Kette gebracht hat. Keine Beziehung hat länger als 6 bis 9 Monate gedauert. Und das waren dann doch so einige. Er war eigentlich selten allein.

„Woran hat es immer gelegen?", testet Yvonne Jurek weiter.

„Ach, ich weiß auch nicht. Mir wurde immer vorgeworfen, ich würde mich nicht richtig festlegen und Ähnliches, aber das sind Phrasen. Ich habe gar nicht verstanden, was gemeint ist. Nur weil ich noch relativ jung bin, habe ich mich eben nicht von jeder Frau verhaften lassen."

Yvonne runzelt ein wenig die Stirn. „Na, ob der kompatibel ist? Ist der überhaupt beziehungsfähig?", denkt sie bei sich.

Sie unterhalten sich locker über dies und über jenes weiter. Auf die Frage nach seiner Lebenssituation erklärt Jurek unbekümmert, dass er zurzeit, und dies wiederum seit vier Jahren, bei seiner Mutter lebt.

„Aber fühlst du dich in der Situation denn wirklich wohl? Fühlst du dich nicht kontrolliert? Oder ist das einfach nur so praktisch?"

„Ja, es ist einfach nur praktisch. Ich kriege meine Wäsche gewaschen, werde bekocht und putzen muss ich auch nicht."

„Das heißt, du wohnst im Hotel Mama."

„Ja, so kann man es sagen."

„Aber fühlst du dich nicht kontrolliert?"

„Nein, ich habe ja völlig meine Ruhe. Ich kann kommen und gehen, wann ich will."

„Und wenn du mal Gäste einlädst oder Party feiern willst?"

„Will ich nicht."

„Hast du gar kein Bedürfnis danach, mal selbstständig zu wohnen?"

„Habe ich mal ein Jahr lang, aber dann habe ich mit dem Vermieter Probleme bekommen und musste ausziehen."

„Mh, mh."

'Das wird hier nichts", denkt Yvonne. „Man sollte noch ein paar Höflichkeiten austauschen und dann das Date beenden.'

So geschieht es auch.

Als Yvonne von der Toilette zurückkommt, hat Jurek gerade an der Theke Bescheid gesagt, dass der Kellner bitte kommen möchte und die Rechnung bringen. Sie gehen aneinander vorbei. Yvonne stellt fest, dass Jurek kaum größer ist als sie. Allenfalls drei bis vier Zentimeter, und sie ist 1,72 Meter.

„Oh ha", denkt sie. „Da hat er ja schwer an seiner Größe gemogelt. Er wollte doch 1,86 Meter groß sein, und das ist eigentlich auch der Mindestgrößenunterschied, den sie voraussetzt. Eine Frau möchte sich schließlich beschützt fühlen. Aber dann hat der doch gefaked. Dann stimmt das ja gar nicht."

Als es um das Bezahlen geht, fragt Jurek, ob die Rechnung geteilt werden soll. Yvonne antwortet nicht.

„Nein, schon gut", beeilt sich Jurek dann zu versichern. „Ich mache das schon. Ich übernehme das schon alles."

Da sich beide spät getroffen haben, fährt kein Linienbus mehr. Jurek bietet an, Yvonne nach Hause zu bringen. 'Bevor man hier noch stundenlang herumsteht an der Haltestelle und auf den Bus wartet, soll er das doch machen', denkt Yvonne.

Sie steigt vor ihrer Haustür aus, bewegt sich zu dem von ihr bewohnten Mehrfamilienhaus. Ein Blick zurück zeigt ihr, dass Jurek mit seinem Auto noch gewartet hat, bis sie im Hausflur ist.

Beim Hinaufgehen in ihre Wohnung denkt Yvonne: „Oh ha, das waren ja jetzt mehrere redflags auf einmal. Bei Mami wohnen, nie ernsthafte Beziehungen auf die Reihe gebracht haben, bei der Körpergröße gefaked und noch am Ende eine Diskussion über die Rechnung begonnen, anstatt sofort die Großzügigkeit an den Tag zu legen und natürlich alles zu übernehmen."

Während die Wohnungstür hinter ihr ins Schloss fällt, stellt sich umgehend ein gedanklicher Wandel ein. „Okay, das waren die redflags. Aber seit Verlassen des Restaurants hat er sich noch mal mächtig ins Zeug gelegt. Das muss man ihm zugestehen. Er hat ihr die Beifahrertür aufgehalten, sie einsteigen lassen und die Tür dann geschlossen. Das kam schon gut. Das war schon gentlemanlike. Als er sie dann nach Hause gebracht hat, hat er noch extra lange gewartet, bis sie den Schlüssel aus der Tasche gefingert hat und ins Haus gegangen ist. Dies aus Umsicht und damit sie nicht den Blicken irgendwelcher Kerle ausgesetzt ist oder sogar noch angelabert wird, nachts um 23:00 Uhr. Kam auch gut."

Den Ausschlag gibt aber noch etwas anderes. Zwei Straßen bevor Jurek in die von ihr bewohnte Adresse eingebogen ist, hat ein Vordermann wirklich unvorhersehbar gebremst. Er machte ohne jeden erkennbaren Anlass eine Vollbremsung. Fast wäre Jurek von hinten aufgefahren und stieg ebenfalls in die Eisen. Zwar hat das Auto Frontairbags, Seitenairbags, Kopfairbags, und sie war auch angeschnallt. Es hätte eigentlich gar nichts passieren können, selbst wenn es zum Auffahrunfall gekommen wäre.

Aber Jurek hat reflexartig den Arm zur Seite gehoben und ihn schützend vor ihren Oberkörper gehalten, falls sie nach vorne geschleudert wird.

„Das kam jetzt mal richtig gut. Das könnte was werden", denkt Yvonne. „Er steht zu mir. So verhält sich nur einer mit echter Alphamentalität."

Die redflags sind noch näher in Augenschein zu nehmen, ob sie sich wirklich als solche erweisen. Sie möchte ihn auf jeden Fall wieder erneut daten, beschließt sie. Wenn es zu einer Beziehung kommt, wird sie ihm schon klarmachen, dass sie seine Partnerin ist und nicht sein Dienstmädchen. Die Hotel-Mama-Gewohnheiten wird sie ihm schon abgewöhnen. Das traut sie sich zu. Und das mit den ultrakurzen Beziehungen? Sie wird ihn binden. Auch das traut sie sich zu. Und das mit der Körpergröße, damit kann sie sich auch arrangieren. Ihr wäre es zwar lieber, es würde ein Körpergrößenunterschied von 15 Zentimetern bestehen, aber wenn nicht, dann eben nicht. Immerhin ist er ja ein wenig größer.

Und dann war da noch die Dunkelblonde mit dem ultrakurzen Minirock, die zweimal an ihrem Tisch vorbeigestöckelt ist. Die hat er keines Blickes gewürdigt. Ihr nicht hinterher gestarrt, wie es doch wohl fast jeder Kerl getan hätte. Sein Blick war ununterbrochen nur auf sie fokussiert. Das hat sie aufmerksam getestet. Auch das kam gut.

Und die Diskussion um die Rechnung am Ende des Dates? Vielleicht wollte er nur korrekt sein und ihr nicht vorgreifen. Denn es hätte ja sein können, dass sie darauf besteht, ihren Teil der Rechnung selbst zu bezahlen und gerade nicht sich aushalten zu lassen. Das kann er ja alles gar nicht wissen. Er wollte ihr vielleicht nur die Wahl lassen, und schließlich hat er ja am Ende auch bezahlt.

Sie beschließt, nicht so streng zu sein. So mancher Mann ist vielleicht durch Gendern und Co. und modernen Feminismus auch ein wenig verunsichert. Das wird alles schon. Sie nimmt das Smartphone in die Hand und textet.

KAPITEL ZWEIUNDZWANZIG
ZU VIEL BESTELLT?

Daniel V ist Securitymitarbeiter. Er wird vorübergehend nach Baden-Württemberg beruflich versetzt wegen dortiger erheblicher Personalausfälle, sogar Betriebsfahrzeuge sind der Reihe nach ausgefallen. Daher verrichtet er die Überwachungsfahrten im Objektschutz des Nachts mit seinem Kollegen Reinhold T., 34-Jährig. Dies im Privat-Pkw des Reinhold, der diesen für Dienstfahrten gegen Auslagenerstattung nutzt. Ein dunkelblauer VW-Golf 4.

Reinhold steuert den Wagen, Daniel ist Beifahrer. Sie fahren des Nachts von Objekt zu Objekt und führen die Überprüfungen durch. Sie fahren diverse Stuttgarter Stadtteile ab. Reinhold ist allerdings extrem wortkarg. So sind zunächst kaum Gespräche möglich. Während der ersten Schichten schweigen sie sich gegenseitig an. Während der nächsten Schichten wird Reinhold etwas gesprächiger. Sie kontrollieren ein Objekt in Stuttgart West. Autos parken kreuz und quer. Kein Wunder bei 300 Autos auf 1000 Einwohner. West hat 50.000 Einwohner, die Parkplatznot ist erheblich. Der Kollege erklärt, zwei Kinder zu haben, 4- und 5-Jährige Jungen. Er hat auch in Stuttgart West, wie er erklärt, Kita-Plätze gefunden und hat ein Einfamilienhaus gekauft, nahe des idyllischen Feuersees für seine Familie.

In Hallschlag haben sie ein Objekt kontrolliert. Dort kam es zu Unregelmäßigkeiten. Eine Kellerhalstür war aufgebrochen, allerdings war kein Diebstahl festzustellen. Ansonsten war die ganze Woche nichts los.

Nach und nach rückt der zunächst äußerst schweigsame Kollege mit der Sprache heraus, was ihn bedrückt. Er äußert, dass es mit seinen Finanzen nicht zum Besten bestellt ist. Mit dem gekauften Einfamilienhaus hat er sich möglicherweise übernommen. Seine Frau hat einen 450 Euro Job gehabt, diesen aber verloren.

Die Bank hat ihnen Bauzinsen für das Haus von immerhin 5 % verkauft. Dies während der Hochzinsphase 2007 bzw. 2008. Stuttgart ist eine der zehn teuersten Städte Deutschlands. Die Bodenwerte sind hoch. Das streckt sich in Grundbesitzabgaben, insbesondere der Grundsteuer nieder, aber auch bei der Gebäudeversicherung. Reinhold erklärt, nebenbei tätig zu sein mit einer kleinen Versicherungsagentur als Selbstständiger, aber da kommt nicht so viel bei herum. Die Vermittlung einer Kfz-Haftpflicht bringt gerade mal 30 Euro Provision, und jeder aufzunehmende Schadenfall landet bei ihm und bedeutet bürokratischen Zeitaufwand.

Das Lebensversicherungsgeschäft lässt ebenfalls nach. Die Garantieverzinsung wurde weiter gesenkt, wie er erklärt, und er ist es, der erklären muss, dass der Begriff Garantieverzinsung ein reiner Etikettenschwindel ist, denn der garantierte Prozentsatz schlägt sich keineswegs unbedingt in der Ablaufsumme nieder. Lebensversicherer sind nicht mal verpflichtet offen zu legen, wo und wie sie das Geld der Versicherungsnehmer angelegt haben.

So rennen ihm vermeintlich geprellte Kunden sein kleines Büro ein. Alle beschweren sich bei ihm. Er wird also mit dieser Nebentätigkeit keinesfalls reich.

Gerne möchte er seiner Familie, wie er erklärt, mehr bieten. Das Gehalt einer Sicherheitsfachkraft im Wachdienst ist nicht so üppig. Er muss schon extrem Überstunden leisten und kommt mitunter auf 200 bis 220 Monatsstunden. Dennoch reicht es vorne und hinten nicht für die Bedürfnisse der Kinder, Frau, Hauskosten und einen anständigen Urlaub pro Jahr.

„Lässt sich denn bei den Bauzinsen nichts machen?", fragt Daniel nach. „Wie lange sind die denn festgelegt?"

„Ja, die 15 Jahre sind jetzt rum. Ich muss jetzt erneut festlegen, da die Finanzierungen auslaufen. Dies wird in einem Jahr der Fall sein, und jetzt sind die Zinsen ja wieder hoch. Irgendetwas um 4 % oder 5 %. In den Genuss der Tiefzinsphase bin ich ja nicht gekommen, weil ich 2008 festgelegt habe. Man hat mir damals vorgegaukelt, die Zinsen seien günstig, und es könnte mehr werden."

„Das heißt, du hast damals zinsmäßig in die Scheiße gepackt und wirst es jetzt notgedrungen wieder tun?", so Daniel.

„Genau. Billiger wird's nicht."

„Ein vernünftiger Jahresurlaub mit der Familie muss schon sein, sonst kann ich mich zu Hause nicht mehr blicken lassen." Er schwärmt von Italien, insbesondere einer Gegend, einer „Cinque Terre". Dies sind fünf Dörfer im gleichnamigen Nationalpark. „Riomaggiore ist eines der Dörfer, die noch aus der Römerzeit stammen", schwärmt er weiter. „Du müsstest die Via Colombo sehen oder den malerischen Strand von Fossola nahe der Küstenstadt. Die Küstenstadt ist Ccerici. Steile Pastelhäuser, verwinkelte Straßen oder den Superstrand im Nachbardorf San Terenzo."

„Ja, ja, ich glaube dir, dass es da schön ist", bestätigt Daniel. „Aber wenn deine Frau wieder einen Nebenjob hat, dann wird es doch auch schon wieder besser aussehen. Schließlich hat Stuttgart, wie man hört, eine hervorragende Infrastruktur. Es wird dann nicht mehr alles an dir hängen."

Der Kollege zweifelt. „Meine Frau möchte nicht mehr nebenbei arbeiten", erklärt er. „Sie möchte sich auf die Kinder und den Haushalt konzentrieren. Außerdem, sie hat ja sogar recht. Wer soll auf die Kinder aufpassen?"

„Außerdem weiß ich auch überhaupt nicht, wo das Geld bleibt. Eigentlich müsste es reichen. Würde man ein Haushaltsbuch führen, gehe ich davon aus, dass da direkt noch etwas übrigbleibt. Du müsstest zu uns nach Hause kommen. Das Haus ist voll gestellt mit großteils Utensilien, die überhaupt keiner braucht. Meine Frau bestellt und bestellt. Bücher, Filme, DVDs, Porzellan jedweder Art, Verpackungsreste oder OVP-Sendungen stehen überall herum.

Jede Menge sogenannte Haushaltshelfer. Küchenmaschinen jedweder Art, ebenfalls nicht einmal ausgepackt. Zeitschriften in Massen für Jahre zurück. Werbeprospekte, Mengen an Papier. Alles fliegt herum. Stofftiere, Puppen, Kücheninventar, Töpfe, Elektronikutensilien, Küchenmaschinen, Souvenirs. Die Schränke sind schon lange voll. Jeder Raum ist vollgestellt.

Ich selbst habe für mein kleines Versicherungsbüro mir nach langen Kämpfen sechs qm frei gemacht. Schreibtisch, Stuhl, PC, sonst nichts. Im Übrigen ist das Haus ein Warenlager. Nur alles, was dort steht, braucht irgendwie keiner. Und was das alles gekostet hat. Das Schärfste war vor

Kurzem ein sogenannter Brotbackautomat. Es wurde zweimal Brot geba-
cken, und das war's."

„Lass mich raten", entgegnet Daniel. „Die Kiste steht jetzt herum."

„Ja, genau. Immerhin 30 x 40 x 60 cm. Ein Kasten, der ebenfalls Platz
wegnimmt, über den man stolpert. Das ganze Haus, jede Fläche voll mit
Plunder."

„Und der Keller? Kannst du da nicht etwas unterbringen?"

„Der Keller ist voll bis oben hin. Zwischen Oberkante Plunder und der
Kellerdecke sind vielleicht noch 10 cm. Wenn ich auch nur irgendetwas
wegwerfe, kommt es zu tagelangem Streit."

„Dann liegt bei deiner Frau", fragt Daniel „vielleicht PSS vor?"
„PSS, was ist das denn?"

„Pathologisches Sammelsyndrom. Umgangssprachlich auch Messie-
syndrom genannt."

„Ja", so Reinhold. „Das Gefühl habe ich langsam auch. Das ganze Zeug
stammt sämtlich aus Bestellungen aus Versandhäusern. Die Massen an
Bettwäsche, die in den Haushalt eingeflogen sind, kann man sich überhaupt nicht vorstellen. Mit dieser Menge an Bettwäsche kann man die
Ausbildungskompanie des nächsten Wachbataillons versorgen. Dazu
kommen Sofakissen mit Aufschriften jedweder Art, Stofftiere, Puppen,
Harlekine ohne Ende. Vor kurzem sind vier Stoffschafe in den Haushalt
eingeflogen. Zwei kleine weiße, ein großes weißes und ein großes schwarzes Schaf. Was meinst du, wem meine Frau die Rolle des schwarzen
Schafs zuerkannt hat?"

„Sag jetzt nicht dir."

„Doch. Genau. Mir."

Daniel lacht dröhnend auf.

„Was hast du denn bloß falsch gemacht? Du ackerst dich doch den
ganzen Tag ab, hast einen Nebenjob und funktionierst wie ein Roboter."

„Ja, habe ich auch nicht verstanden. Aber so war es. Es wird mehr und
mehr. Manchmal kommt es mir so vor, als wenn Amazon nur an uns aus-
liefert. Natürlich habe ich mich darüber beschwert, natürlich haben wir
uns darüber gestritten und streiten uns immer noch darüber."

„Ja, dann beende das doch irgendwie", schlägt Daniel vor. Begrenze
die Ausgaben, versuche den Zahlungsaccount dichtzumachen und schieb
der Bestellerei einen Riegel vor."

„In zwei Wochen", ergänzt der Kollege, „wird die nächste Haushypothek fällig. Immerhin 2.700 Euro fürs Quartal und die Bausparrate. Da ist aber noch kein Wassergeld, keine Heizung usw. bezahlt. Ein Nebenjob für meine Frau wird kaum kommen. Außerdem ist sie aus ihrem Job viel zu lange heraus und erklärt, sie schafft den Einstieg nicht mehr nach Jahren. Sie fragt immer, welches Problem ich sehe. Wir hätten eben die klassische Rollenverteilung. Das könnte doch kein Fehler sein. Was bei Generationen funktioniert hat, müsste doch auch bei uns funktionieren. Hinzu kommt, dass ich alleine für die gesamte Verwaltung des Hauses, Regelungen der Finanzen, Kontrolle der Zahlungen etc. zuständig bin, sie interessiert sich null Komma null dafür. Hat zwar alles mit unterschrieben, aber kennt keinen Zinssatz, keine Tilgungsabsprache, keinen Fälligkeitstermin, überhaupt nichts. 'Lass mich damit in Ruhe' pflegt sie zu sagen. 'Das machst du, du bist der Mann'. Sie ist mit wirtschaftlichen, verwaltungstechnischen oder rechtlichen Angelegenheiten überfordert und will damit nichts zu tun haben. Sie macht regelrecht dicht bei solchen Themen, sie schottet sich regelrecht ab."

„Das gibt es", bemerkt Daniel. „Viele Frauen sind hochintelligent, aber sind halt auf anderem Gebiet unterwegs. Sie können nicht einmal eine Rechnung lesen. Viele Frauen sollen sich durch die angeblich modernen Zeiten unter Druck gesetzt fühlen."

„Wieso?"

„Na ja, es geht schon seit den 80er Jahren, seit der Frauenbewegung so. Früher war alles klar und geregelt. Rollenverteilung eindeutig und fertig. Dann hieß es, die Frau muss sich emanzipieren, am gesellschaftlichen Leben teilnehmen, Karriere machen und trotzdem noch die Kinder kriegen und eventuell die Familie ernähren, zumindest zu gleichen Teilen. Und das war dann wohl oft zu viel. Den Druck haben viele nicht ausgehalten oder haben das gar nicht gewollt. Sie sind in der Neuzeit noch nicht angekommen."

„Ja und nun?"

„Das ist doch klar. Das, was für die Männer eine gewisse Erleichterung sein könnte, nämlich, dass die Frauen mit für die Finanzen sorgen, wird zunehmend abgelehnt und jeglicher Druck wird auf den Mann abgeladen. Nach dem Motto: 'Du machst das schon. Du bist der Mann', wie du gerade schon sagtest."

„Du hast zu viel linke Literatur gelesen", bewertet der Kollege die Ausführungen des Kollegen.

Aber dann wird er wieder schweigsam.

In der Folgewoche kommen sie nicht zusammen. Die Dienstpläne sehen keine gemeinsame Schicht vor. So ist dies erst wieder in der ersten Juli-Woche der Fall. Der Kollege ist zunächst wieder wortkarg. Nach zwei Einsätzen und Objektkontrollen wird er wieder etwas gesprächiger. So befragt er Daniel, was eigentlich passiert, wenn eine fällige Rate der Baufinanzierung nicht gezahlt werden kann.

„Ja, so viel ich weiß, können echte Probleme erst bei zwei nicht gezahlten Annuitäten entstehen". „Meine Schwester hat eine Eigentumswohnung. Da war auch mal Stress mit den Zahlungsfälligkeiten."

„Ja, und was passiert dann?"

„Dann kündigt die Bank den Kredit. Soweit ich weiß, gibt es dann bei den meisten Banken auch kein Pardon mehr. Die Bude kommt dann unter den Hammer. Man kann noch so viel betteln und flehen oder neue Ratenzahlungen oder Nachzahlungen anbieten, wenn einmal der Kredit gekündigt ist, ist Schluss. Aber es ist ein Unterschied, ob du zum Beispiel bei der Deutschen Bank oder bei der Commerzbank finanziert hast, oder bei einer Sparkasse oder Volksbank."

„Warum?"

„Privatbanken bilanzieren anders. Die Verwertung durch Versteigerung kann sich für die besser lohnen, als zum Beispiel für die Sparkasse oder die Volksbanken, die den Gemeinnützigkeitszweck in den Satzungen haben. Sparkassen bemühen sich dann eher den Kreditschuldner zu halten und die Verwertung zu verhindern. Meine Schwester hatte auch Glück. Sie war bei der Volksbank. Die haben die Finanzierung dann weitergeführt, als sie nachzahlte. Wo hast du finanziert?"

„Bei der Commerzbank."

„Also, noch einmal. Ich würde an deiner Stelle die Frau mit in die Finanzen einbinden. Sie soll sich zumindest einen Minijob suchen. Das schafft doch auch schon etwas Luft."

„Ja, aber dann sagt sie wieder 'das macht mir nur wieder schlechte Laune, wenn du dieses Thema ansprichst'."

„Ja, dann kriegt sie eben schlechte Laune. Du hast zwei Möglichkeiten. Du machst das PT weiter oder du änderst was."

„PT? Was ist PT?"

„Das habe ich in einer Frauenzeitschrift gelesen im Wartezimmer meines Hausarztes. Das Phänomen wurde von der Autorin des Artikels barsch kritisiert. PT steht für 'Princess Treatment'."

Der Kollege grinst ein wenig.

§ § §

Dennis K., 35 Jahre alt, betreibt selbstständig ein Dentallabor. Er hat acht Angestellte. Zurzeit hat er einen leichten finanziellen Engpass. Er will die erlaubte Kreditlinie bei seiner Bank nicht überschreiten, fällige Rechnungen von 12.000 Euro sind zu begleichen, und er möchte seinen acht Angestellten ihr arbeitsvertragliches Urlaubsgeld zukommen lassen, jedem 1.300 Euro.

Er hat eine Goldmünzensammlung. Darunter unter anderem 24 Krügerrand und zwei Breitlinguhren. Er weiß, dass er diese problemlos beleihen kann und sucht das in Stuttgart West ansässige Leihhaus Röse[1] auf.

Nach gewisser Wartezeit, da beide Kabinen besetzt sind, lässt er das Pfandgut begutachten und erhält relativ problemlos und schnell 24.000 Euro. Diese helfen ihm über die nächsten Wochen.

Er rechnet fest damit, in der Verfallfrist den Eingang seiner Außenstände verbuchen zu können und die Pfandstücke wieder auslösen zu können.

Als er die Räumlichkeiten betritt, nimmt er mit einem zufälligen Seitenblick einen dunkelblauen VW-Golf IV wahr. Im Übrigen ist der Parkplatz recht voll. „Erstaunlich", hat er noch gedacht. „Wie viele Leute doch etwas in die „Pfanne" bringen."

Nach Erledigung der Formalitäten hat Dennis die Absicht, seine Hausbank aufzusuchen, die Zweigstelle in Bad Cannstadt, wo er gut bekannt ist und will das Geld auf sein Girokonto einzahlen.

Fragen, woher das Geld stammt, werden vielleicht gestellt (Geldwäschegesetz?), aber angesichts seiner Bekanntheit wird kein Misstrauen aufkommen. Er muss nur noch mit seinem Firmenwagen ein Stück durch Stuttgart West und dann zur König-Karl-Straße. So bewegt er seinen

---

[1]Name fiktiv

Firmenwagen, mit Werbeaufdruck seiner Firma mit vorgeschriebener Geschwindigkeit, als er einen dunkelblauen VW Golf IV hinter sich bemerkt.

Der fährt bereits mehrere Minuten hinter ihm, was Dennis ein wenig stört, denn er fragt sich zu Recht, warum der die ganze Zeit hinter ihm bleibt. „Was will der?", denkt Dennis. „Habe ich einen Magneten verschluckt?"

Schließlich verlässt Dennis die Hauptstraße und fährt einen schmalen asphaltierten kaum befahrenen Weg ein. Dieser führt direkt zum Schloss Solitude. Der Golf bleibt hinter ihm.

„Was will der von mir?", denkt Dennis. „Will der mit mir einen Waldspaziergang machen?" Schließlich überholt der Golf und setzt sich vor Dennis' Firmenwagen. Er kommt zum Stehen, sodass auch Dennis den Wagen stoppt. Es steigt ein etwa 30–35-jähriger Mann aus, kommt auf seinen Wagen zu, geht zur Beifahrertür, öffnet diese.

Dennis blickt direkt in die Mündung einer P 38.

Szenen aus früheren Erlebnissen schießen ihm durch den Kopf. Hochzeitsreise in Venedig. Der Gondoliere gibt alles. Er schmettert italienische Liedertexte, unterlegt mit musikalischen Themen von Felix Mendelssohn Bartholdy.

Zwei Jahre später

Die Geburt seiner Tochter. Die Gynäkologie in der achten Etage des Klinikums. Aus Nervosität nimmt er nie den Fahrstuhl. 16 einzelne Etagen. Die Stufen mit gelbem Terrazzo Muster. An jeder Stufenkante eine rote rutschfeste Kunststoffbeschichtung. Noch ein Jahr später. Eine schwere Auseinandersetzung mit seinem Vater, die zum jahrelangen Bruch führte.

Gelbe Terrazzo Stufen, rote Kunststoffkante, Felix Mendelssohn Bartholdy …

Spaziergänger finden noch am selben Tag einen im Waldweg abgestellten Firmenwagen eines Dentallabors. Der Fahrer leblos im Fahrersitz. Die Ermittlungen und die Rekonstruktion der letzten Stunden des Fahrers sowie Zeugenvernehmungen aus der Firma Röse ergeben, dass das Opfer mit 24.000 Euro Bargeld unterwegs war. Weitere Zeugen erinnern sich, dass der Fahrer auf dem Parkplatzgelände ungeschickt und sichtbar mit einem Bargeldumschlag hantierte.

KAPITEL DREIUNDZWANZIG
GRUNDGESETZ ARTIKEL 6: „(1) EHE UND FAMILIE STEHEN UNTER DEM BESONDEREN SCHUTZE DER STAATLICHEN ORDNUNG. (2) PFLEGE UND ERZIEHUNG DER KINDER SIND DAS NATÜRLICHE RECHT DER ELTERN UND DIE ZUVÖRDERST IHNEN OBLIEGENDE PFLICHT. ÜBER IHRE BETÄTIGUNG WACHT DIE STAATLICHE GEMEINSCHAFT."

April 2024

Martin T. und sein Freund Urs sitzen in ihrer Stammkneipe in der Dortmunder Oststadt.

Martin T.'s Ex-Partnerin hat gegen seinen Willen eine bestehende Schwangerschaft abgebrochen. Die Beziehung geriet daraufhin in eine tiefe Krise. Schließlich kam es zur Trennung. Wie so oft diskutieren die Freunde über Politik und Gesellschaft.

„Hast du schon gehört", so Urs. „Es soll jetzt bald ein neues Gesetz herauskommen. Es heißt Selbstbestimmungsgesetz. Es ist in den Beratungen."

„Was heißt das?"

„Ja. Ganz einfach. Es kann jetzt jeder sein Geschlecht ändern, wie oft weiß ich nicht und kann zum Beispiel ein Mann beim Standesamt sagen „So ich bin jetzt eine Frau und umgekehrt."

„Mh, mh. Keine Gutachten mehr, kein Gericht?"

„Nein nicht mehr. Ich glaube nicht einmal mehr eine Beratung, so wie die es vorhaben. Also einfach zum Standesamt gehen", vermutet Urs,

„angeben männlich, weiblich, divers oder ohne Angabe und schon wird das eingetragen. Auch den Namen ändern soll jetzt einfach so gehen."

„Mh, mh. Und die Kinder?"

„Ja, die auch. Über 14 sollen sie selbst die Erklärung abgeben können mit Zustimmung der Eltern, unter 14 sollen die Eltern die Erklärung abgeben können."

„Das wird ja immer doller", so Martin.

„Ja auch die Elternschaft soll künftig, wenn ich das richtig verstanden habe, durch einfache Erklärungen beim Standesamt abgegeben werden können."

„Wie abgegeben werden können?"

„Ja, andere Personen können die Elternschaft übernehmen. Egal, ob zum Beispiel zwei Männer, zwei Frauen usw."

Martin T. schweigt. Er starrt ausdruckslos in sein Bier.

„Und noch etwas", so Urs. "Es soll durch einfache Erklärung beim Standesamt eine Zweitmutter ernannt werden können."

„Wie, eine Zweitmutter?", murmelt Martin, ohne den Kopf zu heben.

„Ja, eine zweite Frau soll neben der leiblichen Mutter zweite Mutter werden können, kraft Anerkennung. Ist das doch wohl ein Hammer, oder?"

Martin T. schweigt.

„Durch Jugendamtsurkunde soll", so Urs weiter, „der zweite Elternteil bestimmt werden können. Dies kann jeder sein. Ein Mann, eine Frau, egal. Und der leibliche Vater soll auf seine rechtliche Vaterschaft verzichten können."

„Wie verzichten? Er soll sich also nach Belieben verpissen können?"

„Ja genau, das sind die neuen Reformpläne. Ach, und noch etwas. Schwangerschaftsabbrüche sollen künftig nach Belieben fristgebunden möglich sein. Dies sogar ohne, wie bisher, obligatorische Beratung."

Nun blickt Martin doch auf.

„Das wundert dich alles? Das alles ist doch schon länger der Trend."

„Wieso?"

„Na ist doch klar, was dahintersteht."

„Ja, was denn?"

„Ist doch ganz einfach. Wenn ein kleiner Junge mal mit Puppen gespielt hat anstatt mit Autos und sei es nur einen Tag oder ein kleines Mädchen mal mit Autos, anstatt nur die Barbiepuppen zu frisieren, sollen die

Eltern mal eben so durch Erklärung das Geschlecht ihrer Kinder ändern können. Welche Auswüchse das nimmt, ist doch jetzt ersichtlich", erregt sich Martin weiter.

„Zwei Schimpansen sollen heiraten dürfen, egal ob männlich, weiblich, divers oder nicht binär, versteht sich und erhalten alle Rechte von verheirateten Leuten inklusive steuerlich mögliches Ehegattensplitting."

„Hihi, das ist aber lustig", so Urs. „Ja, vielleicht doch ein bisschen übertrieben."

„Und zwei Eltern", so Martin weiter, „sollen zum Standesamt gehen können und dem Sachbearbeiter sagen bitte sehr, sehen Sie mal in die Pappschachtel, die ich Ihnen hier geöffnet zeige."

„Ja und was soll der da sehen?"

„Ja, ganz einfach. Wir haben gerade draußen zwei Regenwürmer gefangen – bitte sehr, hier sind sie – wir erklären jetzt, dass diese die Elternschaft für unsere Kinder übernehmen, weil uns wird die Verantwortung einfach zu groß."

„Hihi, lustig, aber was soll das ganze?"

„Kann ich dir sagen. Der Staat will die Familie als hergebrachte Institution zerschlagen."

„Aber warum?"

„Ganz einfach, weil der grüne Sozialismus nichts mehr fürchtet, als den Verlust seiner Macht, und die hergebrachte Familie als homogenen Raum und Institution kann er nicht kontrollieren. Wie soll er das, wenn sich in Familien Meinungen und Handlungsabsichten manifestieren könnten, die nicht den staatlichen Vorgaben entsprechen und die er gar nicht kontrollieren kann? Also muss die Familie weg. Es soll keinen Freiraum mehr geben, wo Meinungsfreiheit herrscht und frei gebildete Meinungen gelebt werden können."

„So siehst du das. Also ist die Familie dem um seine Macht fürchtenden Staat ein Dorn im Auge?"

„Ganz genau."

„Und das, was als grandiose Liberalisierung anmutet, hat in Wahrheit einen ganz anderen Zweck?"

„Ja, genau das meine ich. Artikel 6, Grundgesetz soll ausgehöhlt werden, so wie die meisten Grundrechte auch. Die Grundrechte werden für den Staat zunehmend zur Gefahr, die Meinungsfreiheit geht den Bach 'runter. Keine Möglichkeit zu denken oder zu agieren, was der Staat nicht vorgibt oder was ihm sonstwie nicht passt, geschweige denn zu sagen. Sag was du denkst, und du erhältst von Staat, Gesellschaft und Institutionen die Quittung und wirst alt aussehen."

„Noch haben wir doch ein Bundesverfassungsgericht", wirft Urs ein. „Müsste dieses nicht die ganzen Gesetzesänderungen kassieren?"

„Könnte man meinen, aber dem Bundesverfassungsgericht geht das Grundgesetz am Arsch vorbei. Das ist ein politisches Gericht, das Regierungsentscheidungen umzusetzen hat und dies auch diskussionslos tut …"

„Also was", so Urs, „können wir jetzt ändern?"

„Im Moment gar nichts, aber wir können noch ein Bier bestellen."

KAPITEL VIERUNDZWANZIG
GERDAS KARTOFFELSALAT

2022

Roland J. sitzt um 18:30 Uhr in der Gaststätte „Stoppenberger Becher[2]" im östlichen Stadtteil der Ruhrgebietsstadt E.

Er sitzt am Tresen und trinkt gerade sein drittes Bier a 0,2 Liter, nicht gerade ein übermäßiger Alkoholkonsum.
Roland J. ist sauer, verärgert über diverse Vorkommnisse auf seiner Arbeitsstelle bei einem renommierten Paketauslieferungsdienst, und auch aus anderen Anlässen ist er innerlich wütend. Er kann nicht einmal genau sagen, auf wen oder was er konkret Wut hat, vielleicht auch auf sich selbst. Er weiß es gar nicht genau.

Fest steht, er ist auf Krawall gebürstet. Er würde so gern Ärger machen. Er weiß nur noch nicht so recht, wie er es anstellen soll. In circa acht Meter Entfernung sitzen fünf Gäste, die Karten spielen. Es sind dies Christoph D., Ewald T., Gero S., Hans M. und Rolf B. Sie spielen Doppelkopf. Rolf setzt zurzeit aus, weil das Spiel zu viert gespielt wird und bei fünf Teilnehmern halt immer einer aussetzt. Es geht hoch her. Gero und Hans streiten sich gerade lautstark über eine Bedienpflicht von Christoph, der dieser angeblich zwei Stiche vorher nicht nachgekommen ist. Als sich herausstellt, dass dies doch der Fall war, spielen sie weiter.

So geht das Runde für Runde. „Was liegt, liegt", brüllt Gero plötzlich. Er will damit Hans maßregeln, der sich anschickt, eine soeben gelegte Karte wieder zurückzunehmen. So geht es wieder weiter. Schließlich liegt auf dem Tisch ein Pik-Ass, eine Pik-Zehn. Hans wirft einen Karo-Buben

---

[2]Örtlichkeit fiktiv

auf den Tisch. Na toll, denkt sich Ewald. Er denkt, er kriegt jetzt diesen Stich nach Hause. Das werden wir ja sehen. Viele Trümpfe hat er nicht mehr, aber er hat die Herz-Zehn, den höchsten Trumpf. Zwar könnte er die Herz-Zehn vielleicht an anderer Stelle gewinnbringender einsetzen, aber Ewald will diesen Stich, und er will ihn jetzt.

Krachend landet sein Handballen auf dem Tisch und mit ihm die Herz-Zehn, 35 „Augen" streicht Ewald ein.

Gero, Hans und Christoph sind keineswegs neidisch. Im Gegenteil, anerkennendes Raunen ist von allen Dreien zu hören. Sogar Rolf, der in dieser Runde gar nicht mitspielt, ist beeindruckt.

Keinesfalls so gut gestimmt ist allerdings Roland, der nach wie vor am Tresen sitzt. Er hat mit den Fünfen nichts zu tun, dennoch gehen sie ihm auf die Nerven. Sobald einer von ihnen lacht, stimmt Roland ein albern verfälschtes ho ho an oder har har har oder öh öh öh oder so ähnlich, mitunter mutiert immer, wenn einer der Fünf sich äußert, seine Parodie auch in ein unterdrücktes Grunzen. Er macht sich durchaus bewusst, dass er die Fünf provozieren will.

Immer dann, wenn einer einen Stich nach Hause bringt und anerkennende Bemerkungen der anderen fallen, kommentiert Roland auch dies mit „boah ey, geil" oder so ähnlich.

Das Lachen des Gero parodiert Roland mit einer Art Blöken ähnlich wie ein Schaf. Bei Christoph ist festzustellen, dass er eine näselnde Aussprache hat. Ihn äfft Roland mit einer Silbenfolge wai wai wai oder so ähnlich nach. So geht das an die 20 Minuten.

Schließlich erhebt sich Ewald und kommt zu Roland J. an den Tresen. In barschem Tonfall und in abwechslungsarmer Wortwahl fährt er Roland an: „Ey, was ist los? Ist was? Hast du ein Problem? Was ist los? Ist was? Was willst du?"

So wiederholt sich Ewald aggressiv, schnell und in lauter Reihenfolge.

Dabei kommt er bis auf 30 Zentimeter an Roland heran, der vorsorglich vom Tresen aufsteht.

Eine Atemluftwolke aus Alkohol, Nikotin, Zwiebelmett und allem, was der menschliche Magen an Ungutem aufzunehmen imstande ist, schlägt Roland entgegen. Und schon geht es weiter. „Was ist los? Hast du ein Problem? Was willst du?"

'Kann der nicht mal seinen Wortschatz ein wenig erweitern', denkt Roland noch bei sich, als er reflexartig dem gezielt geführten Faustschlag des Ewald ausweicht, aber selbst unmittelbar zurückschlägt. Ewald geht sofort zu Boden und schlägt mit einem dumpfen „Plopp" auf dem Dielenholzboden des Gastraums auf.

Fluchtartig verlässt Roland die Kneipe mit den Worten an die Wirtin hinter dem Tresen: „Gerda, ich zahle morgen."

Den anstehenden lästigen Polizeieinsatz, Protokolle, Zeugen „Wer hat angefangen, wer hat sich nur gewehrt oder ähnliches" will Roland entgehen. Zu Hause betrachtet er das leicht schmerzende, aber doch anschwellende rechte Handgelenk, während er auf eine Idee kommt …

Im Büro von Rechtsanwalt M. sitzt Roland J. Er legt einen Aufhebungsvertrag vor, den er nach zwölfjähriger Mitarbeit bei einem renommierten bundesweit tätigen Paketauslieferungsunternehmen geschlossen hat.

Begründung:

Im Zusammenhang mit einer Arbeitsunfähigkeit habe er einen Arbeitsunfall gemeldet, der, wie sich herausgestellt hat, so nicht stattgefunden hat, sondern ein Freizeitunfall gewesen ist, genauer gesagt eine handgreifliche Auseinandersetzung im „Stoppenberger Becher" in der Ruhrgebietsstadt E.

Dies betrifft eine Distorsion des rechten Handgelenks von vor circa zwei Wochen.

„Dagegen müssen wir unbedingt vorgehen", so Roland J.

„Welche Erkenntnisse hat der Arbeitgeber?", fragt der Anwalt.

Roland J. berichtet von dem Vorfall in der Gaststätte. Er räumt ein, dass er aus dem sich entwickelnden ärztlichen Befund Kapital schlagen wollte und außer der Entgeltfortzahlung durch den Arbeitgeber den Leistungskatalog der Berufsgenossenschaft in Anspruch nehmen wollte. Daher hat er die Angabe dieses Befundes als Arbeitsunfall gemeldet und hat behauptet, beim Absteigen von der Ladefläche eines Auslieferungsfahrzeuges gestürzt zu sein und unglücklich auf die rechte Hand gefallen zu sein.

„Und weiter?", so der Anwalt. „Wie hat der Arbeitgeber Kenntnis erhalten? Wie belastbar ist die Erkenntnis des Arbeitgebers?"

Was Roland J. am fraglichen Tag allerdings nicht mitbekommen hat:

In einer Ecke des Gastraums saß sein Arbeitskollege Alexander C. zusammen mit seiner Frau Angelika.

Sie waren damit beschäftigt, je eine Portion Brühwürstchen mit Kartoffelsalat zu verspeisen. Gerade dies ist eine köstliche Spezialität des Hauses, hausgemacht durch die Wirtin Gerda.

Und noch etwas kommt hinzu. Alexander C. ist Roland alles andere als „grün". Einmal sind sie an der Arbeitsstelle aneinandergeraten, einmal auf einer Betriebsfeier.

Jedenfalls hat der Kollege den Vorfall genaustens beobachtet, was nun wiederum Roland nicht mitbekommen hat. Er hat nicht einmal mitbekommen, dass die beiden da sind. Die Sicht war versperrt durch eine den Gastraum teilende in Trockenbauweise errichtete Wand, die auch die Garderobe aufnimmt.

Als die Randale losging, ist Alexander aufgestanden und ist Richtung Tresen gegangen, hat den Arbeitskollegen erkannt und das Spektakel beobachtet.

Alexander C. hat nun wiederum im Job erfahren, dass Roland J. eine Stauchung des rechten Handgelenks als Arbeitsunfall gemeldet hat.

Hoppla, denkt Alexander C. Das könnte doch alles Fake von Roland J. sein. Denn immerhin hat er ja gestern seine Hand gebrauchen können und dies durchaus schlagkräftig.

Alexander C. läuft zur Personalabteilung seines Arbeitgebers, um von den Vorgängen im Stoppenberger Becher zu berichten.

„Ja, alles gut und schön, aber warum haben Sie nicht die weiteren Entwicklungen abgewartet?", fragt der Anwalt nach.

„Was sollte ich machen?", so Roland J. „Die haben mich zu sich zitiert, in einen Raum verfrachtet der Personalabteilung, fünf Mann saßen mir gegenüber, zwei von der Personalabteilung und zwei noch so andere Typen, auch mein Bereichsleiter war dabei. Die haben mich so lange in die Mangel genommen, bis ich die Sache zugegeben habe. So klein habe ich mich gefühlt, wie eine Mücke. Ich bin voll eingeknickt. Dann wurde ich freigestellt. Zuvor haben sie mir aber diesen Wisch unter die Nase gehalten, ich hätte nun den Aufhebungsvertrag umgehend zu unterschreiben. Sogar der Betriebsrat hat das abgesegnet. Das hat mich nun besonders hart getroffen. Mit einem der fünf Leute, die mich erpresst haben, war ich sogar befreundet. Aber nun sind Sie am Zug", erläutert er dem Anwalt. „Das hier ist doch alles sittenwidrig. Die haben mich doch erpresst."

„Ich muss darauf hinweisen", bemerkt M., „dass die Gerichte mit einem solche Aufhebungsverträge unterschreibenden Prozessbeteiligten nicht gerade nachsichtig umgehen. Erpressung und Nötigung lassen sich in den seltensten Fällen beweisen."

„Muss ich riskieren. Ich bin 12 Jahre bei der Firma."

„Und noch etwas, die Falschangabe eines Arbeitsunfalls könnte als Störung der Vertrauensgrundlage im Arbeitsverhältnis aufgefasst werden. Im Gegensatz zu Störungen im Leistungsbereich muss dann nicht abgemahnt werden, sondern kann sofort gekündigt werden."

„Muss ich auch riskieren, aber wo ist der Unterschied?"

„Störungen im Leistungsbereich sind Bummeln, zu spät kommen, schlampiges Arbeiten. Störungen im Vertrauensbereich sind den Arbeitgeber belügen."

§ § §

In dem sich in vier Wochen anschließenden Termin beim Arbeitsgericht geht alles ganz schnell.

Der Vorsitzende eröffnet die Verhandlung mit den Worten: „Herr J. wie kann man nur so dämlich sein?"

Unmissverständlich bringt der Vorsitzende zum Ausdruck, dass das Machtgefälle, was entstanden sein mag durch die zahlenmäßige Überlegenheit von fünf Mitarbeitern des Arbeitgebers und nur einem Arbeitnehmer, nämlich Roland J. nicht reicht für die Annahme einer Nötigung, Erpressung oder Sittenwidrigkeit des Aufhebungsvertrages.

Auch ein Vergleich und die Aufhebung des Arbeitsverhältnisses gegen eine Abfindung kommen angesichts der Vorgeschichte für den Arbeitgeber natürlich nicht in Betracht. Im Kammertermin äußert das Gericht eine identische Sichtweise, dies soll sich dann auch in der Berufungsinstanz nicht mehr abändern lassen.

Aber Roland J. kommt doch noch einmal ins Büro. Er bedankt sich noch einmal mit den Worten: „Sie haben sich wirklich voll eingesetzt. Ich bin nicht, nein überhaupt nicht ... böse."

KAPITEL SECHSUNDZWANZIG
BIS ZUM BITTEREN ENDE

2006

Rechtsanwalt M. erhält einen Pfändungsauftrag wegen eines Zahlungstitels von immerhin 700 Euro. Gläubiger ist Peter T.

Das Girokonto der Schuldnerin ist bekannt. So beantragt M. eine Kontopfändung beim Amtsgericht, sachlich zuständig Rechtspfleger R.

Nach bereits 2,5 Monaten erhält M. die Vollstreckungsunterlagen zurück. Der Gerichtsvollzieher stellt den Beschluss der C Bank zu. Was das Gericht nicht mit übersandt hat, ist das Zahlungsurteil. Nach einer Woche fragt M., der noch weitere Pfändungen in dieser Sache beabsichtigt, bei Rechtspfleger R. nach.

Dieser antwortet schriftlich, er habe das vollstreckbare Zahlungsurteil mit zurückgesandt.

Verdutzt kramt Rechtsanwalt M. in der Akte nach.

Nichts.

Ein weiteres Mal bei Rechtspfleger R. nachgefragt, bleibt dieser bei seiner Darstellung.

Nun nimmt das Drama seinen Lauf.

M. fragt bei Gericht nach einer zweiten vollstreckbaren Titelausfertigung.

Antwort R.: „Es gäbe kein Bedürfnis für eine solche, denn M. sei ja in Besitz der Erstausfertigung."

Schon sind weitere sechs Wochen vergangen. Rechtspfleger R. beeilt sich nicht gerade mit seinen Antworten.

M. begründet nochmals, dass die gesamte geführte Handakte das vollstreckbare Urteil nicht enthält.

Zwei Wochen keine Antwort.

Schließlich schreibt Rechtspfleger R., er erwarte eine eidesstattliche Versicherung vom Anwalt, zweckmäßigerweise auch der Angestellten des Anwalts, dass diese alle aktuell geführten Handakten des Anwalts sorgfältig durchsucht hat und sich das betreffende Schriftstück in keiner Akte befindet. Alle Akten durchsuchen, fragt sich M. Wieso alle? Er fragt erneut schriftlich nach. Antwort R.: Die Verfügung erfolgt, „um auszuschließen, dass das Schriftstück aufgrund Büroversehens in eine falsche Akte eingeheftet wurde."

Rechtspfleger R. ergänzt noch: „die Überprüfung von Blatt für Blatt der einzelnen Heftungen habe stattzufinden."

Also gut.

Die Angestellte führt die Sisyphusarbeit durch.

Ergebnis: Kein Treffer. Sie gibt anforderungsgemäß die eidesstattliche Versicherung ab, die Rechtsanwalt M. dem Rechtspfleger R. im Original zuleitet.

Keine Reaktion. Nach 2,5 Wochen antwortet Rechtspfleger R. immer noch nicht.

M. fragt schriftlich nach.

Wieder tut sich nichts.

Nunmehr schreibt Rechtspfleger R. schließlich zurück, er erwartet nun auch die Durchsuchung aller Akten, die in den letzten acht Monaten archiviert worden sind.

'Auch die Archivierten?´, denkt M. 'Was für ein Unsinn.'

Er schreibt zurück, dass dies doch nur ein Irrtum sein kann und bittet um Erläuterung.

Nach drei Wochen antwortet Rechtspfleger R., dies in durchaus gnädigem Tonfall, „er relativiere nun die Aufforderung, nur die archivierten Akten, die zeitgleich mit der Bearbeitung dieser aktuellen Pfändungsmaßnahme archiviert wurden sind, müssen durchsucht werden."

Die Angestellte erledigt ihre Arbeit und gibt nach ergebnisloser Suche die eidesstattliche Versicherung ab.

M. leitet sie Rechtspfleger R. zu.

Einen Monat nichts. Schließlich liegt das Ergebnis der Kontopfändung vor. Kein pfändbares Guthaben. Das Konto ist seit zwei Jahren nicht bewegt worden.

Nach weiteren sechs Wochen immer noch keine Antwort von Rechtspfleger R.

M. fragt nach.

Antwort nach zehn Tagen: Nach weiterer Prüfung und Würdigung aller Umstände werde die Erteilung einer zweiten vollstreckbaren Ausfertigung verweigert. Es müsse dabei bleiben, dass der Anwalt sie in Besitz hat und seine anwaltliche Sorgfaltspflicht verletzt hat.

M. beantragt beschwerdefähigen Beschluss. Dieser ergeht schon nach drei Wochen.

Er legt Beschwerde ein.

Der Richter des Landgerichts teilt mit, im Aktendeckel der Gerichtsakte am Ende habe sich neben weiteren losen uneingehefteten Blättern das vollstreckbare Zahlungsurteil gefunden, offensichtlich von Rechtspfleger R. übersehen. Er fordert zur Rücknahme der Beschwerde auf, was geschieht. M. beauftragt nun eine weitere Mobiliarpfändung und sendet Peter T. die Kopie des Pfändungsauftrags zu.

Die Post kommt als unzustellbar zurück.

Telefonate ergeben „die Nummer des Teilnehmers ist nicht vergeben."

M. beantragt eine Einwohnermeldeamtsanfrage.

Die Antwort der Stadt: „Die letzte angegebene Anschrift ist zutreffend. Personenstatus der angefragten Person: verstorben."

KAPITEL SIEBENUNDZWANZIG
SCHWARZER MONTAG

Dritte Montag im September 2023

Der sein Büro betretende Rechtsanwalt M. findet zwei Krankmeldungen vor. Jeweils Azubine und Angestellte. Sodann folgt bis zunächst 10:45 Uhr eine Mehrfachbeschäftigung bestehend aus Anrufen, angerufen werden, Eingangspost sichten, sowie ein Gang zum EC-Automat zur 500 Meter entfernten Bankfiliale. Auf dem Weg dorthin Anrufe über Handy, versteht sich.

Das kostet zwar Zeit, hin- und zurücklaufen, aber auf diese Weise kommt man wenigstens mal raus. Ansonsten würden diese 1000-Meter-Gehtraining glatt auch noch wegfallen. Und das Imstuhlsitzen wäre nun so gar nicht mehr unterbrochen. Oder – denkt er auf dem Weg dorthin – wenn sein Geschäftskundenbetreuer nun doch recht hat? Elektronic Banking als die bessere Lösung? Nein, besser nicht. Er hat schlechte Vorerfahrungen.

2004 hat jemand eine Papierüberweisung mit seinen Kontodaten ausgefüllt, seine Unterschrift gefälscht. Diese findet sich ja nun auch auf zahlreichen Geschäftsbriefen und Bürobriefen, sodass dies nicht schwer war.

So hat der sich selbst 12.000 Euro überwiesen und mal eben so die gesamte Dispositionslinie belastet. Mangels entsprechendem Giroauftrag hatte seine Bank glücklicherweise den Betrag beim „Empfänger" gegenbelastet und ihm den Betrag zurückgebucht.

Aber was ist mit den heutigen elektronischen Möglichkeiten für versierte Täter, das Konto zu hacken beim Electronicbanking? Nein, nein, das ist ihm zu gefährlich. Computer-Kriminelle klauen ihm die Tanne, haben gleichzeitig für in circa drei Monaten einen Weihnachtsbaum – also

zwei Fliegen mit einer Klappe – und er hat wieder mal das Nachsehen …
Da lässt man besser die Finger von.

Während des Rückweges bimmelt das Mobiltelefon. Am anderen
Ende Frau Farida N. Mit ihr fand in der Vorwoche eine dreiviertelstündige Besprechung statt. Sie ist zusammen mit ihrer volljährigen Tochter
im SGB-II-Bezug. Letztere hat Einkommen nicht angegeben und ging nebenbei arbeiten. Nunmehr läuft eine Anzeige wegen Sozialbetrugs. Von
dem Nebenjob der Tochter will sie – Farida – aber überhaupt nichts gewusst haben.

Die Staatsanwaltschaft hat angeboten, die Angelegenheit einzustellen
gegen Auflage gemäß § 153 a StPO. Farida verlangt aber einen Freispruch, denn sie war ja nicht darüber informiert, was – im selben Hausstand zusammen mit ihrer Tochter – los ist. Die Glaubwürdigkeit dieser
Einlassung ist eingeschränkt. M. hat ihr empfohlen, das Angebot der
Staatsanwaltschaft anzunehmen.

Unzufrieden hat sie letzte Woche das Büro verlassen.

Nunmehr beschwert sie sich, sie habe soeben im Büro angerufen. Es
sei keiner da. Sie – Farida – habe nun viel zu viele Telefongebühren zu
zahlen, wenn sie den Anwalt mobil anrufen muss.

An der Bürotür angekommen warten Serkan B., 68-jährig und sein
Schwiegersohn Salih T. ohne Termin. Es ist inzwischen 11:04 Uhr.

Salih T. hält die Kopie eines ihm zugeleiteten Schriftsatzes des Gegenanwalts in dem vom Schwiegervater geführten Verfahren wegen gefährlicher Körperverletzung zu seinem – des Schwiegervaters – Nachteil in
den Händen.

„Ist das normal?", fragt er Rechtsanwalt M. und hält den Schriftsatz
hoch. Er meint wohl – dies ist zu vermuten – den Inhalt der dortigen
schriftsätzlichen Ausführungen. Die Tageszeit zur Begrüßung zu sagen,
hält er nicht für nötig.

„Was verstehen Sie unter normal?", antwortet M. mit einer Gegenfrage, der mit dieser Art der Fragestellung nichts anfangen kann.

Er öffnet die Tür. Unmittelbar stehen auch Serkan B. und Salih T. in
den Büroräumen. Fünfmal habe er bestimmt im Büro angerufen, so Salih.
Wieso denn keiner da wäre?

Beide lassen sich schwer in die Besucherstühle fallen. Salih beginnt unmittelbar den gegnerischen Schriftsatz zu kommentieren und stellt allerhand Fragen. M. bittet zunächst – weil gerade hereingekommen – die

Jacke ablegen zu dürfen. Dies beeindruckt Salih T. überhaupt nicht, der unbeirrt weiterredet.

M. holt aus dem Schreibzimmer die Akte. Auch währenddessen brabbelt Salih T. ununterbrochen weiter.

Im Stehen – dies aufgrund einer Bandscheibenreizung im Lendenwirbelbereich – durchblättert der Anwalt die Akte an die maßgebliche Stelle.

Dies missfällt Salih T., der offenbar ein Ungleichgewicht in den Machtverhältnissen des Beratungsgesprächs befürchtet.

„Setzen bitte", kommandiert er den Anwalt. Dies setzt dieser aufgrund der Rückenbeschwerden nicht um.

Schließlich gelingt es, Serkan und Salih T. ein wenig zu beruhigen. Der aktuelle gegnerische Schriftsatz enthält wenig wirklich für die Entscheidungsfindung Erhebliches. Beide verlassen, wenn auch nicht zufriedengestellt, das Büro.

Nunmehr bimmelt das Telefon (Festnetz). Am Telefon: Christa D. Sie ist eine Bekannte von Wolfhard S. Für diesen hat M. im Eilverfahren beim Sozialgericht Duisburg einen Beschluss zur Bewilligung der Unterkunftskosten und Regelsatz nach dem SGB II erwirkt. Dies vor etwa zwei Wochen. Das Amt hatte die Leistungen mit Bescheid abgelehnt, weil Wolfhard eine BG mit seiner zurzeit in der Schweiz lebenden Ehefrau bilden würde. Dies ist zwar richtig, da es auf einen gemeinsamen Wohnsitz nicht ankommt, wenn eine Scheidungsabsicht nicht erkennbar ist.

Aber die schweizerischen Einkünfte der Ehefrau in Schweizer Franken konnten nicht eins zu eins auf die hiesigen Verhältnisse in Euro übertragen werden. Die Einkommensanrechnung der Bedarfsgemeinschaft war also fehlerhaft. Der zuständige Richter Dr. S. hatte im Büro des Anwalts angerufen und angekündigt, den Gerichtsbeschluss erlassen zu wollen.

So ist es auch geschehen. Christa D. nun wiederum, die am Telefon ist, hat ein Problem mit ihrer gesetzlichen Krankenversicherung. Aber im zweiten Satz beschwert sie sich, weil der Anwalt noch nicht zurückgerufen hat. Richtig, am Freitag um 16:55 Uhr hatte die Auszubildende einen Rückruf für Montag zugesichert. Der Zettel mit Telefonnummer lag auf seinem Schreibtisch. M. war einfach noch nicht dazu gekommen. Sie beschwert sich weiter.

Hält sich regelrecht dran.

Verfällt aufgrund der Empörung über den noch nicht erfolgten Rückruf in deutlich hörbare „Schnappatmung".

M. erklärt, gleich zum Gerichtstermin in einer Mietsache nach Bochum zu müssen. Das Telefonat müsse verschoben werden.

Inzwischen ist es 12:10 Uhr und der Gerichtstermin ist um 13:00 Uhr. Das Telefon klingelt (auf Festnetz).

Am anderen Ende Wolfhard S. Er beginnt unmittelbar herumzuschreien. Vor zwei Wochen sei der Beschluss betreffend seine Jobcenter-Leistungen ergangen. Immer noch hat er aber kein Geld auf dem Konto. Was der Anwalt eigentlich in den letzten zwei Wochen gemacht hätte.

Dieser erklärt, nach Auskunft der Geschäftsstelle beim Sozialgericht Duisburg sei der Beschluss am Folgetag des Erlasses, also vor 13 Tagen in der Jobcenter-Nebenstelle zugestellt worden. Nun wird man eigentlich die Nebenstelle persönlich aufsuchen müssen, um herauszufinden, warum der Beschluss nicht umgesetzt wird. Denn telefonisch ist dort keiner erreichbar. Eine Hotline ist erreichbar, wenn man überhaupt durchkommt. Der dortige Teilnehmer der Stadt weiß grundsätzlich nicht Bescheid, sieht in seinem System überhaupt keine Angaben, erklärt sich aber – je nach Tagesform – bereit, das Anliegen zu notieren und verspricht Rückrufe durch den Sachbearbeiter, die nicht erfolgen.

Der persönliche Besuch beim Jobcenter muss also bis morgen warten. M. beendet das Gespräch.

Denn Wolfhard S. ist offensichtlich alkoholisiert. Analog zu den Gepflogenheiten bei Gericht, wonach betrunkene Verfahrensbeteiligte als nicht erschienen gelten, gilt ein betrunkener Anrufer als nicht angerufen habend.

12:20 Uhr. Noch 40 Minuten bis zum Termin um 13:00 Uhr. Schnell Robe und Akte zusammenraffen und zum Amtsgericht Bochum. Aber wo ist die Akte? Im Aktenschrank ist sie nicht aufzufinden. „Oh Mann, wenn nur nicht alle krank wären." Er sucht noch weiter die Räume durch und findet schließlich die Akte als unterste Akte eines der an den Arbeitstischen befindlichen Aktenstapel.

Auf der A 40 Richtung Bochum dann schließlich - ...- Stau. Aber das ist nicht schlimm, denkt der Anwalt. Es sind ja noch 37 Minuten. Und er kennt einen Geheimtipp in der Nähe des Bochumer Justizzentrums, wo immer Parkmöglichkeiten sind. Aber der zunächst zähfließende Verkehr steigert sich bis zum Stillstand. Nichts geht. Die Uhr tickt.

Ursache nicht erkennbar. Die Verkehrshinweise geben an, dass in Höhe Wattenscheid es zu einem Verkehrsunfall mit Lkw-Beteiligung gekommen ist. M. ruft die Geschäftsstelle beim Amtsgericht Bochum an. Wobei er sich tadelnde Blicke des Fahrers eines durch die Rettungsgasse düsenden Streifenwagens einhandelt.

Der Sachbearbeiterin in der Geschäftsstelle erklärt er, es könne wegen Stau 15 Minuten später werden.

Die Sachbearbeiterin verspricht, im Sitzungssaal Bescheid zu sagen.

Aber die angekündigte 15-minütige Verspätung kann nicht eingehalten werden. Stillstand. Nichts geht. Absolut nichts.

Schließlich löst sich der Stau auf. Bei Gericht angekommen, Geheimparkplatz belegt und im Laufschritt zum Gericht und zum Sitzungssaal.

Die Gegenpartei (Vermieter und Kläger des Mieträumungsprozesses) sitzen noch auf dem Flur.

Im leer gefegten Sitzungssaal die beschäftigungslose Richterin. Gelangweilt sieht sie aus dem Fenster. Bebrillt, scharfe, schneidende Stimme.

40 Minuten Verspätung sei einfach zu viel gewesen, führt sie aus. Der Gegenanwalt habe wieder weggemusst. Also Versäumnisurteil (!!!)

Warum sie nicht den (erschienenen) Beklagten zur Antragsstellung gebeten habe, fragt der Anwalt. Dieser (der Beklagte) habe auch auf ihre dementsprechende Beratung nichts, aber auch gar nichts ohne seinen Anwalt sagen wollen.

Oha. Das ist ja wirklich ganz schön scheiße gelaufen.

Ob die Richterin – wenn sie schon beraten haben will, wie sie ausführt – den Beklagten auch darauf hingewiesen hat, dass ein Räumungsversäumnisurteil vorläufig vollstreckbar ist, auch während des späteren Einspruchsverfahrens? Der Anwalt verkneift sich die Frage.

Trotzdem. Merkwürdiger Verlauf.

Darauf hätte doch hingewiesen werden müssen. Denn ein Urteil nach diesem ersten Termin wäre doch ohnehin nicht ergangen. Da es sich um eine fristlose Kündigung wegen Ruhestörung handelte, wäre es doch sowieso zu einem zweiten Termin mit Zeugenvernehmung gekommen und kommt es auch immer noch.

14:30 Uhr. Rückkehr ins Büro.

Im Posteingang ein DIN A4 Umschlag des Sozialgerichts Duisburg, der neugierig macht. Da ... ein Lichtblick.

Es ist das Gutachten des Professor Dr. med. W. aus Dinslaken, Privatdozent an der Uni Köln der Medizinischen Fakultät.

Es betrifft Natan V.

Natan V. ist seit 20 Jahren HIV-positiv getestet.

Parallel dazu treten zahlreiche verschiedene Diagnosen auf.

- dauerhaftes leichtes Fieber

- Neuropathie (Nervenstörung in den Beinen)

- häufige Pilzinfektionen

- regelmäßig wiederkehrende Gürtelrose

- immer wieder Gewichtsverlust und Erschöpfung

- Schwindel und Gangstörungen

- Gefäßprobleme mit bösartigen Veränderungen

Natan muss Diät halten. Er beantragte beim SGB-XII-Träger 10 % vom Regelsatz als ernährungsbedingten Mehrbedarf, was umgehend zu einem abschlägigen Bescheid geführt hatte.

Begründung. Die ernährungs- und diätbedingten besonderen Lebensmittel seien in Supermärkten ohne finanziellen Mehraufwand erhältlich.

Im Verwaltungsvorverfahren war ein – behördengenehmes – Gutachten des Amtsarztes Dr. A. eingeholt worden.

Im Gerichtsverfahren wird ein 30-seitiges (!!!) Gutachten des Dr. E. eingeholt, das trotz aller Diagnosen die Sichtweise des Dr. A. umfänglich bestätigt.

Im Gutachten nach § 109 SGB – zum Glück ist Natan rechtsschutzversichert – des Professor Dr. W. werden beide Gutachten nach allen Regeln der ärztlichen Kunst mit detaillierten Begründungen auseinander gepflückt. An keiner der beiden gutachterlichen Expertisen lässt Professor W. auch nur ein gutes Haar.

Der Anwalt ruft Natan an.

Dieser ist hocherfreut und erklärt, umgehend zum Büro zu kommen, um die Zweitausfertigung des Gutachtens abzuholen.

Es ist inzwischen 15:10 Uhr.

Natan sitzt im Büro des Anwalts. Er durchblättert das Gutachten.

In der beiliegenden Stellungnahme bietet die Stadt ein Anerkenntnis an, den 10 %-Satz des Regelbedarfes als ernährungsbedingten Mehrbedarf nunmehr anzuerkennen ab Gutachteneingang.

Dies erbost Natan erheblich, was verständlich ist.

„Nein", erklärt er bestimmt. „Denen schenken wir nichts. Ich möchte mein Geld ab Antragsstellung. Das sind immerhin 10 % vom Regelsatz, 1,5 Jahre rückwirkend.

M. ruft die Rechtsstelle der Stadt E. an, dort die Sachbearbeiterin Frau R., um diesen Punkt zu erörtern.

Im schamloser Weise beginnt Frau R., um den Zeitpunkt des Beginns der Gewährung des Mehrbedarfs zu feilschen. Schließlich sichert sie – so wörtlich – „unter Zurückstellung größter Bedenken" eine Bewilligung sieben Monate rückwirkend zu.

§ § §

„Was soll das eigentlich alles?" Plötzlich wird Nathan wieder sauer. „Dieser Staat ist zu klamm, um einem Antragsteller wie mir, mit heftigen Lebenseinschränkungen, den Mehrbedarf zuzusprechen; kaum mehr als 50 Euro monatlich, 1,5 Jahre mussten Sie als mein Anwalt darum kämpfen? Aber an Finanzmitteln fehlt es diesem Staat doch nicht. Gerade sollen Bauaufträge für ein neues Bundeskanzleramt für Millionen über Millionen vergeben werden. Aber das alte Bundeskanzleramt war doch noch gut genug, oder nicht? Und für einen zentralafrikanischen Staat hat die Bundesregierung zur Verbesserung der Infrastruktur mehr als 100 Millionen Euro vergeben? Wissen Sie, was herausgekommen ist? Das glauben Sie nicht. Jeder Abgeordnete der dortigen Volksvertretung hat von dem Geld einen persönlichen SUV für je 100.000 Euro spendiert erhalten. Und Millionen hat diese Bundesregierung herausgeworfen für … Fahrradwege in Peru …

und …

Genderprogramme in Kamerun. Und arme Schweine wie mich? Die lässt dieser Staat hängen?"

138

KAPITEL ACHTUNDZWANZIG
2.500 GRAMM BARILLANUDELN

Im Büro von Rechtsanwalt M. erscheint Hubertus F., 32-jährig.

Er legt die Kündigung seines Arbeitgebers, eines größeren Lebensmitteldiscounters, vor. Begründet ist die (fristlose) Kündigung mit angeblicher Beihilfe zum Diebstahl eines Kunden, den Hubertus kassiert hat. Der Kunde soll während des Kassiervorgangs eine Sammelpackung Barillanudeln im Einkaufswagen behalten haben, ohne sie auf das Band zu legen.

Für Hubertus soll dies sichtbar gewesen sein, ohne dass er darauf bestanden hat, auch die Barillanudeln zu kassieren. Der Kunde soll dann unbehelligt (auch) die Nudelgroßpackung in die Einkaufstasche gesteckt haben.

„Können Sie sich das vorstellen?", wettert Hubertus. „Angeblich bin ich die ganze Zeit vom stellvertretenden Filialleiter - dies ist der Lothar W. - beobachtet worden. Und da lassen die den Kunden noch unbehelligt wegfahren und dann fallen der und mein Chef wie die Aasfresser über mich her. Ich musste mit ins Büro und mir eine Litanei von Vorwürfen anhören, dann wurde ich 'freigestellt'."

„Kann das in der Hektik der vollen Filiale nicht mal passieren?"

„Ach ja. Klar. Das ist es doch. Es war Freitag, 16:45 Uhr. Da hat der Bär getanzt in der Filiale. Dennoch waren von fünf Kassen nur drei besetzt. Ich wusste nicht, wo mir der Kopf steht. Beim Bezahlen wird man - gerade von männlichen Kunden - auch noch vollgelabert mit Belanglosigkeiten. In der Hektik beschränke ich mich - das stimmt - manchmal auf die Frage, ob noch etwas im Einkaufswagen ist, anstatt aufzustehen und nachzusehen. Manchmal müsste ich zu diesem Zweck um die ganze Kasse herumgehen. Auch habe ich wohl vergessen, den Kunden zu veranlassen, den Einkaufswagen seitlich zum Kassenbereich zu schieben, damit ich besser hineinsehen kann, weil da wurde ich schon wieder angesprochen. Ein Kollege saß an der hinter mir befindlichen Kasse und hatte mich nach dem Preis für eine Ware gefragt, glaube ich. Es ging um ein Sonderangebot, ob das noch gültig ist. Der kassierte hinter mir."

„Okay", so der Anwalt. „Wir reichen Kündigungsschutzklage ein. Die Kündigung ist ja erst zehn Tage alt."

§ § §

Acht Monate vorher

Hubertus sitzt zum ersten Mal bei seinem Anwalt. Er legt eine Abmahnung seines Arbeitgebers vor.

Der Vorwurf: Er sei am Mittwochmorgen der Vorwoche 45 Minuten zu spät zur Arbeit erschienen.

„Und, war das so?"

„Ja, ich hatte eine Knieoperation gehabt."

„Das heißt, Sie waren im Krankenstand?"

„Nein, in der Wiedereingliederung", konkretisiert Hubertus.

„Dann ist die Abmahnung unberechtigt", erwidert Rechtsanwalt M. „Die Wiedereingliederung ist ein Rechtsverhältnis ganz eigener Art. Die primären Pflichten aus dem Arbeitsverhältnis sind ausgesetzt. Das ist ja gerade der Sinn der Wiedereingliederung. Sie sind ja auch noch im Krankengeldbezug. Es soll eine Erprobung stattfinden, ob Sie schon wieder ganz fit für den Job sind."

„Was ich gerade wohl nicht war. Am Vortag bin ich schon wieder zwischen Regalen, zwecks Aus- und Einräumen herumgeturnt. Prompt hat wieder das Knie Probleme gemacht, und ich bin am nächsten Morgen nicht hochgekommen."

„Okay, die Abmahnung enthält den Vermerk, dass ein Eintrag in die Personalakte erfolgt."

„Ja. Das ist die nächste Sauerei. Dürfen die das? Die Abmahnung in die Personalakte eintragen?"

„Zwei Möglichkeiten. Ihr Arbeitgeber stimmt zu, dass Sie eine Gegendarstellung in der Personalakte abgeben. Das ist dann die 'Lightversion' der Rechtsverfolgung. Oder aber wir klagen auf Entfernung und entsprechende Zusicherung aus der Personalakte beim Arbeitsgericht."

„Okay", so Hubertus. „Wennschon, dennschon. Bitte reichen Sie Klage ein."

Eine solche erweist sich später als obsolet. Bereits die außergerichtliche Aufforderung wird durch den dortigen Syndikusanwalt des Lebensmitteldiscounters Sönke S. beantwortet und führt zum gewünschten Erfolg.

In der Folgezeit bessern sich die Kniebeschwerden des Mitarbeiters Hubertus F. langsam, aber stetig.

Ebenso steigert sich weiter seine Beliebtheit in der Filiale bei Kunden. Diese war immer deutlich spürbar, stellt sich nun schnell wieder ein und steigert sich weiter und weiter. An der Kasse fallen Äußerungen, insbesondere von Kundinnen jeden Alters, wie sinngemäß wie: „Sind Sie doch schon wieder da? Wie schön. Sie waren aber lange krank. Ach so, das Knie? Oje, das war bestimmt sehr schmerzhaft. Ist es denn jetzt besser? Da freue ich mich wirklich."

Eines fällt Hubertus dabei nicht auf. In einem abseitigen Winkel, neben dem letzten Regal vor dem Kassenbereich, steht immer öfter Lothar W., der stellvertretende Filialleiter. Argwöhnisch blickt er mitunter langanhaltend auf den von Hubertus besetzten Kassenbereich. Aber auch andere kurze – auch humorvolle – Gespräche werden an Hubertus' Kasse geführt, Scherze werden gemacht. Jüngere Frauen wollen lieber von ihm kassiert werden. Sie verlassen zu diesem Zweck manchmal allzu offensichtlich deutlich kürzere Warteschlangen an den anderen Kassen und stellen sich an die Kasse von Hubertus.

Na ja. Das ist verständlich. Hubertus ist ja auch wirklich ein smarter Typ.

Aber all das entgeht Lothar W. nicht.

So geht es wieder Woche für Woche, und es könnte eigentlich alles in Ordnung sein.

Aber schon droht erneut Ungemach für Hubertus.

Er ist in Partnerschaft mit Laura R., 28-jährig, Mutter eines 10-jährigen Sohnes. Aber der Vater des 10-Jährigen missbilligt die neue Partnerschaft seiner Ex.

Als Hubertus nach einem Besuch bei Laura nachts um 2:50 Uhr zurück zu Fuß zu seiner eigenen Wohnung im angrenzenden Stadtteil ist, fährt ihm von hinten ein Radfahrer in die Beine. Hubertus fällt zu Boden wie ein Stein.

Als er sich aufgerappelt hat, kommt ihm bereits eine Faust entgegengeflogen. Der Aggressor flüchtet danach sofort. Trotz der Dunkelheit erkennt aber Hubertus ihn. Es ist der Ex-Partner von Laura, der rasend vor Eifersucht ist.

Während des zweiten Besuchs bei seinem Anwalt lässt Hubertus ein gerichtliches Annäherungsverbot erwirken, sowie eine Strafanzeige wegen Körperverletzung. Es ist erhebliche Hämatombildung im Jochbeinbereich festzustellen, die auch ärztlich attestiert ist.

So gehen einige Wochen dahin. Trotz allem genießt Hubertus das angenehme Arbeitsklima.

Gesteigert freundlich spricht er auch mit einer Kollegin, Marita M., 32-jährig, wie er, schwarzhaarig, sehr attraktiv. Sie erwidert gern seine Witzigkeit im Gespräch zwischen den Regalen und ist auch empfänglich für Hubertus versteckte Komplimente.

Nach einer dieser Begebenheiten wird Hubertus von einem anderen Kollegen angesprochen. Es ist Lukas C.

„Ich will dich warnen", so Lukas.

„Warnen?", fragt Hubertus naiv. „Weswegen?"

„Es ist wegen Marita."

„Wieso?"

„Sei vorsichtig. Auf die hat Lothar. W. ein Auge geworfen. Du wirst dir Ärger einhandeln."

§ § §

Gerichtstermin im Arbeitsgericht zur Kündigungsschutzklage, Neubau Saal N 324.

Auf dem Weg dorthin, am Ende der dritten Treppe, wird Rechtsanwalt M. vom Prozessvertreter des Arbeitgebers, Sönke S., 40-jährig, abgepasst. Dieser trägt einen perfekten dunkelblauen Anzug, sauber gescheiteltes Haar, leichter Bauchansatz.

„Guten Morgen. Kommen Sie in Sachen Hubertus F.?"

„Ja, genau."

„Bis zum Termin haben wir noch sechs Minuten. Können wir sprechen?"

„Klar."

Sönke S. beginnt monologhaft den Inhalt der fristlosen Kündigung zu referieren – völlig überflüssig – denn der Inhalt ist bekannt und ist in der Klageschrift ja gerade umfänglich bestritten.

'Erstmal nicht unterbrechen', denkt der Anwalt. 'Erstmal reden lassen.'

Nun bekommt Sönke S. die Kurve.

„Also wir sind bereit, durch Vergleich die fristlose Kündigung in eine fristgemäße umzuwandeln und bis zum Abschluss der tariflichen Kündigungsfrist abzurechnen. Wir machen dann einen sauberen Abschluss und sichern ein Arbeitszeugnis mit der Note drei Plus zu.“

'Hoppla', denkt der Anwalt. 'So schnell geht das normalerweise nicht.'

So geschieht es auch. Der Erörterungsbedarf im Termin ist gleich null. Der Vergleich wird protokolliert. Als alle die Akten packen und hinausgehen, äußert die vorsitzende Richterin am Arbeitsgericht B., 48-jährig, sehr freundlich und zugänglich in ihrem Wesen, noch ein paar Worte Richtung Hubertus.

„Ja, das ist ja schade, dass Sie nicht mehr in der Filiale im Ortsteil F. sind. Sie waren immer so nett. Ich bin am liebsten zu Ihnen an die Kasse gegangen.“

§ § §

Die Erleichterung über den wohlwollenden Verfahrensausgang ist nicht von langer Dauer.

§ § §

Im Personalbüro in der Ruhrgebietsstadt D. des ehemaligen Arbeitgebers klingelt das Telefon.

„Hier ist die Filialleitung Essen, Ortsteil F.“

„Herr W.?“, fragt die Mitarbeiterin der Personalabteilung, Tanja D.

„Nein, ich bin Herr Z.“

„Ja, was kann ich denn für Sie tun?“

„Es geht um das ehemalige Arbeitsverhältnis Hubertus F.“

„Ja, was kann da jetzt noch sein? Es ist doch alles erledigt. Mir liegt hier eine Kopie eines Gerichtsvergleichs vor.“

„Ja, schon. Aber trotzdem. Die Abwicklung jetzt. Ich meine die Abrechnung, das Arbeitszeugnis und die Arbeitsbescheinigung für das Arbeitsamt.“

„Ja, was ist damit?“

„Wir schieben das erst mal, solange es geht, auf die lange Bank.“

„Verstehe ich nicht.“

„Ganz einfach. Ich bitte Sie, es mit all dem jetzt nicht so eilig zu haben.“

„Verstehe ich immer noch nicht.“

„Wir lassen mal ein bisschen unsere Fantasie spielen“, so Herr Z. „Ich rufe dazu wieder an.“

„Ich verstehe kein einziges Wort“, so Tanja. „Entschuldigen Sie, wenn jetzt nichts weiter ist, ich muss auch weiterarbeiten.“

Tags darauf klingelt erneut das Telefon. Am Apparat ist Lothar W. Er redet vier Minuten auf Tanja D. ein.

„Passen Sie auf. Der Hubertus F. hat hier so viel Ärger gemacht, da haben wir es jetzt mit der Abwicklung des Arbeitsverhältnisses mal nicht so eilig. Legen Sie alles auf Frist. Ihr Chef (Chef der Personalabteilung) ist einverstanden. Wir haben uns rückversichert. Und noch etwas. Bei den Angaben zum Grund der Beendigung des Arbeitsverhältnisses in der Arbeitsbescheinigung lassen wir mal ein bisschen Freiraum.“

„Was meinen Sie? Freiraum?“

„Ja, wir werden mal nicht sofort den Ablauf fördern. Wir werden mal ein bisschen unbequem sein.“

§§§

So verzögert sich die Bearbeitung des Arbeitslosengeld-I-Antrages von Hubertus weiter und weiter, denn die Arbeitsbescheinigung fehlt. Inzwischen sind es sieben (!!!) Monate, die Hubertus ohne jede Einkünfte dasteht.

Zahllose Anrufe beim Sachbearbeiter des Arbeitsamtes erbringen keinen Erfolg. Es kann nichts berechnet werden und daher nichts bewilligt werden, da die Arbeitsbescheinigung nach § 312 SGB III zu erstellen ist und vom ehemaligen Arbeitgeber nicht kommt.

So landet die Angelegenheit wieder vor dem Arbeitsgericht. Diesmal Saal N 319.

Die Gegenseite erscheint nicht. Sie teilt schriftsätzlich (einsilbig) mit, sie habe die Arbeitsbescheinigung erstellt. Sie bezieht sich auf ein Telefonat mit Rechtsanwalt M. vom Vortag, der aus Gründen der Fairness zugesichert hat, keinen Antrag zu stellen und das Verfahren so zunächst ruhen zu lassen.

Zur Begründung für die Verzögerung wird angegeben, die Lohnfortzahlung der letzten zwei Monate des Arbeitsverhältnisses habe nicht berechnet werden können, denn die Krankenkasse und der behandelnde Arzt, der die AU ausstellt, habe nicht früher die AU-Bescheinigung übermittelt.

Hubertus war die letzten Wochen im Arbeitsverhältnis krankgeschrieben. Aber das ist eine Ausrede. Nach Einführung des elektronischen Übermittlungsverfahrens der AU ab 2023 hat der Arbeitgeber die technischen Vorrichtungen vorzuhalten, um elektronisch beim Arzt bzw. der Krankenversicherung die AUs abzufragen. Dies, nachdem der Arbeitnehmer pflichtgemäß – so hat es auch Hubertus gemacht – beim Arbeitgeber sofort gemeldet hat, dass er erkrankt ist.

Bei einem Großkonzern, wie dem ehemaligen Arbeitgeber von Hubertus ist davon auszugehen, dass diese elektronischen Vorrichtungen – wohl schon vor Einführung der Reform – vorhanden waren und diese auch voll funktionsfähig waren. Alles andere gehört in das Land der Märchenerzählungen.

Aber all diese Überlegungen sind im Moment obsolet, da im Termin nur ansatzweise erörtert wird und das Verfahren zunächst einmal ruht.

§ § §

14 Tage später. Neuer Gütetermin Arbeitsgericht Saal N 319.

Es ist immer noch nichts geschehen. Der Arbeitgeber hat immer noch nicht wie außergerichtlich zugesichert die Arbeitsbescheinigung erstellt, geschweige denn ans Arbeitsamt gesandt. Söhnke S. erscheint allerdings wiederum nicht.
Der Anwalt beantragt Versäumnisurteil.

Die Gegenseite legt Einspruch ein. Es wird erneut terminiert in 14 Tagen. Weder Anwalt noch Gegenanwalt, noch die vorsitzende Richterin bemerken, dass das Arbeitsgericht für diese Angelegenheit gar nicht zuständig

145

ist. Aber der Patzer wirkt sich zugunsten Hubertus aus. So konnte es früher zum Termin kommen als beim Sozialgericht.

Schließlich kommt der ersehnte Arbeitslosengeld-I-Bescheid. Hubertus hält ihn in den Händen, während er fassungslos seinen Anwalt anruft.

„Soll ich Ihnen sagen, was jetzt wieder los ist?", stottert er ins Telefon.

„Ja, bitte."

„Die haben mir eine Sperrzeit reingedrückt. 12 Wochen. Ich habe gerade mit dem Arbeitsamt gesprochen. Der Arbeitgeber hat behauptet, ich hätte gekündigt werden müssen, weil ich geklaut hätte bzw. einen Kunden beim Klauen unterstützt hätte, aber das ist doch alles schon Prozessgegenstand gewesen. Das haben die doch längst zurückgenommen. Wir haben doch den arbeitsgerichtlichen Vergleich. Jetzt soll ich bei Ende des Arbeitsverhältnisses zum 31.05. erstmalig ALG-I zum 01.03. nächstes Jahr bekommen. Das ist doch wohl ein Witz."

§ § §

Zwei Wochen später

Einspruchstermin in Saal N 319, Arbeitsgericht.

„Eigentlich wollten wir uns doch nicht mehr sehen", so Richterin B. lakonisch.

Sie führt kurz in den Streitstand ein.

Unmissverständlich macht sie dem für die Arbeitgeberseite erschienenen Sönke S. klar, dass er in der Arbeitsbescheinigung den angegebenen Grund für die Beendigung des Arbeitsverhältnisses konform darstellen muss mit dem Inhalt des vor 9 Monaten (!!!) geschlossenen arbeitsgerichtlichen Vergleich.

Die Darstellung in der Arbeitsbescheinigung darf nicht abweichen.

Im Vergleich sind „betriebsbedingte Gründe" für das Ende des Arbeitsverhältnisses aufgenommen worden.

Es wird ein weiterer Vergleich geschlossen, dass nunmehr die Arbeitsbescheinigung korrigiert wird.

Nach dem Termin laufen Rechtsanwalt M. und Hubertus den Gebäudegang herunter zum Ausgang. Erneut ist Ungemach eingetreten, wie Hubertus berichtet. Er habe seine Wohnung verloren, konnte die Miete nicht mehr zahlen. Kein Arbeitslosengeld I, keine Aufstockung vom Job-Center mangels vorliegenden Arbeitslosengeld-I-Bescheides. Aber er sieht das fast locker.

„Ich werde erst einmal bei Laura unterkriechen", bekennt er freimütig. Da ruft ihm eine weibliche Stimme von hinten zu: „Was machst du denn hier? Gibt's ja gar nicht."

Rechtsanwalt M. und Hubertus drehen sich um.

„Ach, hallo" so Hubertus. Es ist herauszuhören, dass Hubertus und die Dame, die ihn angesprochen hat, sich kennen aus Zeiten des Arbeits-verhältnisses beim Lebensmitteldiscounter in der Filiale im Ortsteil F.

Auch sie war Kundin in der Filiale.

„Ja, ich bin hier heute in einer Sache Zeugin", erklärt sie. „Aber was machst du denn hier? Musst du nicht arbeiten?"

„Ich bin nicht mehr im Arbeitsverhältnis", erklärt Hubertus zögerlich. „Ich bin gekündigt worden."

„Was? Du bist rausgeflogen? Lass mich raten, du warst wieder zu nett."

KAPITEL NEUNUNDZWANZIG
MONKEY BRANCHING

September 2007

Volkmar S., 47-jährig, sitzt bei seinem (systemischen) Therapeuten Alfred Sch.

Sie sind fast gleichaltrig, sodass in dem von Volkmar regelmäßig in Anspruch genommenen regelmäßigen Coaching auch immer so etwas wie eine freundschaftliche Atmosphäre aufkommt.

Volkmar benötigt das Coaching mehr und mehr – Schwierigkeiten am Arbeitsplatz, mit Vorgesetzten und Kollegen, sowie innerhalb der Familie lassen ihn zunehmend einknicken.

Am heutigen ersten Donnerstag des Monats geht es wieder einmal um familiäre Unruhen.

Volkmar ist Vater zweier stark pubertierender Töchter, 12- und 14-jährig, und er wird das Gefühl nicht los, dass seine Frau sich zunehmend von ihm distanziert.

Anhaltend schwärmt er von der gemeinsamen intensiven ersten Zeit. Die gemeinsam erlebte größte Zeit in der Anfangsphase, in der wohl beide glaubten, dass der gemeinsame Weg ein ewiger sein könnte. Aber er räumt auch ein, dass diese Zeit begrenzt war. Sie währte etwa 1,5 Jahre, dann wurde es schwieriger.

Das Drängen seiner Frau wurde immer größer. Zur Kostensparung befürwortete sie statt zweier bewohnter Wohnungen eine etwas größere am südwestlichen Stadtrand.

Aber immer noch schilderten sich beide gegenseitig die Zukunft in blühenden, bunten Farben.

Dennoch begann seine Frau (noch waren sie kinderlos) ihm zunehmend „Fehler" vorzuhalten. Kleine Unpünktlichkeiten bei Verabredungen, vergessene Einzelutensilien bei Einkäufen in Supermärkten und Ähnliches mehr.

Sie pflegte in solchen Zusammenhängen die Parole zu verwenden: „Du bist unzuverlässig."

Da dies eine verallgemeinernde Schmähkritik ist, die in Bausch und Bogen Volkmars Eignung betrifft eine Beziehung zu führen, traf ihn dies, wie er sagt, immer besonders hart. Denn auf diese verallgemeinernde Weise blendet seine Frau ja alle anderen, doch wohl auch von ihr geschätzten Eigenschaften aus.

Als die Kinder kamen, gab seine Frau ihren Job auf.

Volkmar ackert fortan in seinem Job in der Personalabteilung der Firma Z. umso länger und intensiver, um alle Haushaltskosten bedienen zu können.

Aber die Paarbeziehung gerät immer mehr in den Hintergrund.

Volkmar fühlt sich zur Bedeutungslosigkeit reduziert. Einmal waren die Kinder, damals sechs und acht Jahre alt, zur Übernachtung in einer Jugendherberge mit der Lehrerschaft, da hätte man ja einmal nett zusammen sein können auf „Paarebene", aber seine Frau ist zur üblichen Zubettgehzeit nicht im Ehebett aufzufinden, sondern hat sich ins Kinderzimmer verkrümelt in eines der Kinderbetten.

Angesichts dieser „Flucht" weiß Volkmar nun auch Bescheid. 'Damit ist ja alles geklärt', denkt er nur bei sich. Da geht etwas schwer den Bach runter. Das war's. Diese Liebesnacht ist jedenfalls gelaufen.

Am nächsten Morgen kommt es zu einer gezwungenen Aussprache mit wechselseitig mühsam herausgepressten Äußerungen. Seine Frau hält ihm vor: „Die Frage ist, wo bei uns eigentlich noch die Basis ist. Ich habe dir so oft meine Wünsche mitgeteilt, aber ich habe mit der Wand geredet."

Geduldig hört sich Alfred alles an.

Diese gesamte Historie berichtet Volkmar seinem systemischen Therapeuten Alfred Sch.

Dieser entgegnet: „Ich habe Zweifel, dass sich der abfahrende Zug noch einmal umkehren lässt. Ich empfehle Ihnen eine Trennung. Der Vater der Kinder bleiben Sie trotzdem und halten den Kontakt im Sinne des Kindeswohls. Sie haben den Fehler gemacht, den viele Paare machen, die im Alltagstrott versinken. Sie haben keine gemeinsamen Interessen gepflegt bzw. neue entwickelt. Sie haben jeder lange Zeit ihre eigene Suppe gekocht. Das ist jetzt das Ende vom Lied. Die Fehler sind geradezu lehrbuchhaft und typisch passiert. Zunächst kam das 'Fastforwarding', nämlich die schnelle Gründung des gemeinsamen Hausstandes. Mal ehrlich jetzt, das war doch völlig überflüssig und viel zu früh durchgezogen. So hatte sich doch schon der Alltagstrott eingeschlichen. Die fehlenden Gemeinsamkeiten sind dann das Problem, wobei aber beide Beteiligten die Macht hatten, diese Entwicklung zu verhindern, aber das sieht Ihre Frau nicht. Dies ist erkennbar am Zitat: 'Ich habe dir (erfolglos) so oft gesagt, was ich mir wünsche. Du hast nicht reagiert.' In der modernen Alltags- und Paarpsychologie hat dieser Effekt einen Namen. Er nennt sich 'victim blaming'. Und die frühe gemeinsame Hausstandgründung war doch auch gar kein gemeinsamer Entschluss, wenn ich das richtig verstehe. Wenn Kinder da sind – die wollen Papa und Mama ja gemeinsam auch im Alltag um sich haben, ergibt das einen Sinn, aber doch nicht wenn man noch alleine ist. Oder was hat das damals so früh gebracht?"

„Nichts", so Volkmar, „außer dass wir uns bereits beim Umzug bis aufs Blut gestritten haben."

„Und zum Zeitpunkt der gesammelten Vorwürfe, dem 'victim blaming' haben Sie – typisch für viele Männer – zu sehr bewiesen, Gentleman zu sein und haben es wahrscheinlich sogar noch unterlassen, Ihre Frau auf ihre Verursachungsanteile hinzuweisen."

„Hat Ihre Frau bereits auf einen anderen Mann ein Auge geworfen? Was vermuten Sie?"

„Ich glaube nicht."

„Glauben? Oder wollen Sie es nicht glauben?"

„Na ja, eines hat mich tatsächlich stutzig gemacht."

„Ja, was denn?"

„Vor zwei Jahren waren wir im Sommerurlaub drei Wochen auf Texel. Es hat davon zwei Wochen durchgängig geregnet. Wir sind dann eine Woche früher wieder abgefahren, wie auch so mancher anderer Campingplatzurlauber. Na, jedenfalls tauchte innerhalb der ersten zwei Wochen wie aus dem Nichts ein Arbeitskollege meiner Frau auf diesem Campingplatz zusammen mit seinen Freunden. Meine Frau erklärte dies mit einem Zufall. Der hätte nur zur selben Zeit Urlaub gehabt."

„Aha. Zufall?"

„Na ja, wer's glaubt …"

„Jedenfalls fiel mir auf, immer wenn der auf dem Platz mal herüberkam, in welch vertrautem Ton meine Frau mit ihm sprach. Ich dachte mir damals schon, der ist mehr als ein Arbeitskollege."

„Vor zwei Jahren war das?"

„Ja."

„Gehen Sie davon aus, dass Sie sich den geangelt hat oder dies tun wird."

„Sie betrügt mich doch nicht seit zwei Jahren. Nein, das glaube ich nicht."

„Darum geht es nicht einmal in erster Linie."

„Um was denn dann?"

„Frauen, wie Männer, funktionieren in ihrem Sozialgefüge in einer problematischen Beziehung zunächst weiter. Sie sitzen also weiter auf einem Ast. Parallel erklimmen Sie aber einen zweiten Ast, um langfristig den ersten Ast, auf dem Sie sicher saßen, verlassen zu können, wenn Sie die 'Verzweigung für zuverlässig genug halten'."

„Interessant."

„Ja, so wie das Äffchen auf dem Baum beginnt, einen zweiten Ast mitzunutzen. Auch dafür hat die moderne Alltags- und Paarpsychologie einen Namen. Es nennt sich 'monkey branching'."

Volkmar staunt.

'Der hat wirklich einen Haufen Ahnung', denkt er beeindruckt. Branching bedeutet dabei so viel wie Verästelung oder Verzweigung.

„Wie, war es als Sie sich kennenlernten?"

„Was meinen Sie?"

„Warum haben Sie sich verliebt?"

„Ich glaube, es war ihre libertäre Art zu denken und fühlen. Ich war damals Berufsanfänger, verstehen Sie? Ich stand unglaublich unter Strom, und meine Frau signalisierte 'Pass auf, wenn du dich mit mir zusammen tust, dann ist es okay, gegen das gesellschaftliche und institutionelle System zu opponieren. Wenn du willst, unterstütze ich dich sogar dabei.' Darauf bin ich angesprungen. Das machte ihre Erotik aus, verstehen Sie? Sie vertrat die Antinormideologie der 80er Jahre. Das entlastete mich. Ich bin voll darauf abgefahren. Als Berufsanfänger traf mich der Praxisschock mit voller Wucht. Ich wurde sofort zu Gerichtsterminen geschickt und hatte als Syndikus arbeitsgerichtliche Streitigkeiten zu vertreten. Kreißsaal, Hörsaal, Gerichtssaal. Ich war nicht vorbereitet. Es ging alles viel zu schnell. Verstehen Sie?"

„Und dabei war Ihnen Ihre Frau eine Hilfe?"

„Ja."

„Wodurch?"

„Indem sie so war, wie sie war."

„Wie meinen Sie das?"

„Sie vertrat die Entlastungsideologie der damaligen Zeit."

„Und? Ist das lange so geblieben?"

„Nein."

„Es vergingen noch zwei Jahre, und sie änderte ihr Verhalten, und sie wurde ängstlich angepasst."

§ § §

Nach weiteren elf Monaten erhält Volkmar die Neuigkeit, dass er seine Sachen zu packen hat.

Seine Frau erklärt, einen Neuen zu haben, den Arbeitskollegen Florian. Er – Volkmar – soll sich unterstehen, dies in irgendeiner Weise zu bewerten, „victim blamed" sie ihn sofort.

Er habe die von ihr zukünftig vorgegebenen Besuchszeiten betreffend die gemeinsamen Kinder zu befolgen. „Dies ist in deinem Interesse", führt sie aus.

„Du hast 30 Minuten. Ich gehe davon aus, dass du dann gehst."

Volkmar packt artig alles zusammen, was ihm im Moment wichtig erscheint, öffnet die Wohnungstür und geht hinaus. Die Wohnungstür lässt er sperrangelweit aufstehen, schließt sie nicht, geht die Treppe herunter. Krachend fällt hinter ihm die Tür ins Schloss, als er unten ist.

KAPITEL DREISSIG
AUCH ABGESTÜRZT?

Ein halbes Jahr später

Volkmar geht in den örtlichen Dönerimbiss, um eine Falafeltasche zu bestellen. An einem der Tische sitzt Alfred Sch.

Er blickt in seine eigene Dönertasche. Volkmar erkennt ihn zunächst fast nicht. Er sieht schrecklich aus. Eingefallenes Gesicht, Bartstoppeln, eine schwarze Wollmütze tief ins Gesicht gezogen, graue schmuddelige Kapuzenjacke. Er sieht aus, als würde er „Platte machen". Aber Alfred sieht ihn nicht, Volkmar spricht ihn auch nicht an aus Angst vor einer Verwechselung. Er erinnert sich an ein Gespräch mit einem gemeinsamen Bekannten vor zwei Wochen.

„Es ist Holland in Not bei Alfred. Seine jugendliche Frau, noch nicht einmal 30 Jahre alt hat ihn mit den beiden drei und fünf Jahre alten Söhnen verlassen. Dies für einen gleichaltrigen Pizzaauslieferungsfahrer."

„So? Was ist das denn für ein Typ?"

„Habe den einmal gesehen. Sixpack und Bizeps, Tattoos, dümmlicher Gesichtsausdruck. So ein Badboy-Typ. Stehen viele jüngere Frauen ja drauf. Alfred hatte danach wohl noch kurz eine andere Frau, aber das hat sich wohl auch schon wieder zerschlagen."

„Oha. Jetzt hat noch nicht mal der es geschafft, eine Beziehung zu erhalten, wo der doch vom 'Fach' ist. Das muss doch nun wirklich einer sein, der weiß, wie es läuft ... Und trotzdem?"

KAPITEL EINUNDDREIßIG
1,5 JAHRE EINER KINDHEIT

April 2018

In der Nähe des Ortseingangsschildes des Duisburger Stadtteils B. steht ein verlassenes, zweistöckiges Einfamilienhaus.

Der Vorgarten ist verwahrlost, die Parterrefenster sind mit Holzbrettern zugenagelt. In der oberen Etage steht ein Fenster offen.

Offensichtlich ist bereits eine Taubenplage eingezogen. Tauben fliegen ein und aus und tragen leichte Zweige im Schnabel, um auf flachem Untergrund ein Nest zu bauen. Luise O., 58-jährig und alleinstehend, ist auf dem Weg zur Arbeit. Sie hat es nicht weit dorthin. Und sie wohnt in der unmittelbaren Nachbarschaft. Sekundenlang bleibt sie gedankenverloren stehen und sieht auf das Haus.

Dann geht sie weiter.

2015

Das Haus wird von Herbert K. 56-jährig und seinen Töchtern Lena, 12 Jahre alt und Lisa, 8 Jahre alt, bewohnt. Die drei sitzen gemeinsam an einem schönen Spätsommerabend um 18:15 Uhr am Abendbrottisch. Herbert hat gedeckt.

Sie beratschlagen, wie es weitergeht. Die Mutter ist vor sechs Wochen, 52-jährig überraschend an einem schweren Schlaganfall verstorben. Die Mädchen stehen seither immer noch unter Schock. Dennoch werden sie nicht müde, dem Vater zu versichern, fortan den Haushalt „gemeinsam zu schmeißen", weiterhin regelmäßig die Schule besuchen zu wollen, fleißig zu lernen etc.

Insbesondere Lena, die immer schon ein „Papakind" gewesen

ist, versichert dies täglich. Herbert nimmt diese Zusicherungen allzu gern an. Auch er möchte die Zukunft gemeinsam und aus eigener Kraft stemmen.

Seinen Job hat er gekündigt. Die Doppelbelastung als alleinerziehender Vater mit zwei Töchtern und ein Arbeitsverhältnis traut er sich nicht zu. Aktuell lebt die Familie von ALG I und Kindergeld. Es wird knapp, aber es geht. Altersbedingt wird Herbert bis zu 18 Monaten lang ALG I beziehen können. Danach muss man weitersehen.

So leben die drei weiterhin unter einem Dach. Ein Koch-, Einkauf-, Putz- und Wäschewaschplan wird erstellt, der tatsächlich allseits genau eingehalten wird.

Lediglich Lisa muss manchmal ermahnt werden, den Vereinbarungen nachzukommen. Schließlich gibt sie den Aufforderungen des Vaters aber doch nach. Oft motiviert er sie mit Bibi Bloxberg, ihrer Lieblingsmärchenfigur. Er formuliert in Versform: …"der Abwasch ist doch schnell gemacht, das wäre doch gelacht"…, dichtet er laut – meist unbeholfen. „Hex', hex'."

Das reicht dann meistens schon, um die Kleine zu erreichen. Sie erledigt dann ihre Haushaltsaufgabe. Diese Art von Motivation ist zu einem Ritual zwischen den beiden geworden.

Anlässlich von Elternsprechtagen in der Schule gibt es kaum Klagen. Beide Töchter kommen weiterhin gut mit, was nach dem extremen Einschnitt in das Familienleben der Familie nicht ganz sicher gewesen ist.

Lenas Klassen- und Deutschlehrerin, Renate B., hat dem Witwer Herbert ihre Anerkennung mit den Worten ausgesprochen: „Na, jetzt haben Sie als alleinerziehender Vater ja Ihre liebe Mühe. Wenn Sie Unterstützung brauchen, Familien- und/oder Haushaltshilfen, sagen Sie mir Bescheid. Ich habe gute Verbindungen zum Jugendamt…"

„Ich werde daran denken," antwortet Herbert, dem das Interesse guttut. Das geht noch ein dreiviertel Jahr so weiter. Sogar einen einwöchigen Nordsee-Urlaub können die drei einbauen.

Nach ihrer Rückkehr verspürt Herbert starke Kopfschmerzen, die Tag für Tag, meist morgens auftreten. Etwas Ernstes verbindet er nicht damit. Er schiebt es auf das Alter und auf den Stress als alleinerziehender Vater.

„…was hat seine Frau alles geleistet, mit dem Haushalt und den beiden Töchtern, wenn er den ganzen Tag auf der Arbeit gewesen ist.", denkt er manchmal. Aber die Kopfschmerzen werden nicht besser. Seine Aufgaben aus dem Haushaltsplan muss zunehmend seine Tochter Lena übernehmen. Sie beschwert sich nicht.

Herbert braucht zunehmend Auszeiten. Den Mittagsschlaf, ohne den es nicht mehr geht, dehnt der Vater täglich auf zwei bis drei Stunden aus. Auch im Übrigen fällt er tagsüber mehr und mehr aus. Schließlich kommt er kaum noch aus dem Bett. Lena muss ihm das Essen ans Bett bringen. Sie beschwert sich nicht.

Nunmehr sind nur noch die Mädchen zu sehen, die regelmäßig das Haus verlassen, um zur Schule zu gehen, Besorgungen zu machen etc. Herbert ist außer Haus nicht mehr zu sehen. Dies entgeht auch der Nachbarin, Luise O., nicht. Auch war sie früher ein paarmal an Herberts Haustür und hat ihre Unterstützung angeboten, was die drei immer höflich und verbindlich abgelehnt haben.

Wieder einmal geht sie hinüber und klingelt an der Haustür, um zu fragen, ob alles in Ordnung sei.

Lena öffnet. „Es ist alles in Ordnung.", versichert sie. „Mein Papa? Och, der hat sich ein bisschen hingelegt. Es ist alles okay."

Luise hat dem Kind angemerkt, dass eben nicht alles so eindeutig ist. Das Kind strahlt eine gewisse Schwere aus. Also ist Luise auch nicht beruhigt. Es ändert sich nichts. Der Vater ist nie zu sehen.

Von außen ist sichtbar, dass sich die Kinder mit Besorgungsgängen abrackern. Sie schneiden den Rasen und schleppen Einkaufstaschen ins Haus. Immer wieder sieht man sie unschlüssig vor der örtlichen Apotheke stehen.

Herbert hat inzwischen mit dem örtlichen Hausarzt, Dr. med. Helf, telefoniert. Er hat seine Praxis im Ort. Beide kennen sich seit Jahrzehnten und sind „per du". Dr. Helf erscheint zu einem Hausbesuch.

Nach ein paar Routineuntersuchungen erklärt dieser knapp: „Was soll ich sagen, du musst sofort ins Krankenhaus. Ich werde dich einweisen."

„Das wirst du schön bleiben lassen," protestiert Herbert. „Ich bleibe hier."

…

Es entwickelt sich eine minutenlange, heftige Diskussion, die Herbert trotz schwacher Stimme für sich entscheidet.

Dr. Helf erklärt sich schließlich bereit, Rezepte für besonders starke Schmerzmittel auf Morphinbasis auszustellen. Der Doktor verlässt mit

seinem Arztkoffer wieder das Haus der dreiköpfigen Familie, was Luise
O. nicht entgeht.

„Also, dann ist der Vater ja doch krank", denkt sie noch.

Es vergehen zwei weitere Monate und Herbert verlässt das Bett nur
noch selten. Dr. Helf verschreibt Schmerzmittel en masse.

Nach außen hin wirkt alles weiterhin fast unauffällig. Die Schulzeug-
nisse der Kinder unterschreibt Herbert am Krankenbett.

Erneut klingelt es wieder an der Tür. Lena öffnet. Es ist Luise O. „Hallo
Lena. Darf ich reinkommen?", fragt sie, diesmal entschlossen, sich nicht
abwimmeln zu lassen.

„Was willst du denn?", fragt Lena in einem unbekümmerten und kindlichen Tonfall. Da steht Luise O. bereits im Flur und inspiziert nun im
folgenden Wohnzimmer und Küche. Alles ist sauber und ordentlich.

„Wo ist dein Papa?"

„Der ist müde und hat sich ein bisschen hingelegt."

„Darf ich mal zu ihm?", fragt Luise O. und schickt sich an, die Treppe
nach oben zu gehen. Da stellt sich ihr Lena entschieden in den Weg.

Entschlossen stellt sich Lena quer auf den dritten Treppenabsatz, die
Arme nach rechts zum Geländer und links zur Wand richtend, um den
Weg nach oben zu blockieren.

„Der Papa braucht seine Ruhe. Wir wollen nicht, dass er gestört wird,"
faucht sie böse. Ihre Augen funkeln.

Luise O. möchte den Willen des Kindes nicht brechen. Sie verlässt das
Haus.

Es vergehen weitere sechs Wochen, ohne dass das Rätsel des Hauses
gelüftet wird.

Herberts gigantischer Verbrauch an Schmerzmitteln wird durch telefonisch georderte Rezepte und den Lieferdienst der örtlichen Apotheke
sowie die Rezepte des Dr. H. bewerkstelligt.

An einem Sonntagnachmittag sitzt Lena im Wohnzimmer und lernt
für die Schule. Lisa ist in ihrem Zimmer, lernt für die Schule und hört Bibi
Bloxberg auf Musikcassette. Bibi ist gerade auf dem Weg zu Schubia. Auf
Kartoffelbrei, versteht sich, als plötzlich auf der oberen Ebene ein lautes
Poltern zu vernehmen ist.

Lena flitzt nach oben und kommt erst nach vollen zehn Minuten wieder herunter.

„Was ist los?", wird sie von Lisa gefragt. „Der Papa ist hingefallen," beanwortet Lena die Frage ihrer jüngeren Schwester, „oben auf dem Weg zur Toilette. Ich habe ihm aufgeholfen. Er war so schwer, obwohl er fünfzehn Kilo abgenommen hat. Ich habe ihn aber trotzdem kaum hochgekriegt."

Am Montag der darauffolgenden Woche, um 9:30 Uhr sitzt Luise O. im Dienstzimmer der Sozialpädagogin, Marianne T., der örtlich und sachlich zuständigen Sachbearbeiterin des Jugendamtes der Stadt Duisburg.

Minutenlang sprudelt es aus Luise O. Heraus. Die Mitarbeiterin hört geduldig zu.

„... Sie können sich das kaum vorstellen. Nach außen ist alles unauffällig. Die Kinder gehen regelmäßig zur Schule, kaufen ein, putzen, kochen und pflegen die Außenanlagen, nur den Vater sieht man nie. Einmal war ein Arzt da, sonst nur der Lieferdienst der Apotheke. So geht das seit über einem Jahr. Da kann doch was nicht richtig sein...?"

„Wir gehen der Sache nach," verspricht Marianne T. Am Mittwochnachmittag der Woche klingelt sie zusammen mit ihrer Kollegin an Herberts und der Kinder Haustür zum Hausbesuch. Es öffnet Lena. Lisa steht im hinteren Teil des Hausflurs.

„Hallo Lena, ich bin Marianne T.," eröffnet diese das Gespräch, "Können wir mal zu deinem Vater?"

„Nein, der Papa ist krank."

„Ja, eben. Wir möchten mal nach ihm sehen." „Nicht nötig.", erwidert Lena trotzig. „Genau", bestätigt Lisa, „wir passen auf den Papa auf."

Aber Frau T., lässt sich nicht auf die Diskussion ein. Sanft schiebt sie Lena zur Seite und geht zügigen Schrittes die Treppe hinauf. Nach kurzem Klopfen betritt sie die einzige verschlossene Tür in der oberen Etage.

Im Schlafzimmer liegt Herbert apathisch im Bett. Überall liegen verstreut Medikamentenschachteln: volle, halbvolle und leere. Hier liegt alles, was der Apothekenversandhandel so hergibt, auch rezeptpflichtige, starke Schmerzmittel sind dabei. Das ans Bett gebrachte Mittagessen ist nicht angerührt.

Umgehend wird der Hausstand aufgelöst. Die Kinder kommen nach Übertragung des Sorgerechts auf das Jugendamt durch das Familiengericht in eine Pflegefamilie. Durch einen wunderbaren Zufall findet sich eine Familie, die beide Kinder aufnehmen kann, so dass sie zusammenbleiben können.

Herbert landet sofort auf der Intensivstation des städtischen Klinikums. Trotz Aufbietung aller ärztlicher Kunst stirbt er fünf Wochen später an multiplem Organversagen.

Marianne T. erörtert mit Kollegen auf der turnusmäßig stattfindenden Supervision, wie es so weit kommen konnte. Es besteht Einigkeit, dass hier etwas geschehen ist, was niemals geschehen darf und doch immer wieder vorkommt: Dass Kinder Verantwortung für ihre Eltern übernehmen. Gegen Dr. Helf wird ein Ermittlungsverfahren wegen Körperverletzung durch Unterlassen eingeleitet.

Aus dem ärztlichen Behandlungsvertrag leitet der Staatsanwalt eine bestimmte Verpflichtung ab: Diese lautet, dass auf Grund der Erkennbarkeit der Unfähigkeit des Patienten, einen eigenen rechtsverbindlichen Willen zu bilden, Dr. Helf die Stadt Duisburg über die Umstände der dreiköpfigen Familie hätte informieren müssen.

Die Familie hätte dann einen gesetzlichen Betreuer für den Bereich der Gesundheitsvorsorge eingesetzt, der die stationäre Behandlung früher eingeleitet hätte. Herberts Gesundheitszustand hätte sich nicht so gravierend verschlimmert.

Dr. Helf redet nunmehr seit mindestens zwanzig Minuten ununterbrochen auf seinen 28 km entfernten Anwalt ein.

Unter anderem führt er aus: „...verstehen Sie das? Ich meine, die Nachbarin, Luise O., war doch auch meine Patientin. Natürlich hat die auch hin und wieder nachgefragt, ob ich nicht häufiger bei der Familie Hausbesuche machen könnte. Oder, ob ich nicht auch mal des öfteren nach dem Rechten bei der Familie schauen könnte. Aber sie hat mir auch berichtet, wie das ältere Mädchen ihr den Zugang zum Krankenzimmer verwehrt hat. Sie wollte sich nicht über den Willen des Kindes hinweg setzen. Verstehen Sie? Und genauso wollte ich mich nicht über den erklärten Willen von Herbert K. hinwegsetzen. Das hat für mich etwas mit Achtung zu tun...“

Lena ist in der Schule weitestgehend unauffällig. Nur manchmal ist sie minutenlang völlig in sich gekehrt und nicht ansprechbar.

Lisa fällt dem Musiklehrer, Dr. Sch., auf. Beim Gesangsunterricht singt sie nicht mit, sie bewegt nur die Lippen.

KAPITEL ZWEIUNDDREISSIG
BRUCH UND SOFORTIGE REPARATUR

Im Anwaltsbüro sitzt Dirk S.

Er legt eine Ladung zur Beschuldigtenvernehmung wegen Körperverletzung an einem 6-jährigen vor.

Er berichtet: Das Geschehen spielte sich im Innenhof eines Mehrfamilien-Haus Blocks ab. Die Haus-Eingangstüren liegen innen. Kinder spielten im Innenhof, als Dirk S. von der Arbeit nach Hause kam. Das geschädigte Kind, der sechs Jahre alte Timo, hantierte mit einer Wasserspritze.

„Das war keine Wasserpistole, wie wir sie hatten, verstehen Sie? Das war eine "Wasserkanone", locker einen guten Meter lang. Da kommt der Bengel auf mich zu, tanzt vor mir herum und versucht mich zu ärgern, macht Mätzchen, zieht Grimassen usw. Ich sage nur, „Lass´ mich in Ruhe und geh´ zu deinen Kumpels." Da spritzt er auf mich das gesamte Ding leer. Ich war komplett nass, von oben bis unten. Ich hatte einen stressigen Tag, bin ausgerastet und habe ihm eine runtergehauen. Daraufhin rennt der heulend zu seiner Mutter ins Haus. Noch am gleichen Abend steht die Polizei bei mir vor der Tür. Ich habe denen doch sofort alles erklärt. Die haben auch alles aufgenommen. Verstehen Sie, mir tat das doch auch leid. Ich bin danach sofort wieder raus auf den Hof. Der Bengel kam tatsächlich auch wieder heraus. Ich habe ihn in den Arm genommen und mich zehnmal entschuldigt. Dann sind wir zusammen zur Bude. Er durfte sich einen Pack mit Süßigkeiten aussuchen."

„Wie hat er am Ende reagiert?"

„Er war noch ein bisschen weinerlich, aber ich glaube, es war alles wieder gut."

„Haben Sie das alles der Polizei erzählt?"

„Klar. Die haben auch alles so protokolliert."

„Ich glaube," sagt der Anwalt, „hier lässt sich nichts weiter beeinflussen. Was für Sie spricht, ist bereits der Akteninhalt. Wir sparen uns die Stellungnahme. Sie nehmen den kommenden Gerichtstermin alleine wahr. Bringen nach den Schlussvorträgen im letzten Wort noch einmal ihr Bedauern zum Ausdruck und fertig. Dann wird es wohl nicht so schlimm werden."

„Nein, nein, nein.", protestiert Dirk S. „Ich habe einen Fehler gemacht, ja, aber deshalb lasse ich mich nicht allein zur Schlachtbank zerren. Ich gehe da nicht alleine hin. Berechnen Sie mir, was Sie wollen. Es ist mir egal. Ich bleibe dabei. Ich gehe da nicht alleine hin."

So weit so gut.

„Er wird in dieser Verhandlung überflüssig sein, wie ein Pickel am Hintern.", denkt Rechtsanwalt M. Aber nach der Besprechung kommt ihm eine andere Idee. Eine langjährige Mandantin ist gelernte Erzieherin, Kindergartenleiterin und hat im dualen System auch Pädagogik studiert.

Erkannt habend, dass Rechtsausführungen hier alles andere als gefragt sind, beschließt er, sie - ohne Namensnennung der Beteiligten -, um Rat zu fragen. Wenn sie dazu nichts weiß, wer dann?

Er erreicht sie telefonisch. Geduldig hört sie sich die ganze Geschichte an.

"Was hier stattgefunden hat," erklärt sie, „nennt man `Bruch und sofortige Reparatur`, die Vertrauenszerstörung zwischen einem Erwachsenen und einem Kind – das gilt auch für flüchtigere, soziale Beziehungen, aber erst recht für Eltern und Kinder – wurde sofort repariert. Dies geschah durch eine als ehrlich verstandene Zuwendung zu dem Kind. Wichtig dabei: Es darf nicht zu viel Zeit vergehen zwischen beiden Ereignissen. Aber das war doch nicht der Fall, wenn ich das richtig verstehe, oder?"

„Nein, es geschah alles kurz hintereinander."

„Wenn das so liegt, wird der Beziehungsbruch nicht nur praktisch ungeschehen gemacht. Es bleibt sogar die intensivere Erfahrung der positiven Zuwendung zum Kind in der Wahrnehmung des Kindes als dominantes Element zurück."

„Okay.", denkt der Anwalt. „Das hört sich gut an."

Er baut auf diesen Inhalten eine Stellungnahme auf.

Dies scheint den Staatsanwalt beeindruckt zu haben.

Einstellung außerhalb der Hauptverhandlung durch das Gericht, wegen geringen Verschuldens ohne Auflagen.

KAPITEL DREIUNDDREISSIG
KEIN THERAPIEERFOLG?

Magnus T., Stalker (Kap. 13) der wegen Stalking verurteilt wird und dessen Partnerin schließlich in die Wohnung nach Duisburg flüchtet, ist in dem folgenden Strafverfahren glimpflich davongekommen.

Angeklagt und im Schuldspruch bestätigt durch die zuständige Richterin war er wegen schwerer Körperverletzung unter Anwendung einer lebensgefährdenden Behandlung, wobei ein Tötungsvorsatz verneint wurde.

Rechtsanwalt M. lieferte sich einen minutenlangen Disput mit dem Staatsanwalt über die Aussetzung der Strafe zur Bewährung.

Schließlich ist der Kompromiss gefunden worden, dass Magnus T. die Auflage erhält, eine mindestens zehnstündige Therapie zu absolvieren zur Beseitigung seiner dissozialen Verhaltenseigenschaften in Paarbeziehungen.

Insbesondere hat er im Therapieziel seine pathologische Verlustangst, seine Eifersucht und seine besitzergreifenden Verhaltensweisen zu bekämpfen. Bei Verstoß gegen diese Auflage droht der Widerruf der Bewährung. Seine Bewährungshelferin hat ihm bei der Beschaffung der Therapiestelle geholfen.

Er beginnt die Therapie bei dem Dipl.-Psychologen Ottmar N.

Allerdings ist es bereits in der ersten Therapiestunde zum Eklat gekommen.

Magnus, durchaus einsichtig im Hinblick auf die Tatsache, wie ungerecht und besitzergreifend er gegenüber Frauen ist und wie schlecht er sie behandelt, hat dem Therapeuten die Frage gestellt, wie es eigentlich sein kann, dass man sich als Mann Frauen gegenüber so schrecklich unterlegen fühlt.

Dies empfand er als so hart demütigend. Er selbst möchte diese Probleme gerne in den Griff bekommen, ebenso seine krankhafte Verlustangst und seine Kontrollsucht, welche dazu führt, dass ihm jede Partnerin nach kürzester Zeit von der Fahne geht.

Der Therapeut, Ottmar N., hat geantwortet, dass all dies evolutionsbedingt und entwicklungspsychologisch zu sehen ist. Denn jeder Mann sieht anfangs in jeder Frau seine Mutter. Magnus T. hat daraufhin fluchtartig die Räumlichkeiten verlassen. Unter lauten Unmutsäußerungen hat er dann herum getobt. „...Ich zahle doch nicht 60,00 € pro Stunde, um mir einen solchen Blödsinn anzuhören. Machen Sie Ihren Mist doch alleine usw. etc. pp."

Ottmar N. kennt diese Aufstandserprobungen von seinen Probanden aus seiner langjährigen Praxis, gerade in den ersten Therapiestunden. Aber einmal davon abgesehen, anstatt der Bewährungshelferin, Dipl.-Psychologin Beatrice O., sofort Mitteilung über einen möglichen Abbruch der Therapie zu machen, hat er erst einmal abgewartet.

Prompt hat Magnus T. nach einer Woche wieder angerufen, sich entschuldigt und nachgefragt, ob er nicht die Therapie fortsetzen könne.

So geschah es dann auch.

Nur die Therapie alleine ist die eine Sache und diese schreckliche Einsamkeit ist die andere Sache.

So meldet sich Magnus T. bei der Partnerschaftsbörse „La Pou" an. Es kommt auch zu diversen Kontaktanbahnungen auf digitalem Wege. Auch kommt es zu Snap Chats, aber noch matcht es nicht. Plötzlich kommt es zu einem Date. Die beiden treffen sich in einem Eiscafé im Essener Stadtteil F.-Hausen. Die Dating-Partnerin ist Helena V.

Das eineinhalbstündige Date (zwei Kaffee, ein gemischtes Eis mit Sahne und ein sogenannter After Eight Becher) verläuft harmonisch. Zwar sind die Gespräche etwas oberflächlich, wie Magnus T. empfindet, aber man soll nicht zu früh und nicht zu hohe Ansprüche stellen. Was nicht ist, kann ja noch werden. Er freut sich bereits auf das zweite Date.

Zu diesem Zweck holte er seine neue Flamme, die 32-jährige Helena V., von zu Hause ab, ein Reihen-Familienhaus im Postschnellweg, im südlichen Teil von F.-hausen. Er holt sie mit dem Auto ab, hat an der Tür geklingelt, worauf Helena über die Türsprechanlage sofort erklärt hat, herunter zu kommen.

Er geht schon einmal zum Auto, behält den Eingang im Auge und ist bereit, wenn sie kommt, oldschoolhaft auszusteigen und ihr die Autotür zu öffnen. Sie kommt tatsächlich heraus, bewegt sich auf das Auto zu und Magnus traut seinen Augen nicht. Er steigt aus, um der alten Schule gerecht zu werden. Er stellt fest, dass ihm die Luft wegbleibt.

Es ist ein warmer Julitag. Helena hat kurze Shorts an, die den Eindruck vermitteln, dass ihre Beine bis zu den Ohren reichen. Hautfarbende Sandaletten mit ganz schmalen Riemen. Ein kurzes, knappes, bauchfreies Top und im Übrigen trägt sie … nichts.

„Wie, wie siehst du denn aus?", stottert er.

„Wie? Wie sehe ich aus?"

„Ja, ich meine, wie du angezogen bist?"

„Ja, und? Wie soll ich denn angezogen sein? Es ist warm, und ich habe eine super sexy Figur, die ich zeigen kann und darf."

„Ja und wie stellst du dir das weitere jetzt vor?"

„Ja. Wir gehen jetzt aus, wie wir das vorhatten."

„Ja und wie viele fremde Kerle sollen dich begaffen?"

„Ja, nun hör aber auf."

„Nein, ich höre nicht auf. Ich nehme dich so nicht mit."

„Bitte?"

„Ja. Du hast richtig gehört, ich nehme dich so nicht mit."

„Sag' mal, spinnst du?"

„Ich spinne nicht, ich glaube, du spinnst."

"Was soll das? Gefalle ich dir etwa nicht?"

"Sag' mal! Willst du es nicht verstehen oder kannst du es nicht verstehen?"

„Nun hör' aber auf, sei doch stolz, neben so einer gut aussehenden Frau sitzen zu dürfen und halte mir keine Vorträge. Ich kann mir leisten, so in die Öffentlichkeit zu gehen."

„Einen Scheißdreck kannst du. Geh' rein und ziehe dich um."

„Sag' mal bist du wahnsinnig?"

„Überhaupt nicht. Wer hier wahnsinnig ist, bist du. Guck' mal, wie du herum läufst. Jetzt pass mal auf. Wir gehen gleich irgendwo hin, wo jede Menge Typen sind. Was meinst du, was die reden? Die werden dich begaffen, sich die Augen aus dem Kopf starren und das wenige, was du anhast, werden sie dir mit den Blicken auch noch ausziehen."

„Mein Gott, nun übertreib doch nicht."

„Geh' rein. Zieh dich um."

„Jetzt pass' du mal auf. Das ganze wird mir hier zu dämlich. Ich muss mich nicht mit dir treffen."

„Stell' dir vor, ich mich auch nicht mit dir. Zieh' dich nun endlich um."

„Werde ich nicht."

„Wirst du doch."

„Werde ich nicht."

„Wirst du doch. Pass' mal auf, ich erkläre dir mal was. Warum zeigst du deinen prallen Arsch jeder Menge Typen, mit denen du nichts zu tun hast?"

„Tue ich nicht, das ist einfach so warm heute."

„Laber nicht rum. Zieh' dich um. Und noch etwas, erkläre ich dir hier. Wenn das was mit uns werden sollte, dann gehört dein Körper mir. Verstehst du? Niemandem sonst!"

„Ja, okay. Das spricht ja sogar etwas für, trotzdem kann ich mich zeigen, wie ich will und mich bekleiden, wie ich das will."

„Kannst du nicht."

„Kann ich doch."

„Kannst du nicht."

„Kann ich doch."

„Sag' mal, verstehst du eigentlich nicht? Das ist die schwächste Stelle, die alle Kerle anspricht, die du schamlos ausnutzt."

„Aber das ist nicht schamlos."

„Aber wirklich schamlos, im wahrsten Sinne des Wortes."

„Ich glaube, das wird mit uns überhaupt nichts mehr. Du gehst mir langsam so richtig auf die Nerven."

„Das ist der Sinn der Sache. Zieh' dich um."

„Werde ich nicht."

„Wirst du doch. Jetzt stell dir nur noch mal vor, wir gehen jetzt irgendwohin und an einer stark befahrenen Straße hält eine Corvette Sting Ray an."

„Kenne ich nicht. Was soll denn das sein?"

„Ist auch egal. Das tut nichts zur Sache, ein wirklich schönes Auto. Also in dem offenen Cabriolet sitzt ein Typ, offenes weißes Hemd, Goldkettchen behangen, Brust behaart und stellt uns eine bestimmte Frage."

„Wie? Welche denn?"

„Er fragt mich, ob du frei bist oder ob er dich übernehmen kann und ob gegebenenfalls eine Ablöse fällig wird und wenn ja, wie hoch diese ausfällt. Was würdest du dann sagen?"

Helenas Augen weiten sich vor Entsetzen. Sie wird leichenblass und läuft im Laufschritt ins Haus zurück.

Sie knallt die Tür und kommt nicht wieder heraus.

Das Knallen der Haustür ist von der Hausnummer 60 bis hin zur Hausnummer 72 deutlich zu hören.

KAPITEL VIERUNDDREISSIG
EINE WIEDERHOLUNG? I

Oliver und Tatjana (Kapitel 19) sind sich nach diversen Dates näher gekommen.

Oliver hält seine sexuelle Performance durchaus für gelungen, hofft inständig, dass dies bei Tatjana auch so herübergekommen ist.

Fest ist er davon überzeugt, dass sich beide zusammen entwickeln. Regelmäßig treffen sie sich in ihrer Wohnung, so auch an diesem Freitag. Nach den üblichen netten Gesprächen, gleich am Anfang ihres Stelldicheins, möchte Oliver zum gemütlichen Teil des Abends übergehen. Zwei Gläser Rotwein haben bereits beiderseitig die Stimmung gelockert.

Es ist 21:45 Uhr. Nett und einträchtig haben sie die ganze Zeit auf Tatjanas Wohnzimmersofa gesessen.

„Geh schon mal ins Bett, ich komme gleich nach", verkündet Tatjana.

Aber nun beginnt sie, die Warteschleife. „Ich muss noch einmal ins Bad." Dort beginnt ein endloses Geplätscher mit Wasser. Man könnte meinen, ein Gebirgsbach ergießt sich über die Berge ins Tal, bis seine Quelle versiegt. Es dauert und dauert.

Schließlich kommt sie heraus, läuft noch im Wohnzimmer umher, hat das Schlafzimmer noch nicht betreten. „Es ist ja gar keine Musik mehr da. Hast du sie ausgemacht?"

„Nein, ist zu Ende gelaufen."

„Warte mal, ich hol' noch mal die 'Kuschelrock 11' heraus. Da ist doch.... Wo ist sie noch gleich?"

Oliver hört leise Geräusche, wie sie von einem Hinausnehmen und wieder Hineinstellen von CDs in ein CD-Regal wahrnehmbar sind.

„Nimm doch irgendeine andere."

„Nein, es muss die sein, da ist 'Don't speak' drauf. Das fand' ich schon immer gut, seit dem ersten Tag, wo ich es gehört habe."

Kramt weiter … sucht, sucht, sucht.

'Wenn sie den gesuchten Songtitel doch nur einmal wörtlich nehmen würde und einfach jetzt mal ins Bett käme', denkt Oliver. Aber es dauert und dauert. Schließlich wieder Musik.

„Ach so", ist plötzlich zu hören, „die habe ich ja glaub ich an die Franka verliehen. Okay, darf es auch 'Kuschelrock 12' sein?"

„Ja", stimmt Oliver zu. „Was ist denn da so drauf?"

„Zum Beispiel 'Un-Break My Heart', das ist mindestens genauso gut. Warte, ich lege ein."

Sie beginnt, das Lied abzuspielen. Das Lied läuft zu Ende. Der Folgetitel ertönt. Wer allerdings nicht das gemeinsame Bett aufsucht, ist Tatjana.

Mehrere Minuten Pause. Stille.

Schließlich ertönt 'I Don't Want to Miss a Thing' von Aerosmith. 'Oh', denkt Oliver. 'Wirklich gute Musik. Sie muss die CD erneut gewechselt haben.'

22:20 Uhr. Aus dem Wohnzimmer ist zu hören. „Du, der Merlot, der hat mir heute irgendwie nicht richtig geschmeckt. Sollen wir nicht mal den Chardonnay probieren? Ich habe noch eine Flasche."

„Merlot, Chardonnay, … ist doch egal", stöhnt Oliver.

„Nein, nein. Wir probieren mal den Chardonnay. Das ist mir wichtig jetzt. Ich komme sonst nicht in Stimmung."

„Okay", lenkt Oliver ein. „Gib mir einen Korkenzieher, und ich öffne die Flasche."

Tatjana kommt ins Schlafzimmer – den bis dahin denkbar ereignislosen Ort – und übergibt Oliver Flasche und Korkenzieher. Sie bleibt am Bett sitzen, während die weiteren Kuschelrocktitel abgespielt werden. Beide probieren aus dickbäuchigen Gläsern den Chardonnay.

Schließlich ist die CD zu Ende gelaufen. „Hoppla", äußert Tatjana. „Das darf aber nicht sein." Nun wird 'Kuschelrock 14' eingelegt. Es beginnt mit 'Unchain My Heart' von Joe Cocker, setzt sich fort über 'Supergirl' von Reamonn, 'I am your angel' und ähnliche Titel.

22:50 Uhr. Noch immer sitzt Tatjana am Bett.

„Du, heute ist mir im Job etwas passiert, das muss ich dir unbedingt erzählen." Es folgen mindestens zwei Kurzgeschichten aus ihrer

Abteilung, unter anderem ein durchaus unkollegiales Verhalten einer Kollegin belegendes Geschehnis, sowie die Beförderung eines Kollegen. Dieser – dies begründet Tatjana ausführlich und langatmig –, hat die Beförderung ihrer Meinung nach überhaupt nicht verdient.

Da, die CD ist zu Ende gelaufen. Unmittelbar wird für Ersatz gesorgt. 'Kuschelrock 15'. Es ertönen die Titel 'Eternal Flame' und 'Thank you for loving me'.

23:12 Uhr. 'Oh Mann', denkt Oliver. 'Ich kann gleich nicht mehr.' Es wird immer später. 'Wird das heute noch was?'

„Stehst du eigentlich mehr auf liebliche oder trockene Rotweine?“, fragt Tatjana.

„Darüber habe ich mir noch keine Gedanken gemacht.“ Weiterhin sitzt sie am Bett.

„Ich hätte da noch einen Dornfelder. Der ist aber lieblich. Ich glaube, den möchte ich jetzt lieber trinken. Der Chardonnay schmeckt mir jetzt auch irgendwie nicht.“

„Okay. Dann eben Dornfelder". Erneut sitzt sie am Bett. Die Flasche wird geöffnet.

„Und dann ist mir da heute etwas passiert“, sprudelt sie heraus. „Kannst du dir das vorstellen? Ich war nach der Arbeit noch etwas einkaufen, fahre bei Lidl in eine Parkbox, da kommt doch so ein Typ aus seinem Mercedes gesprungen, beschimpft mich und zeigt mir den Vogel, er hätte den Parkplatz früher gesehen und hätte schon da gestanden und gewartet, um nur den anderen erst einmal herausfahren zu lassen. Stell dir vor, das habe ich überhaupt nicht gesehen. Aber ist das ein Grund, so unverschämt zu werden? Wer hat in solch einem Fall eigentlich recht? Der, der gewartet hat oder der, der den Parkplatz auch gesehen hat und halt ein bisschen schneller war, als der andere?“

„Du, das weiß ich alles nicht“, so Oliver. „Hast du dir das Kennzeichen gemerkt?“

„Nein. Und dann auf dem Gehweg. Ich wollte in ein Blumengeschäft. Da war so ein unverschämter E-Roller-Fahrer, auch auf dem Gehweg. Weißt du, was der gemacht hat?“

„Mh.“

„Übrigens, der Dornfelder schmeckt mir aber heute wirklich gut. Ist das wirklich nicht schlimm, dass der lieblich ist?“

„Nein, ist nicht schlimm.“

„Also irgendwie habe ich jetzt …" Weiterhin sitzt sie am Bett.

„Also irgendwie habe ich jetzt gerade Hunger bekommen. Hast du auch Hunger?"

„Nein, überhaupt nicht. Jedenfalls nicht **den** Hunger."

„Wie bitte? Doch, doch, doch, ich habe Hunger jetzt."

„Pass mal auf, ich koche uns etwas Schönes. Das geht auch wirklich ganz schnell. Ich habe so viele Rezepte, und ich werde dich überraschen."

Sie verschwindet in der Küche.

00:20 Uhr.

Es klappert und scheppert in der Küche. In einer Pfanne brutzelt und knistert Fett, dazu

„Feel" von Robbie Williams

„The One" von Shakira

„In My Place" von Coldplay

„I'm with you" von Avril Lavigne

„Your Body is a Wonderland" von John Mayer

„Family Portrait" von Pink

„Cry me a River" von Justin Timberlake

„A Different Corner" von George Michael

„Sad Eyes" von Bruce Springsteen

„Have You Ever Been in Love" von Celine Dion

„You'll Never Be Alone" von Anastacia

„I Will Always Love You" von Whitney Houston

„Beautiful" von Christina Aguilera

„Too Much Heaven" von Bee Gees

„Wonderful Dream" von Melanie Thornton

„Skin on Skin" von Sarah Connor

01:05 Uhr.

Tatjana legt sich ins Bett.

Olivers Gehirnströme tanzen bereits lange Deltawellen. Nicht mehr lange wird es dauern und er wird in die Rapid Eye Movement-Phase eintreten.

Elfried und Claus treffen sich zufällig auf öffentlichen Straßen.

Es ist 1990. Die Zwei-plus-Vier-Verhandlungen sind gerade zu Ende gegangen.

Beide haben sich zwei Wochen nicht mehr gesehen. Sie sprechen über das, was in den letzten zwei Wochen, in denen sie sich nicht gesehen haben, passiert ist.

„Oh, es war sehr interessant", so Claus. „Mein Kollege Robert hat eine Zeitmaschine erfunden."

„Ja, ja, alles klar."

„Nein, im Ernst. Er behauptet, sie funktioniert."

„Und wie soll so etwas funktionieren?"

„Wie du weißt, ist er Physikstudent. Er hat mir einiges dazu erklärt. Allerdings habe ich fast gar nichts verstanden."

„Ich weiß auch, warum", so Elfried. „Weil es so etwas nicht gibt."

„Doch, er sagt, er hat sie schon ausprobiert. Die Konstruktion beruht auf dem Prinzip der Zeitdilatation."

„Was ist das?"

„Weiß ich nicht. Ich sage doch, ich habe nichts verstanden. Aber der Ursprung der Konstruktion, soll wohl bis auf Albert Einstein zurückgehen, auf Elemente der Quantenphysik."

„Du, nimm es mir nicht übel, ich glaube, ich habe keine Lust, mir so einen Blödsinn anzuhören."

„Ja, aber er hat sie doch selbst schon ausprobiert."

„So? Was hat er denn gemacht?"

„Er hat sich in das Jahr 2024 katapultiert."

„So so. Interessant. Wie war das?"

„Er hat mir erzählt, das war verrückt. Auf öffentlichen Straßen, in öffentlichen Verkehrsmitteln, in Kneipen usw. nur Zombies."

„Zombies? Keine schöne Aussicht."

„Ja, pass auf. Das sollen Menschen gewesen sein, die sahen zwar aus wie du und ich … "

„Ja, dann waren es ja keine Zombies."

„Ja, doch, weil die ja alle nicht geredet haben."

„Wie, nicht geredet?"

„Ja, die hatten alle so ein komisches Teil in der Hand, circa fünfzehn cm lang und sieben bis acht Zentimeter breit und ganz flach. Meistens waren die Dinger schwarz.

Da haben die die ganze Zeit reingestarrt und haben auf einem Zahlenfeld herumgetippt und dann wieder reingestarrt. Er sagte, er konnte mit gar keinem reden. Er hat verschiedene Leute angesprochen, die haben noch nicht einmal hochgeguckt. Überhaupt keiner hat mehr draußen geredet. Alle nur in das Gerät geglotzt."

„Oje, das hört sich aber komisch an. Dann sind die alle ferngesteuert?"

„Ja, so ungefähr."

„Dann waren da ein paar Pärchen, die liefen auch draußen herum."

„Und, was haben die gemacht? Geturtelt? Geschmust? Geknutscht? Verliebt gesprochen und so weiter.?"

„Nein, auch nicht. Die gingen nebeneinander her, und beide hatten so ein Ding in der Hand und glotzten da rein und sprachen nicht miteinander."

„Also, das wird mir jetzt immer komischer."

„Ja, habe ich auch gedacht. Dann wollte er zur Maschine zurück, hatte sich ein wenig verlaufen, wusste nur, die steht am Ende der Albert-Schweitzer-Straße. Er hat dann einen Typen gefragt: 'Kennen Sie sich hier aus?'

'Klar', sagte er. 'Ich bin hier aufgewachsen.'

'Ich möchte zur Albert-Schweitzer-Straße.'

Der guckt ratlos.

'Aber Sie sagten doch, Sie sind hier aufgewachsen.'

'Ja, aber ich weiß trotzdem nicht, wo ich bin. Ich muss erst einmal googeln, wo ich bin.'

Schon tippte er an dem Gerät herum. Dann kam er durch eine öffentliche Parkanlage, wo ein Vater mit seinem Kind auf einer Bank saß. Das Kind war nur am Quengeln, am Zetern und am Zappeln."

„Ja, da gibt es ja eine Menge Möglichkeiten. Er kann das Kind auf den Schoß setzen, kann es ein bisschen knuddeln und kann nette Spielchen mit dem Kind spielen, um es abzulenken: 'Ich sehe etwas, was du nicht siehst' und Ähnliches. Meine Cousine hat auch einen Dreijährigen. Die hat immer Liederbücher dabei, die sie ihm vorsingt, wenn er quengelt, 'Die Vogelhochzeit' und Ähnliches."

„Ja, aber das hat der hier alles gar nicht gemacht. Er hat dem Kind auch so ein schwarzes Ding in die Hand gegeben. Er starrte sofort unbeweglich da rein. Ich bin an der Bank vorbeigegangen, habe einen flüchtigen Blick herübergeworfen. Da war ein Bildschirm mit so seltsam hüpfenden Comicfiguren und so weiter."

„Hört sich alles sehr merkwürdig an."

„Ja, dachte ich auch. Er hat dann berichtet, er hat noch ein paar Leute versucht anzusprechen und bestimmte Fragen gestellt betreffend die Umgebung, aber die haben noch nicht einmal hochgeguckt. Auch die haben gesagt, 'ich muss das googeln'."

„Googeln? Was ist das?"

„Weiß ich auch nicht. Kannte ich nicht das Wort. Die haben dann einsilbig geantwortet oder gar nicht."

„Ja, und dann?"

„Ja, er hat gesagt, das Ganze war ihm so unheimlich. Er hat sich schnell in die Zeitmaschine gesetzt und hat sich zurück beamen lassen."

KAPITEL SECHSUNDDREISSIG
DIE ZEITMASCHINE II

Es treffen sich Elfried und Claus, wieder zufällig.

„Na, wie ist es so?", fragt der eine den anderen. „Hast du schon gehört von Robert?"

„Nein, was gibt es denn?"

„Na ja, er hat es noch einmal versucht."

„Was denn?"

„Ja, er hat sich noch mal auf eine Zukunftsreise begeben."

„Oh nein, nicht schon wieder das."

Claus ist genervt. „Du weißt, dass ich diese Geschichten für Blödsinn halte. Erzähl mir mal irgendetwas anderes."

„Nein, nun warte doch mal. Der Robert ist Physikstudent. Wenn der sagt, er hat eine Maschine erfunden, in der Raum und Zeit keine Rolle mehr spielen, dann glaube ich ihm das. Er ist ein physikalisches Genie."

„Ja gut. Aber mach es bitte kurz, ja?"

„Also, pass auf. Er ist in das Jahr 2029 gereist."

„Mhm, ja und was passierte dort? Wir haben jetzt 1990, ein bisschen beängstigend ist das schon. Wie will der denn mal eben so 39 Jahre überbrückt haben?"

„Ja, er hat es halt geschafft. Er hat mir auch die physikalischen Zusammenhänge erklärt, aber da bin ich dann nach sechs oder sieben Sätzen ausgestiegen. Ich habe es einfach nicht verstanden."

„Kann ich mir gut vorstellen. Ja, und was war denn dann?"

„Ja, er lief wieder auf öffentlichen Straßen umher, hatte die Zeitmaschine abgestellt, hatte sich den Straßennamen gemerkt und die Hausnummer, bisschen abgelegen versteht sich, damit nicht alle möglichen Leute sofort dieses technische Meisterwerk begaffen können."

„Ja und weiter und weiter? Hatten alle noch dieses schwarze Ding in der Hand?“

„Nein, das hatte keiner mehr. Stattdessen hatten sie alle so eigenartige Dinger auf der Nase, vor den Augen. Sahen aus wie Taucherbrillen, um nicht zu sagen, jeder bis auf ältere Leute hatte so eine Art Taucherbrille vor den Augen.“

„Wie? Taucherbrille? Wollten die schwimmen gehen?“

„Nein, eben nicht. Da ist ja weit und breit kein Schwimmbad, kein Baggersee, kein gar nix. Die hatten einfach nur diese Taucherbrille auf der Nase. Er hat dann einen gefragt. 'Das ist keine Taucherbrille, Scherzkeks', sagte er, 'sondern eine Virtual-Reality-Brille'. Die Taucherbrillen sahen auch alle komisch aus. Die hatten alle auch Kopfhörer mit angebaut.“

„Mhm. Also statt einem Schnorchel den Kopfhörer?“

„Ja, so ungefähr. Er hat die dann wieder weiter angesprochen, was das denn soll, was die da machen.“

„Und? Hat er eine Antwort bekommen?“

„Ja, der erste wollte erst nicht angesprochen werden, erklärte unmissverständlich, er möchte nicht gestört werden, er befindet sich in einer bestimmten anderen Welt, die ihn so fasziniert.“

„Was für eine Welt?“

„Ja, er erklärte, er steht auf dem Wrack der Titanic, ganz tief auf dem Meeresgrund. Er läuft über die Schiffsplanken, die Schiffsplanken knarren morsch und um ihn herum glucksende Fische und Meerwasser.“

„Na ja, gut, dann hat er sich wahrscheinlich im Kino einen Film angesehen und steht jetzt immer noch unter dem Eindruck des Kinofilms.“

„Nein, nein, so war das nicht. Er hat genau beschrieben, wie es da unten ist. Er hat das Gefühl, auf den wankenden Schiffsplanken zu balancieren, beschrieben, er hat die Faszination beschrieben, dass er gar keine Taucher- oder Sauerstoffausrüstung braucht. Er hat von einem Walfisch berichtet, der ganz nah an ihn herangekommen ist. In den Augen des Walfisches war Misstrauen und Feindseligkeit und Neugierde zugleich abzulesen. Er hat gedacht, gleich geht das Maul von diesem Walfisch auf, und er wird verschlungen, aber der Walfisch ist dann wieder nach links, ganz langsam abgedreht, und andere größere Fische kamen ganz in seine Nähe. Er lief dann weiter auf dem Wrack herum, begutachtete die Kabinen für die erste, zweite und die dritte Klasse, betrat den Tanzsaal und erklärte, er ist auf der Titanic. Es ist kein Bild oder so, er ist wirklich auf diesem Schiffswrack und bewegt sich dort. Na ja gut, das kann man glauben oder nicht."

„Ja, und wie ging es dann weiter?"

„Ja, ich habe dann den nächsten angesprochen. Die Auswahl von Leuten war ja nicht schwer. Es hatte ja fast jeder so eine Taucherbrille auf. Der nächste hat erklärt, er fährt gerade Achterbahn."

„Wie Achterbahn? Die Cranger Kirmes ist doch erst in zwei Monaten."

„Ja, habe ich ja auch nicht verstanden. Aber er hat mir dann beschrieben, wie sich sein Magen viermal um sich selbst dreht, hat die einzelnen Kurven, die Loopings beschrieben, das Gefühl, wie durch die Fliehkraft innerlich alle inneren Organe gegen das Knochenskelett gedrückt werden, hat die Angst beschrieben. Das stimmt. Er hatte Angst, er zitterte richtig. Dann hat er noch so eine merkwürdige Uhr am Handgelenk gehabt."

„Na ja gut, eine Uhr hat ja jeder am Handgelenk."

„Nein, das war so eine andere Uhr. Er hatte da eine Anzeige, was sein Blutdruck und sein Puls während der Achterbahnfahrt so veranstalten, damit er regelmäßig drauf sehen konnte. Er sollte dann Bescheid sagen, wenn er das Abenteuer abbrechen möchte."

„Wie das Abenteuer abbrechen? Ich kann doch nicht mitten in der Achterbahnfahrt auf die Bremse treten und stehenbleiben, falls es mir zu viel wird."

„Ja, doch. Er sagte, er könnte das. Dafür wäre ja auch die Uhr."

„Also, gut. Wenn das jetzt alles ist, ich hätte jetzt noch etwas zu erledigen."

„Nein, warte. Er hatte erklärt, er hätte noch jemanden angesprochen. Der sagte, er wollte eigentlich gar nicht gestört werden, er ist gerade mit Sofia zusammen. Sie liegen in einem französischen Bett und treiben es gerade."

„Ja, schön für ihn. Dann hat er also einen Erotik-Thriller betrachtet und hat dir gerade davon erzählt."

„Nein, er hat erklärt, er ist zusammen mit Sofia in diesem französischen Bett, und er möchte eigentlich auch nicht dadurch, dass die Leute ihn ansprechen, gestört werden. Aber dann kam er ins Schwärmen. Er hat sie genau beschrieben, wie ihre Haut sich anfühlt, wie warm und weich sich ihr Körper anfühlt. Er hat sogar das Parfum beschrieben, das sie benutzt. Zwischendurch hat er mich gefragt, ob ich eigentlich wüsste, was es heißt wirklich die Traumfrau des Lebens kennengelernt zu haben und mit ihr in erotischer Hinsicht völlig zu verschmelzen. Ich habe gesagt, ich weiß es nicht, aber was nicht ist, kann ja noch kommen. Er erklärte, er würde es gerade erleben. Er schwärmte dann weiter und weiter. Ich bin dann gegangen. Ich wollte ihn nicht weiter stören. Ihre Stimme hat er noch beschrieben und einzelne Praktiken, wie sie ihn gerade in den siebten Himmel befördert. Du, das hat er wirklich gefühlt. So viel Fantasie kann einer gar nicht haben."

„Ja, gut. Wenn es so schön ist im Jahre 2029, warum ist der Robert nicht da geblieben?"

„Ja, er wusste nicht, was er von dem Ganzen halten sollte und ist erst einmal zurückgereist. Die Rückfahrkarte ist ihm immer wichtig. Nur in einem seien sich alle Angesprochenen einig gewesen."

„Ja? Sie waren sich einig? Worin?"

„Ja, die haben alle erklärt, sie könnten nur noch mit dieser Taucherbrille mit Kopfhörer und dem technischen Zubehör ihr Leben verbringen, denn sie sind alle seit langen Jahren arbeitslos. Trotz guter Ausbildung sind sie alle wegrationalisiert worden und ihr Job ist durch humanoide Roboter ersetzt worden. Nun hängen sie alle da herum und wissen nur noch unter zur Hilfenahme der Taucherbrille mit Kopfhörern überhaupt, wie sie den Tag verbringen sollen. Der eine war Lagerarbeiter, der zweite war Verwaltungsangestellter, der dritte war sogar Chirurg. Alle wegrationalisiert. Und die humanoiden Roboter machen den Job genauso, weil sie durch – da war so ein Kürzel, ich konnte mir das nicht merken, KE oder KI – miteinander verbunden sind. Und die KE oder KI soll mit dem größten Datenanalysesystem der Welt namens Aladin – nein nicht der aus 'Tausend und eine Nacht' – verbunden sein und das angesichts von Milliarden von Daten, die sofort verarbeitet werden können. Jeder Roboter weiß sofort, was er als Nächstes zu tun hat, wie er optimal agieren kann, alle Bedürfnisse der Menschheit sofort erfassen kann, was er als Nächstes zu tun hat. So sind die Humanoiden den Menschen haushoch überlegen."

KAPITEL SIEBENUNDDREISSIG
DIE HUNDEZUCHT

Thadeus G. und Michael Z. sind Mitarbeiter des Jobcenters.

Sie sind im Außendienst tätig und beauftragt, aus gegebenem Anlass die Angaben der SGB II Kunden auf ihren Wahrheitsgehalt zu überprüfen. So bewegen sie sich zur Franziskanerstraße in Essen D.

Dort behaupten ein Kunde und eine Kundin, die zusammen in einer Etage wohnen, hartnäckig, keine Lebensgemeinschaft zu bilden und auch keine außereheliche Partnerschaft. Die Vermutung, dass dies nach einem Jahr Zusammenleben sehr wohl der Fall ist, wie im SGB II niedergelegt ist, wollen sie entkräften und haben angeboten, die räumlichen Verhältnisse durch den Außendienst des Jobcenters begutachten zu lassen.

Thadeus und Michael erscheinen zur verabredeten Zeit.

Auch Rechtsanwalt Fridolin M. ist anwesend, der von den SGB II-Kunden inständig gebeten wurde, bei dem Ortstermin dabei zu sein.

Der Kunde Thomas A. führt die Mitarbeiter durch die Räumlichkeiten. Ein Wohnzimmer mit einem gemeinsamen genutzten Fernseher, sowie ein Badezimmer und eine Küche, ebenfalls gemeinsam genutzt, wird vorgestellt. Aber ein Zimmer von zwei weiteren soll das alleinige von der Kundin Ludmilla W. benutzte sein, denn sie führen ja keine Lebensgemeinschaft.

Sie nächtigen und wirtschaften für sich, während sie die gemeinsamen Räumlichkeiten nur nutzen, um sich dann in ihre eigenen Gemächer zurückzuziehen.

Dieses angeblich von Ludmilla allein genutzte Zimmer ist spärlich eingerichtet. Es ist zwar eine Kochgelegenheit vorhanden, was fehlt, ist eine eigene Toilette und eine Waschgelegenheit.

Thadeus ist skeptisch. „Hier kann sich doch eine Person allein gar nicht versorgen", wendet er ein.

„Doch, doch", widerspricht Thomas A. „Ich bin handwerklich sehr begabt. Ich werde einen Durchbruch durch die Wand machen und werde einen Wasseranschluss legen, denn direkt dahinter befindet sich eine Möglichkeit, Wasser abzunehmen, auch einen Abfluss werde ich herstellen."

„Ja, aber wie wollen Sie denn einen Abfluss herstellen, wenn ein solcher nicht im Boden vorbereitet ist durch die Konstruktion des Hauses?"

Auch Michael Z. wird nun immer skeptischer. „Zeigen Sie uns bitte den vierten Raum."

Dieser Raum ist nur vom Hausflur aus begehbar und die Tür ist nicht verschlossen, wie der Anwalt wahrgenommen hat, weil Ludmilla noch am Morgen aus dieser Tür herausgekommen ist.

„Nun, in diesem letzten Raum ist nichts Besonderes", beschwichtigt Thomas A.

„Das ist eine Rumpelkammer."

„Na ja, das werden wir ja sehen. Wir haben nämlich noch ein Problem", erwidert Thadeus. „Es liegt eine anonyme Anzeige gegen Sie vor."

„Tatsächlich? Von wem denn?"

„Wie ich schon sagte, die Anzeige ist anonym und wir dürfen den Hinweisgeber natürlich nicht nennen und werden dies auch nicht. Sie sollen hier eine Hundezucht betreiben."

„Hundezucht", widerspricht Ludmilla. „Das ist doch lächerlich."

„Ja, und zwar sollen Sie angeblich Chihuahua züchten und von jedem Wurf ein- bis zweimal im Jahr drei bis vier Chihuahuas verkaufen. Ein Welpe soll einen Verkaufswert von 600 Euro haben. Dies sind immerhin bei drei, vier Welpen pro Wurf 2.400 Euro, diese mal drei im Jahr, immerhin 7.500 Euro bis an die 10.000 Euro, die Sie sich am Staat vorbei in die Tasche stecken als Einkommen, was Sie nicht angeben."

Der Anwalt sieht den gesamten Hausbesuch restlos aus dem Ruder laufen, denn er weiß, dass in dem besagten letzten Raum der Wohnung eine Art kleiner Stall eingerichtet worden ist, in dem zurzeit fünf Welpen munter herumtollen, sowie dort das Muttertier (sämtlich von der Rasse Chihuahua) gehalten wird.

Schon steht Michael Z. neben der Tür, ebenso wie Thadäus G.

Die Hand des Sachbearbeiters bewegt sich zielgerichtet Richtung Türklinke.

„Nun lassen Sie mich doch erst zeigen, wie ich das vorhabe mit der
Einrichtung des persönlichen Zimmers dieser Haushaltsgemeinschaft.
Sehen Sie doch, hier ist eine Gästetoilette."

Er lockt Thadäus und Michael an eine bestimmte Stelle im Flur, etwa
sechs Meter entfernt. „Diese Toilette ist eingerichtet worden für Gäste
oder Kunden, denn der große Raum, der jetzt als Wohnzimmer genutzt
wird, war einmal ein Ladenlokal. Hier ist also ein Toilettenabfluss, mit
anderen Worten, das Abflussproblem ist gelöst und auch das Wasserver-
sorgungsproblem für Brauchwasser und Abwasser ist ebenfalls gelöst.
Ich bin handwerklich begabt und kann die Anschlüsse machen. Direkt
hinter der Wand kann ich ein Abflussrohr legen und die Steigleitungen
anbringen. Die Erlaubnis des Vermieters werde ich schon bekommen."

Thadäus und Michael inspizieren die Örtlichkeit und stellen fest, dass
tatsächlich die besagte Kundentoilette vorhanden ist, mit Abflussrohren
und Anschlussmöglichkeiten für Brauchwasser etc.

Sie stellen fest, dass die Planungen von Thomas A. gar nicht so abwe-
gig sind. Das könnte man tatsächlich einbauen.

„Und dann", fährt Thomas A. begeistert fort, „werde ich eine mobile
Dusche, Waschgelegenheit etc. in dem von der weiteren Bewohnerin genutzten Raum einbringen. Im Internet gibt es da jede Menge Angebote
mit Einbauanleitung. Ich bin handwerklich begabt, ich schaffe das."

„Na gut, nun haben Sie es uns ja gezeigt", schwächt Thadäus ab, und
bewegt sich mit dem Sachbearbeiter Michael zielgerichtet wieder auf die
vom Hausflur aus begehbare Räumlichkeit und streckt seine Hand aus
zur Türklinke.

„Ach, Herr Z.", ruft Ludmilla schließlich aus, „kann es nicht sein, dass
ich Sie letzte Woche bei einem Rockkonzert in der Turbinenhalle Ober-
hausen gesehen habe. Es war ein Deep Purple-Konzert. Die haben ganz
viele alte Sachen gespielt."

„Ja, stimmt." Michael ist beeindruckt. „Da bin ich gewesen. So ein Zufall. Haben Sie mich gesehen?"

„Ja klar, ich bin Fan seit Jahrzehnten."

„Ja, ich auch, aber ich stehe mehr auf die alten Sachen. 'Anyone's
Daughter', 'Never Trust a Stranger' und 'Lazy' und diese alten Klassiker."

„Oh, das haben sie ja sogar gespielt. Nur 'Anyone's Daughter' nicht. Sind Sie auch Fan geblieben als der Sänger Ian Gillan solo aufgetreten ist, mit der Ian Gillan Band? Dies war auch einige Jahre der Fall.“

„Ja, auch da blieb ich Fan. Es war nämlich auch Deep Purple, auch wenn die anderen nicht dabei waren. Der Sound war unverwechselbar derselbe. Aber nun lassen Sie mich die Ortsbesichtigung zu Ende führen.“

Wieder bewegt sich seine Hand Richtung Türklinke. Der Abstand der rechten Hand von der Türklinke beträgt noch 10 Zentimeter.

Da ruft Thomas A. aus: „Ja und Herr Z. kann es sein, dass Sie vor kurzem in Weeze auf dem jährlichen Oldtimertreff waren?“

„Ja, hm, ja hm, ja.“

„Hatten Sie nicht den gelben Porsche 912 aus den frühen Siebzigern?“

Wieder lässt Michael Z. sich ablenken.

„Ja, das ist mein Oldtimer. Haben Sie mich dort gesehen?“

„Ja, ich habe mich an das Auto erinnert und Sie deshalb jetzt wiedererkannt.“

„Ja, das kann ich gut verstehen. Der 912 ist einfach der totale Klassiker. Damals nannte man ihn Hausfrauenporsche, so wie später den Porsche 924 oder den 'Boxter'. Einfach nur, weil er die Lightversion des 911er war und weniger PS hatte bei gleicher Optik.“

Aber abrupt beendet Michael Z. nun das Fachsimpeln. „Nun wollen wir doch bitte den letzten Raum begehen.“

Wieder streckt er seine Hand gegen die Türklinke aus. Plötzlich ruft Ludmilla laut aus: „Ich kenne Sie doch, ich kenne Sie auch, Herr Z. Waren Sie nicht letztes Jahr noch beim Ordnungsamt? Ich war dort und wir haben doch so lange über einen Geschwindigkeitsverstoß diskutiert. Ich hatte eine Anzeige, weil ich in der Dreißigerzone zu schnell gefahren sei. Ich bin noch zu Ihnen auf die Etage im Rathaus gekommen und habe Ihnen doch so lange erklärt, dass man das Dreißigerschild nach dem Linksabbiegen gar nicht sehen kann, weil es durch Baumzweige verdeckt ist.“

„Daran erinnere ich mich nicht. Ich war auch nie beim Ordnungsamt.“

„Doch, ich weiß genau, dass Sie der Sachbearbeiter waren. Ich hatte auch Fotos mitgebracht. Es ist höchstens ein bis zwei Jahre her.“

„Sie müssen mich verwechseln.“

„Auf den Fotos war deutlich zu sehen, wie die Baumzweige das Schild verdecken.“

„Ich sagte doch, ich war nie beim Ordnungsamt. Können wir jetzt bitte …"

Wieder dreht sich Michael Z. entschlossen Richtung Flurtür, als sich Rechtsanwalt M. zu Wort meldet: „Herr Z., haben wir uns nicht neulich im Bardeleben-Kindergarten gesehen? Sie haben doch Ihre Tochter abgeholt, die kleine Sofie."

„Ja, stimmt. Da haben Sie recht. Ich bin zweimal am Bardeleben-Kindergarten, wenn meine Frau arbeiten muss und hole unsere Dreijährige ab."

„Sehen Sie, und ich habe meinen Enkelsohn im Kindergarten. Das ist der Jan, ebenfalls drei Jahre alt."

„Ja, das ist aber jetzt wirklich ein Zufall."

„Und der Jan spricht viel von Ihrer Tochter. Er möchte sie gerne zu seinem nächsten Kindergeburtstag einladen."

„Ach ja.", räumt Michael Z. ein. „Das ist aber wirklich süß jetzt. Und so ein Zufall. Beide sind doch in derselben Gruppe, in der Sternengruppe."

„Ja", wiederholt Rechtsanwalt M. „kann man doch mal sehen, was es für Zufälle gibt."

Wieder zuckt Michaels Hand Richtung Türklinke.

Da klingelt sein Handy. Genervt fingert Michael Z. das Handy aus der Gesäßtasche und nimmt den Anruf an. Die Anruferin ist Maria D., seine Teamleiterin beim Jobcenter. Unmittelbar wird Michael Z. in ein Fachgespräch verwickelt. Es geht um ein kompliziertes Widerspruchsverfahren wegen SGB II-Bezug, in dem diverse Glaubhaftmachungen bisher zwar erfüllt wurden, aber immer noch Zweifel an der Glaubhaftigkeit des Antrags besteht.

Michael Z. erklärt, dem Widerspruch keinesfalls stattgeben zu wollen, denn es werden Einkünfte nicht angegeben. Insbesondere führt er aus, sind die Unterkunftskosten im Rahmen eines Familienmietvertrages der Vermieterin, die die Tochter des Antragstellers ist, nicht glaubhaft angegeben. Es ist ein großzügiges Einfamilienhaus in mit diversen Einliegerwohnungen. Der Antragsteller und Vater der Vermieterin will dort Unterkunftskosten zusammen mit der Mutter der Vermieterin beantragen.

„Die ganze Sache ist so faul, dass sie zum Himmel stinkt", ärgert sich Michael Z. und verlässt den Hausflur, geht nach draußen, weil sein Handyempfang nicht störungsfrei ist.

Rechtsanwalt M. und Ludmilla und Thomas A. hören noch – auch der Kollege hat den Hausflur verlassen und ist auf dem Weg zum Dienstwagen –, dass die Antragssteller ein sozialgerichtliches Verfahren in Erwägung ziehen.

„Dann soll der klagen", regt sich Michael Z. auf. „Ich glaube dem kein Wort. Wir haben die Örtlichkeit besichtigt. Glauben Sie mir, wer ein solches Haus hält, da sitzt das Geld, und die Allgemeinheit soll hier wieder mal ausgepresst werden wie ein Schwamm."

Thomas A. und Ludmilla hören die lautstarke Diskussion des Michael Z. mit der Teamleiterin über Handy. Wobei Michael Z. inzwischen auf dem Fahrersitz seines Dienstwagens sitzt. Der Kollege auf dem Beifahrersitz.

Auch der Kollege meldet entschlossene Zweifel an der Berechtigung des Widerspruchs an. Auch er kennt den Fall.

Verärgert wirft Michael Z. den Motor an und fährt vom Gelände. Als er auf die Duisburgerstraße abbiegen will, werfen sich der Kollege und Michael Z. einen Blick zu.

Beide sagen nichts.

Aber unausgesprochen ist, dass sie doch etwas vergessen haben.

02.40 Uhr in der Nacht

Oliver steht auf, um die Toilette der Wohnung seiner neuen Flamme Tatjana aufzusuchen. Sie liegt ruhig atmend neben ihm.

Im Halbschlaf hat er bei langsamer Musik noch ihre Worte gehört …

„Ist es okay für dich, wenn ich gleich erst ins Bett komme? Ich möchte noch ein Puzzle beginnen … Es beruhigt mich irgendwie."

„Beruhigen? Wovon und wozu?"

Aber Oliver erinnert sich, beim ersten Date hat Tatjana mal erwähnt, gerne zu puzzeln, weil es sie beruhigt.

Aber nun, mitten in der Nacht, ist Oliver beeindruckt.

Um vom Schlafzimmer aus zum Badezimmer zu kommen, muss er durchs Wohnzimmer. Zu diesem Zweck stellt er das Deckenlicht an.

Das fertige Puzzle auf dem Wohnzimmerteppich. Eine Berg- und Tallandschaft.

Im Tal ein Bauernhof. Kühe, Schafe, ein Hirte, mehrere Hunde, eine Scheune, ein Hofhund, ein angrenzendes Wäldchen, in den Bergen ein Tunnel, aus dem eine Schienenbahn herauskommt, eine Seilbahn mit Passagieren, ein das Gebiet überfliegender Hubschrauber, im Tal spielende Kinder …

'Oha', denkt Oliver. 'Das müssen mindestens 1000 Teile sein …'

KAPITEL NEUNUNDDREISSIG
PSYCHISCHE GEWALT?

Im Anwaltsbüro sitzt Milele Ohoro, 32 Jahre alt, kamerunische Staatsbürgerin, in Deutschland geboren und aufgewachsen.

Sie befragt Rechtsanwalt M. nach rechtlichen Möglichkeiten zu einem Schulwechsel für ihren 12-jährigen Sohn Amari.

Dieser hat seiner Mutter erbost Vorfälle aus der Schule berichtet.

Der Sportlehrer hat ihn in der Umkleide des Sportunterrichts barsch zurechtgewiesen. Er hatte Unsinn gemacht und mit einem Schulkameraden, der sich neben ihm umgezogen hat, urplötzlich eine Rauferei angefangen.

Vor dem Erdkundeunterricht war er mit Ballspielen im Klassenraum aufgefallen und frechen Antworten gegenüber dem hereinkommenden Lehrer, Dieter N.

Während des Unterrichts in Mathematik begann er zu essen und verzehrte die Mahlzeit auch nach Ermahnungen durch den Lehrer weiter, der ihn daraufhin mit diversen Sanktionen belegte.

Es setzte zusätzliche Hausaufgaben, Klassenbucheinträge und „Nachsitzen" mehrmals bis zu 2 Stunden. Denn Amari setzte seine Aufsässigkeiten mehrmals – auch in anderen Fachunterrichtsstunden – fort.

Sowohl Sport- als auch Erdkundelehrer hätte ihn – so beschwerte sich Amari bei der Mutter – in allzu strengem Ton gemaßregelt.

Nun ist die Mutter erbost. Rechtsanwalt M. soll rechtlich gegen die Lehrer vorgehen. So ein scharfer Ton gegenüber einem 12-jährigen werde von ihr nicht hingenommen.

Rechtsanwalt M. bemüht sich um Erläuterung.

„Das sind alles erzieherische Maßnahmen. Mag sein, dass die Lehrer nicht feinfühlig agiert haben, aber rechtlich angreifbar ist das nicht."

„Verstehe ich nicht. Wenn diese rüde Behandlung nicht rechtlich angreifbar sein soll, was muss denn dann noch geschehen?"

„Na, zum Beispiel – soweit ist es doch hier gar nicht gekommen – Ausschluss vom Unterricht bis zu zwei Wochen, Androhung des Schulverweises, Umsetzung in andere Klassengemeinschaften oder Ähnliches. Das sind Ordnungsmaßnahmen nach dem Landesschulgesetz. Derartiges ist widerspruchsfähig, sogar vor dem Verwaltungsgericht klagbar."

„Das meinen Sie nicht ernst", erregt sich Milele. „Mein Kind wird von Lehrern wie ein Fußabtreter behandelt, und Sie sagen, dagegen kann man nichts machen?"

„Sehen Sie es doch einmal so, … So einen Schulbetrieb mit 700 Schülern in geregelten Bahnen zu halten, ist bestimmt keine leichte Aufgabe. Also sagt die Rechtsprechung, es liegt ein sogenanntes besonderes Regelverhältnis vor. Die Lehrer müssen daher auch mal strenger reagieren dürfen, damit der Laden läuft. Natürlich dürfen Kinder nicht, auch wenn sie durch freches Benehmen auffallen, in erniedrigender oder demütigender Weise sanktioniert werden. Aber ein Lehrer „darf" auch mal ein bisschen ruppig sein. Und außerdem ist er auch nur ein Mensch und darf mal eine schlechte Tagesform haben".

„Aber das war doch Gewalt? Es gibt auch psychische Gewalt. Das habe ich in der Juniausgabe von „Psychologie heute" gelesen."

„Nein, nein, das war keine psychische Gewalt."

„Und wenn ich Ihnen sage, dass die Lehrer sich zu gern meinen Jungen für Zurechtweisungen aussuchen, weil wir Afrikaner sind?"

„Ach, das ist doch bestimmt nur ihr subjektiver Eindruck. Aber wenn es Sie beruhigt, ich kenne beim Schulamt eine Schulrätin persönlich. Ich kann mich nach Möglichkeiten für einen unbürokratischen Schulwechsel erkundigen. Setzt natürlich voraus, dass anderswo Plätze frei sind. Der Schulweg kann sich verlängern."

10 Tage später findet Rechtsanwalt M. Einträge auf zwei Bewertungsportalen.

„Von diesem Anwalt fühlte ich mich sehr alleingelassen. Dieser Anwalt ist nicht 'woke'."

KAPITEL VIERZIG
VALERIES LETZTER TAG

30.09.1983

Im Dortmunder Ortsteil Barop befindet sich – die Harkortstraße kreuzend – die Gleisstrecke der S-Bahnlinie 5 nach Hagen bzw. zum Dortmund Hauptbahnhof.

Seit 12 Jahren wird das Schrankenwärterhäuschen von der DB-Angestellten Valerie D. besetzt. Valerie ist 56 Jahre alt. Ihre langjährige Tätigkeit geht dem Ende zu.

Seit den fünfziger, sechziger Jahren ist die Deutsche Bundesbahn dazu übergegangen, die manuelle Bedienung und damit die Häuschen abzuschaffen. Es wird in bestimmter Entfernung von dem Bahnübergang ein elektronisches Modul angebracht. Der darüber fahrende Zug löst den Schrankenöffnungs- bzw. Schließmechanismus aus mit einprogrammierten Zeiten.

So ist in den letzten Wochen Valiers Aufgabe, die Technik auf störungsfreies Funktionieren hin zu kontrollieren und gegebenenfalls der Fahrdienstleitung Mitteilung zu machen.

Am Ende dieses letzten Tages wird ihr Job obsolet geworden sein.

Gedankenversunken blickt sie aus dem Fenster. Noch ist es 10 Uhr 15. Soeben donnerte die S5 durch. Dies im halbstündigen Rhythmus. Die Schrankenfunktion ist einwandfrei. Valerie weiß nicht, was kommen wird.

Innerhalb der Deutschen Bundesbahn wird man für sie keine Verwendung mehr haben. Sie wird auf absehbare Zeit im ruhenden Beamtenverhältnis freigestellt werden.

Valerie schwelgt in Erinnerungen. Aber auch die Gegenwart und die Zukunft beschäftigen sie, während ihr Blick auf die Gleise fällt. Sie besetzt das Schrankenwärterhäuschen seit 1972. Schon damals war sie nach längerer Freistellung „Wiedereinsteigerin" im Dienst der Deutschen Bundesbahn.

1962 hat sie geheiratet.

1964 kam der heute 17-jährige Sohn, 1965 die heute 16-jährige Tochter.

Aber schon damals in den sechziger Jahren wurde es Valerie – obwohl sie alles hatte – sehr schnell zu eng.

Ihr Ehemann war Fließbandarbeiter bei Opel in Bochum. Sie wohnten in Dortmund-Hörde in der Nähe des Hörder Markts. Mehrfamilienhaus, dritte Etage, Wohnung mit drei Zimmern. Ein Wohn-/Schlafraum als Elternzimmer, zwei Zimmer als Kinder-Jugendzimmer.

Aber schon Ende der Sechziger quälte sich Valerie mit Ausbruchsgedanken. Die Enge, der Muff, die Monotonie … Sie war gerade mal Mitte dreißig. Sollte das schon alles gewesen sein?

Immer mal fragte sie ihren Mann, ob er nicht ähnlich empfindet. Aber er funktionierte wie ein Roboter.

„Mein Leben besteht aus drei Säulen", pflegte er zu antworten. „Meine Arbeit, meine Familie und mein Hobby. Wenn nur eine Säule wegbricht, kracht mein gesamtes Weltbild zusammen. Also tu mir den Gefallen und stelle bitte keine dieser drei Säulen in Frage."

So ging es über die Jahre. Was in ihm vorging, bekam sie nicht heraus. Eine Scheidung kam nicht in Frage. Valerie wäre schuldig geschieden worden und der Fürsorge anheim gefallen. Ihre Eltern sowie Schwiegereltern hätten mit ihr gebrochen. Und die Solidarität all ihrer Freundinnen hätte sie verloren angesichts dessen, dass sie derart alle Normen bricht. Sie wäre von ihrem eigenen Stamm ausgestoßen worden. Und was ist schlimmer, als nicht mehr dazuzugehören?

Also ging es immer so weiter.

Bis Valerie auf einem Schützenfest in Dortmund-Wellinghofen Gilbert kennenlernte. 45-jährig. Blendend aussehend. Und er hatte dieses erfrischend Unkonventionelle an sich, das ihm eine ewige Jugend verlieh, wonach sie sich so sehnte und was ihr Mann so vermissen ließ.

Im Frühjahr 1970 passierte es dann. Valerie und Gilbert trafen sich regelmäßig in Gilberts Wohnung und Valerie wurde schwanger. Obwohl

nervenaufreibend und zermürbend, hielten beide an den Versteckspiel
fest.

So ging es über die Jahre. Ihr Mann merkte nichts und schöpfte auch
keinen Verdacht. Er liebte das Kuckucksei genauso wie seine eigenen
Kinder. Heute ist der Junge 13. Ihr Mann und Scheinvater hat nie Fragen
gestellt. Das Geheimnis verfestigte sich derart, dass die Nichtnormalität
zur Normalität geworden ist.

Die Schranke schließt sich. In circa drei Minuten wird eine S-Bahn 5
Richtung Hauptbahnhof durchfahren.

Ein Opel „Kadett A", ein „Matra Rancho" und zwei mausgraue VW-
Käfer kommen vor der Schranke in Richtung Süden zum Stehen.

Nachdenklich beobachtet Valerie das nunmehr automatische Szena-
rio.

Noch gegenwärtig trifft sie Gilbert. Sie kann nicht von ihm lassen. Und
er auch nicht von ihr. Gilbert weiß nicht, dass er der Vater ist. Auch er
kennt die Wahrheit nicht. Oft hat er sie inständig um Scheidung gebeten,
damit sie endlich ohne Druck zusammen leben können. Zwar würde
auch Valerie gerne ausbrechen. Aber eine Scheidung kommt für sie nicht
in Frage. Also arrangiert sich Gilbert. Die zweite Realität vermischte sich
schleichend mit der ersten.

Was wäre, wenn sie die Wahrheit über die Vaterschaft des 13-Jährigen
offen ansprechen würde? Ihren Mann verbindet gerade zum Jüngsten
eine besonders innige Beziehung. Fast scheint es so, als verspürten beide
intuitiv die Angst vor der Offenbarung der Wahrheit.

Aber wie würde der Vater von drei Kindern reagieren? Würde sich
vielleicht gar nichts ändern? Würde sich vielleicht sogar das ihm inne-
wohnende „Stoische" durchsetzen? Sie weiß es nicht. Und Gilbert? Sie
hat ihm vorenthalten, worauf er einen berechtigten Anspruch hate. Wie
würde er reagieren? Sie weiß es nicht.

Erschrocken stellt Valerie fest, dass sie ihr Leben mit zwei Männern
teilt, die sie beide nicht kennt. Und wenn sie einfach fest daran glaubt,
dass der Jüngste leibliches und nicht nur rechtliches Kind ihres Eheman-
nes ist? Obwohl es faktisch ausgeschlossen ist? Zwei Realitäten würden
doch dann miteinander vermengen. Die innere Zerrissenheit, sie würde
endlich verschwinden.

Ihre berufliche Tätigkeit in „ihrem" Schrankenwärterhäuschen hatte
etwas Eintöniges, Gleichbleibendes. Und doch fällt es ihr schwer,

loszulassen. Immer schon hatte sie Schwierigkeiten damit, wenn etwas zu Ende geht. Und sie hat sie noch. Noch gibt es einige hundert Schrankenwärterhäuschen der DB. Aber auch sie werden in den nächsten Jahren wegrationalisiert werden und durch moderne Technik ersetzt werden.

Wie sie selbst auch ...

Immer noch trifft sie sich heimlich mit Gilbert. Etwas seltener sind die Treffen zwar geworden. Aber drei, vier, fünfmal in einem Monat ist es immer noch.

Morgen wird sie in seiner Wohnung auf ihn warten. Und immer noch werden sie sich die Kleider vom Leib reißen und wie ausgehungert übereinander herfallen ... (Nach dreizehn Jahren!!!)

ENDE